Secretos
Pequeñas Mentirosas

SARA SHEPARD

Traducción de Lorenzo F. Díaz Buendía

TKKT
TRAKATRÁ

Libros publicados de Sara Shepard

1. Pequeñas mentirosas
2. Secretos

Próximamente:
3. Venganza

Título original: *Flawless*
Primera edición

© 2007, Alloy Entertainment and Sara Shepard
Published by arrangement with Rights People, London

Fotografía de Ali Smith. Diseño de muñeca de Tina Amantula. Diseño de cubierta de Jennifer Heuer.
Logo © 2011 ABC Family. All Rights Reserved.

Diseño de colección: Alonso Esteban y Dinamic Duo

Derechos exclusivos de la edición en español:
© 2011, La Factoría de Ideas. C/Pico Mulhacén, 24. Pol. Industrial «El Alquitón».
28500 Arganda del Rey. Madrid. Teléfono: 91 870 45 85

informacion@lafactoriadeideas.es
www.lafactoriadeideas.es

ISBN: 978-84-9800-759-6   Depósito Legal: B-34793-2011

Impreso por Blackprint CPI

Para MDS y RNS

Ojo por ojo y el mundo entero
será ciego.

—Gandhi

Cómo empezó todo realmente

¿Sabes ese chico que vive unos portales más abajo y que es la persona más repulsiva que existe? Lo ves allí, al otro lado de la calle, mirándote, cuando estás en el porche de tu casa a punto de darle un beso de despedida a tu novio. Aparece por casualidad cuando andas cotilleando con tus mejores amigas, solo que, tal vez, no es por casualidad. Es como ese gato negro que parece saber por dónde vas. Si pasa ante tu casa, piensas: *Voy a suspender el examen de biología.* Si te mira raro, ándate con cuidado.

En todos los pueblos hay un chico que es como un gato negro. El de Rosewood se llamaba Toby Cavanaugh.

—Creo que necesita más colorete. —Spencer Hastings se echó atrás para ver mejor a Emily Fields, una de sus mejores amigas—. Aún se le ven las pecas.

—Tengo corrector Clinique. —Alison DiLaurentis se levantó de un salto y corrió a buscar su bolsa de maquillaje de pana azul.

Emily se miró en el espejo apoyado en la mesita del salón de Alison. Inclinó la cara a un lado, luego al otro, y frunció sus rosados labios.

—Mi madre me mataría si me viera con todo esto.

—Sí, pero como te lo quites te mataremos nosotras —avisó Aria Montgomery, que, en ese momento se movía por la habitación, solo ella sabía por qué, con un sujetador de angora que se había tejido ella misma.

—Sí, Em, estás impresionante —admitió Hanna Marin. Estaba sentada en el suelo, con las piernas cruzadas y no paraba de volverse para comprobar que la raja del culo no le asomara por encima de los vaqueros Blue Cult de cintura baja, que le venían algo pequeños.

Era una noche de viernes de abril, y Ali, Aria, Emily, Spencer y Hanna celebraban una de sus típicas fiestas de pijamas de sexto curso; maquillándose unas a otras en exceso, comiendo patatas fritas con sal y vinagre y medio viendo *Cribs*, de la MTV, en la televisión plana de Ali. Esa noche había que sumar el revoltijo añadido de la ropa de todas dispersa por la alfombra porque habían decidido intercambiársela para lo que quedara de curso.

Spencer se puso ante el delgado torso una chaqueta amarillo limón.

—Cógela —la animó Ali—. Te quedará muy mona.

Hanna se puso alrededor de las caderas una falda de pana verde de Ali, se volvió hacia ella y comenzó a posar.

—¿Qué te parece? ¿Le gustará a Sean?

Ali soltó un gruñido y pegó a Hanna con una almohada. Desde que se habían hecho amigas en septiembre, Hanna solo sabía hablar de lo muuucho que amaba a Sean Ackard, un chico de su clase en el instituto Rosewood Day, al que iban desde que salieron de la guardería. En quinto, Sean era un chico bajito y pecoso del montón, pero durante el verano había crecido un par de centímetros y perdido la grasa infantil. Ahora prácticamente todas las chicas querían besarlo.

Era asombroso cuánto se podía cambiar en un año.

Todas las chicas, menos Ali, sabían demasiado bien lo que era eso. El año anterior, solo estaban… allí. Spencer era la supermaniática estudiosa que se sentaba en primera fila y levantaba la mano para contestar a todas las preguntas. Aria era la chica algo friki que se inventaba pasos de baile en vez de jugar al fútbol como las demás chicas. Emily era la tímida nadadora clasificada a nivel estatal que se lo guardaba todo debajo de la superficie, hasta que se la conocía. Y Hanna sería patosa y torpe, pero se había puesto a estudiar el *Vogue* y el *Teen Vogue*, y de vez en cuando decía al azar algo sobre moda que nadie más sabía.

Sí, todas tenían algo especial, pero vivían en Rosewood, Pensilvania, una zona residencial a cuarenta kilómetros de Filadelfia, y todo lo que había en Rosewood era especial. Las flores tenían más aroma, el agua sabía mejor y las casas eran directamente más grandes. La gente solía decir en broma que las ardillas se pasaban las noches recogiendo la basura y los dientes de león de las aceras empedradas para que Rosewood estuviera perfecta para sus exigentes residentes. Es muy difícil destacar en un lugar donde todo está impecable.

Pero, de algún modo, Ali lo conseguía. Era la chica más despampanante de los alrededores, con su largo pelo rubio, su rostro en forma de corazón y sus grandes ojos azules. Cuando Ali las unió en su amistad, pareciendo a veces que ella las había descubierto, pasaron a estar algo más que... allí. De pronto parecieron autorizadas a hacer cosas que nunca antes se habían atrevido a hacer. Como cambiarse en los lavabos para chicas del Rosewood Day tras bajarse del autobús escolar para ponerse minifalda. O pasar a los chicos notas estampadas con besos de protector labial. O pasearse por el pasillo del instituto en una hilera intimidatoria, ignorando a los perdedores.

Ali cogió un lápiz de labios púrpura brillante y se lo restregó por los labios.

—¿Quién soy?

Las otras refunfuñaron; Ali estaba imitando a Imogen Smith, una chica de su clase un poquito demasiado enamorada de su lápiz de labios Nars.

—No, espera. —Spencer frunció los arqueados labios y le pasó a Ali una almohada—. Ponte esto bajo la camisa.

—Vale.

Ali se lo metió bajo el polo rosa, y todas se rieron un poco más. Se rumoreaba que Imogen había llegado hasta el final con Jeffrey Klein, uno de décimo curso, y que iba a tener un hijo suyo.

—Sois malvadas —repuso Emily sonrojándose. Era la más recatada del grupo, quizá debido a su educación superestricta. A sus padres les parecía malvado todo lo que fuera divertido.

—Pero, Em... —Ali cogió del brazo a Emily—. Imogen está espantosamente gorda, así que más le valdría estar embarazada.

Las chicas volvieron a reírse, pero algo incómodas. Ali tenía la habilidad de descubrir el punto débil de cualquier chica, y aunque tuviera razón con Imogen, no podían evitar preguntarse si no se metería con ellas cuando no estuvieran delante. A veces no sabían qué pensar.

Volvieron a rebuscar en la ropa de las demás. Aria se enamoró de un vestido Fred Perry ultrapijo de Spencer. Emily se puso una minifalda vaquera sobre las escuálidas piernas y preguntó a todas si no era demasiado corta. Ali declaró que unos vaqueros marca Joe de Hanna tenían demasiada campana y se los quitó, descubriendo los pantaloncitos de felpa rosa caramelo que llevaba puestos debajo. Cuando pasó ante la ventana camino del estéreo, se detuvo en seco.

—¡Oh, Dios mío! —gritó, corriendo para situarse tras el sofá de terciopelo color zarzamora.

Las chicas se giraron. En la ventana estaba Toby Cavanaugh. Estaba allí parado. Mirándolas.

—¡Aj, aj, aj!

Aria se tapó el pecho; se había quitado el vestido de Spencer y solo llevaba el sujetador que se había tejido. Spencer, que estaba vestida, corrió a la ventana.

—¡Aléjate de nosotras, pervertido! —gritó.

Toby sonrió antes de dar media vuelta e irse corriendo.

La gente solía cambiarse de acera al ver a Toby. Era un año mayor que las chicas, pálido, alto y flaco, y siempre paseaba solo por el barrio, como espiando a todo el mundo. Habían oído rumores acerca de él: que lo habían sorprendido besando a su perro con lengua, que era tan buen nadador porque tenía agallas en vez de pulmones, que por las noches dormía dentro de un ataúd en la casa del árbol de su patio.

Toby solo se relacionaba con una persona: su hermanastra, Jenna, que iba a su misma clase. Jenna también era una friki sin remedio, aunque menos espeluznante que él; al menos hablaba con frases completas. Y era guapa de un modo irritante, con su espesa melena negra, sus enormes e inquisitivos ojos verdes y sus fruncidos labios rojos.

—Me siento como violada. —Aria agitó su cuerpo delgado como si lo tuviera embadurnado de *E. coli*. Acababan de aprenderlo en clase de ciencias—. ¿Cómo se atreve a asustarnos así?

Ali estaba roja de rabia.

—Tenemos que devolvérsela.

—¿Cómo? —Hanna abrió mucho sus ojos marrón claro.

Ali lo pensó un momento.

—Deberíamos hacerle probar su propia medicina.

Lo que debían hacer era darle un susto a Toby, explicó. Seguro que cuando no rondaba por el barrio espiando a la gente, estaba en su casa del árbol. Se pasaba todo el tiempo en ella, con la Game Boy o, quién sabe, construyendo un robot gigante para destruir Rosewood Day. Pero dado que la casa del árbol estaba, evidentemente, en lo alto de un árbol, y dado que Toby siempre recogía la escalera de cuerda para que nadie pudiera seguirlo, no podían ir a asomarse allí y darle un susto.

—Así que necesitamos fuegos artificiales. Suerte que sé dónde hay —dijo Ali con una sonrisa.

Toby estaba obsesionado con los fuegos artificiales; en la base del árbol guardaba una provisión de cohetes y a menudo los disparaba a través de la claraboya de la cabaña.

—Vamos allí, le robamos uno y lo disparamos contra su ventana —explicó Ali—. Le dará un susto de muerte.

Las chicas miraron a la casa Cavanaugh al otro lado de la calle. Aunque aún no era muy tarde, solo las diez y media, la mayoría de las luces estaban apagadas.

—No sé —dijo Spencer.

—Sí —coincidió Aria—. ¿Y si sale algo mal?

Ali suspiró con gesto teatral.

—Vamos, chicas.

Todo el mundo guardaba silencio. Entonces Hanna se aclaró la garganta.

—A mí me parece bien.

—De acuerdo —cedió Spencer. Emily y Aria se encogieron de hombros, aceptándolo.

Ali dio una palmada y señaló al sofá que había junto a la ventana.

—Lo haré yo. Vosotras mirad desde ahí.

Las chicas corrieron a la gran ventana y vieron a Ali cruzar la calle. La casa de Toby estaba pegada a la de los DiLaurentis y estaba construida en el mismo impresionante estilo victoriano, pero ninguna de ellas era tan grande como la hacienda familiar de Spencer, que lindaba con el patio trasero de Ali. El complejo de los Hastings tenía un molino propio, ocho dormitorios, un garaje aparte para cinco coches, una piscina bordeada con rocas y un apartamento en un granero.

Ali corrió hasta el patio de los Cavanaugh y se acercó a la casa del árbol. Estaba parcialmente oscurecida por los altos olmos y pinos, pero las farolas de la calle la iluminaban lo bastante como para que pudiera verse vagamente su contorno. Un minuto después estuvieron seguras de ver a Ali sosteniendo un cohete en forma de cono y retrocediendo unos siete metros, lo bastante como para ver con claridad la titilante luz azul a través de la ventana de la casa del árbol.

—¿Creéis que lo hará de verdad? —susurró Emily. Un coche iluminó la casa de Toby al pasar.

—Nah —dijo Spencer, tirándose nerviosamente de los pendientes de diamantes que le habían regalado sus padres por sacar matrícula en la última evaluación—. Va de farol.

Aria se llevó a la boca la punta de una de sus trenzas negras.

—Totalmente.

—¿Cómo sabemos si Toby está dentro? —preguntó Hanna.

Se sumieron en un tenso silencio. Todas habían participado en bastantes bromas de Ali, pero habían sido de lo más inocentes: colarse en el jacuzzi de agua salada del *spa* Fermata sin tener cita previa, poner unas gotas de tinte negro en el champú de la hermana de Spencer, enviar falsas cartas de admirador secreto del director Appleton a la empollona de Mona Vanderwaal, que iba a su clase. Pero esta broma tenía algo que les resultaba un poco incómodo.

¡Bum!

Emily y Aria retrocedieron de un salto. Spencer y Hanna pegaron el rostro al cristal de la ventana. El otro lado de la calle seguía oscuro. En la ventana de la casa del árbol brilló una luz más fuerte, pero nada más.

—Tal vez no era el cohete —dijo Hanna, entornando los ojos.

—¿Qué otra cosa pudo ser? —dijo Spencer sarcástica—. ¿Una pistola?

Entonces el pastor alemán de los Cavanaugh empezó a ladrar. Las chicas se abrazaron. Se encendió la luz lateral del patio. Se oyeron voces y el señor Cavanaugh salió por la puerta lateral. De pronto, de la ventana de la casa del árbol brotaron pequeños dedos de fuego. El fuego empezó a propagarse. Parecía el vídeo que los padres de Emily la obligaban a ver cada navidad. Entonces se oyeron las sirenas.

Aria miró a las otras.

—¿Qué está pasando?

—¿Tú crees que...? —susurró Spencer.

—¿Y si Ali...? —empezó Hanna.

—Chicas —dijo una voz detrás de ellas.

Ali estaba parada en la entrada del salón. Tenía los hombros caídos y el rostro pálido, más pálido de lo que se lo habían visto nunca.

—¿Qué ha pasado? —dijeron todas a la vez.

Ali parecía preocupada.

—No lo sé, pero no ha sido culpa mía.

Las sirenas se acercaron más y más, hasta que una ambulancia entró en el camino de acceso de los Cavanaugh. De ella bajaron paramédicos que corrieron a la casa del árbol. La escalera de cuerda estaba bajada.

—¿Qué ha pasado, Ali? —dijo Spencer, dando media vuelta para dirigirse hacia la puerta—. Tienes que decirnos lo que ha pasado.

—Spence, no —repuso Ali, siguiéndola.

Hanna y Aria se miraron, demasiado asustadas para ir tras ellas. Podría verlas alguien.

Spencer se acuclilló tras un arbusto y miró al otro lado de la calle. Fue entonces cuando vio el dentado y horrible agujero en la ventana de la casa del árbol. Sintió que alguien se le acercaba furtivamente por detrás.

—Soy yo —dijo Ali.

—¿Qué...? —empezó a decir Spencer, pero, antes de que pudiera terminar, un paramédico empezó a bajar de la casa del árbol llevando a alguien en brazos. ¿Estaba Toby herido? ¿Estaba muerto?

Todas las chicas, tanto las de fuera como las de dentro, alargaron el cuello para ver mejor. El corazón empezó a latirles más deprisa. Entonces, solo durante un segundo, se les detuvo.

No era Toby. Era Jenna.

Varios minutos después, Ali y Spencer volvieron a la casa y Ali les contó, con una calma casi espeluznante, lo que había pasado: el cohete había entrado por la ventana y había golpeado a Jenna. Nadie la había visto encenderlo, así que estaban a salvo, siempre que ninguna dijera nada. Después de todo, el cohete era de Toby. Si la policía culpaba a alguien, sería a él.

Lloraron y se abrazaron y durmieron mal toda la noche. Spencer estaba tan afectada que se pasó horas encogida formando una bola, zapeando en silencio entre E!, Cartoon Network y Animal Planet. Cuando despertaron al día siguiente, la noticia había corrido por todo el barrio: alguien había confesado.

Toby.

Las chicas creyeron que se trataba de una broma, pero el periódico confirmaba que Toby había admitido estar jugando con un cohete en la casa del árbol, y que se le disparó accidentalmente contra la cara de su hermana, dejándola ciega. Ali lo leyó en voz alta mientras estaban todas reunidas alrededor de la mesa de la cocina, cogidas de la mano. Sabían que debían sentir alivio, pero... es que conocían la verdad.

Los pocos días que Jenna pasó en el hospital, los pasó histérica y confusa. Todo el mundo le preguntaba lo que había pasado, pero ella no parecía recordarlo. Dijo que tampoco podía recordar nada de lo que había pasado justo antes del accidente. Los médicos dijeron que sería debido al estrés postraumático. Rosewood Day organizó, en honor de Jenna, una reunión en contra del uso de fuegos artificiales, seguida de un baile y una venta benéfica de pasteles. Las chicas, sobre todo Spencer, participaron en todo ello con un celo excesivo, aunque, por supuesto, simularon no saber nada de lo sucedido. Si alguien preguntaba, decían que Jenna era una chica encantadora y una de sus amigas más íntimas. Muchas chicas que nunca le habían dirigido la palabra dijeron lo mismo. En cuanto a Jenna, nunca volvió a Rosewood Day. Fue a una escuela especial para ciegos de Filadelfia, y nadie volvió a verla después de aquella noche.

En Rosewood, el tiempo suele apartar a un lado las cosas malas, y Toby no fue una excepción. Sus padres lo escolarizaron en casa para el resto del curso. Después del verano, Toby iría a una escuela reformatoria de Maine. Se fue sin ceremonias un soleado día de mediados de agosto. Su padre lo llevó en coche a la estación de trenes SEPTA, donde cogió un tren al aeropuerto. Aquella tarde, las chicas miraron a su familia tirar la casa del árbol. Era como si quisieran borrar todo lo posible la existencia de Toby.

Dos días después de irse Toby, los padres de Ali se llevaron a las cinco chicas a una acampada en las montañas Pocono. Hicieron *rafting* en los rápidos, escalaron y se broncearon en las orillas del lago. Por la noche, cuando la conversación derivaba hacia Toby y Jenna, como solía pasar a menudo aquel verano, Ali les recordaba que nunca, pero nunca, podrían contárselo a nadie. Siempre guardarían el secreto, y eso haría que su amistad fuera más fuerte por toda la eternidad. Una noche, cuando las cinco niñas se metieron en la tienda, ajustándose bien la capucha de la sudadera J. Crew de cachemir, Ali entregó a cada una un brazalete de cuerdas de brillantes colores que simbolizaba el lazo que las unía. Anudó el brazalete en sus muñecas y les dijo una a una que repitieran con ella: «Prometo no decirlo, hasta el día en que me muera».

Se pusieron en círculo, de Spencer a Hanna a Emily a Aria, repitiendo eso mismo. Ali se ató su brazalete en último lugar. «Hasta el día en que me muera», susurró tras hacer el nudo, con las manos cruzadas sobre el corazón. Las chicas se cogieron la mano con fuerza, y, pese a lo terrible de la situación, se sintieron afortunadas de poder contar con las demás.

Las chicas no se quitaban el brazalete al ducharse, ni cuando se fueron de vacaciones de primavera a Washington D. C. y al Williamsburg colonial (o a las Bermudas, en el caso de Spencer), ni durante los sucios entrenamientos de hockey ni cuando pillaban la gripe. Ali se las arregló para mantener su brazalete más limpio que los de las demás, como si al ensuciárselo pudiera emborronar su objetivo. A veces se llevaban los dedos al brazalete y se susurraban:

«Hasta el día en que me muera», para recordarse lo íntimas que eran. Se convirtió en un código propio; todas sabían lo que significaba. De hecho, Ali lo diría menos de un año después; el último día de séptimo curso, cuando las chicas hicieron una fiesta de pijamas para celebrar el inicio del verano. Nadie sabía que Ali desaparecería pocas horas después. Ni que ese sería el día en que murió.

1

Y creíamos ser amigas

Spencer Hastings estaba parada en el césped verde manzana de la abadía de Rosewood con sus tres ex mejores amigas: Hanna Marin, Aria Montgomery y Emily Fields. Hacía más de tres años que las chicas habían dejado de hablarse, poco después de que Alison DiLaurentis desapareciera misteriosamente, pero aquel día volvían a reunirse para el responso de Alison. Dos días antes, unos obreros habían encontrado el cuerpo de Ali bajo una losa de cemento en el patio trasero de su antigua casa.

Spencer volvió a mirar el mensaje de texto que había recibido en el Sidekick.

Sigo aquí, putas. Y lo sé todo. —A.

—Oh, Dios mío —susurró Hanna.

En la pantalla de su Blackberry se leía lo mismo. Igual que en el Treo de Aria y en el Nokia de Emily. Cada una de ellas había recibido durante toda la semana anterior correos electrónicos, mensajes de texto y mensajes instantáneos de alguien que firmaba con la inicial A. Todos se referían a cosas que habían hecho en séptimo curso, el año en que Ali desapareció, pero también mencionaban secretos nuevos, cosas que estaban pasando en ese momento.

Spencer había creído que A podía ser Alison, que había vuelto de algún modo, pero eso ya quedaba descartado, ¿verdad? El cuerpo de Ali estaba descompuesto bajo el cemento. Llevaba muerta mucho, mucho tiempo.

—¿Crees que esto es por lo de Jenna? —susurró Aria, pasándose la mano por la angulosa mandíbula.

—Aquí no podemos hablar de eso aquí. Podría oírnos alguien.

—Spencer volvió a meter el teléfono en su bolso de tweed de Kate Spade, y miró nerviosa hacia los escalones de la abadía, donde un momento antes habían estado Toby y Jenna Cavanaugh. Spencer no veía a Toby desde antes incluso de que desapareciera Ali, y la última vez que había visto a Jenna fue la noche de su accidente, desmayada en brazos del paramédico que la bajó del árbol.

—¿En los columpios? —susurró Aria, refiriéndose al patio de juegos infantil del Rosewood Day. Era su antiguo lugar especial de reunión.

—Perfecto —dijo Spencer, abriéndose paso entre la afligida multitud—. Nos vemos allí.

La tarde se acercaba a su fin en un despejado día de otoño. El aire olía a humo de manzanas y madera. Sobre sus cabezas flotaba un globo aerostático de aire caliente. El día no podía ser más apropiado para el responso de una de las jóvenes más guapas de Rosewood.

Lo sé todo.

Spencer se estremeció. Debía ser un farol. Fuera quien fuera ese A, no podía saberlo todo. No lo de Jenna, y mucho menos el secreto que solo habían compartido Spencer y Ali. La noche del accidente de Jenna, Spencer había visto algo que no vieron sus amigas, pero Ali le hizo guardar el secreto incluso ante Emily, Aria y Hanna. Había querido contárselo a ellas, pero al no poder hacerlo, se lo había quitado de la cabeza, simulando que no había pasado.

Pero había pasado.

Aquella noche fresca y primaveral de abril, Spencer había salido de la casa justo después de que Ali disparase el cohete contra la ventana de la casa del árbol. El aire olía a pelo quemado. Vio a los paramédicos bajar a Jenna de la casa del árbol usando la precaria escalera de cuerda.

Ali estaba a su lado.

—¿Lo hiciste a propósito? —preguntó Spencer, aterrada.

—¡No! —Ali cogió a Spencer por el brazo—. Ha sido…

Spencer se había pasado años intentando bloquear lo que pasó a continuación: Toby Cavanaugh fue directo a por ellas. Tenía el pelo totalmente pegado a la cara y su pálido rostro gótico estaba rojo de rabia. Fue a por Ali.

—Te he visto. —Toby estaba tan furioso que temblaba. Miró hacia el caminito de la entrada, donde había un coche de policía aparcado—. Lo contaré.

Spencer se sobresaltó. Las puertas de la ambulancia se cerraron con un portazo y el gemido de las sirenas se alejó de la casa. Ali estaba muy tranquila.

—Sí, pero yo te he visto a ti, Toby —dijo—. Y si lo cuentas, yo también lo contaré. A tus padres.

Toby retrocedió un paso.

—No.

—Sí —replicó Ali. Aunque solo medía un metro cincuenta y siete, de pronto pareció mucho más alta—. Tú encendiste el cohete. Tú le has hecho daño a tu hermana.

Spencer la cogió del brazo. ¿Qué estaba haciendo? Pero Ali se soltó.

—Hermanastra —farfulló Toby, de forma casi inaudible. Miró a la casa del árbol y luego al final de la calle, por donde se acercaba despacio otro coche de policía—. Ya te cogeré —le gruñó a Ali—. Espera y verás.

Y entonces se fue.

Spencer cogió a Ali del brazo.

—¿Qué vamos a hacer?

—Nada —dijo Ali, casi con ligereza—. Estamos bien.

—Alison… —Spencer pestañeó incrédula—. ¿No le has oído? Dice que vio cómo lo hacías. Se lo contará a la policía.

—No lo creo. —Ali sonrió—. No con lo que sé de él.

Y entonces se acercó y le susurró lo que había visto hacer a Toby. Algo tan asqueroso que se había olvidado de que sostenía el cohete hasta que se le escapó de las manos rumbo a la ventana de la casa del árbol.

Ali hizo prometer a Spencer que no se lo contaría a las demás, y le avisó de que si lo contaba, se le ocurriría un modo para hacer que Spencer, y solo Spencer, cargara con la culpa de todo. Spencer mantuvo la boca cerrada, aterrada por lo que podría hacerle. Le preocupaba que Jenna pudiera decir algo, porque seguro que Jenna recordaría que no había sido Toby, pero Jenna despertó confundida y delirando. Dijo que tenía toda aquella noche en blanco.

Y entonces, un año después, Ali desapareció.

La policía interrogó a todo el mundo, incluida Spencer, preguntando si había alguien que quisiera hacer daño a Ali. *Toby*, había pensado Spencer de inmediato. No podía olvidar el momento en que dijo «Ya te cogeré». Pero mencionar a Toby significaba decirle a la policía la verdad sobre el accidente de Jenna, y que ella era en parte responsable del mismo, que todo ese tiempo había sabido la verdad y no se la había contado a nadie. También significaba contarles a sus amigas el secreto que callaba desde hacía más de un año. Así que Spencer no dijo nada.

Encendió otro Parliament y salió del aparcamiento de la abadía de Rosewood. A no podía saberlo todo, como decía en el mensaje. A no ser, claro está, que A fuera Toby Cavanaugh. Pero eso no tenía sentido. Las notas que le enviaba A eran sobre un secreto que solo conocía Ali: en séptimo, Spencer había besado a Ian, el novio de su hermana Melissa. Y solo se lo había contado a Ali, a nadie más. Y A también sabía lo de Wren, el actual ex de su hermana, con el que había hecho algo más que besarse.

Pero los Cavanaugh viven en la calle de Spencer. Toby podía haber usado unos prismáticos para espiar su habitación. Y Toby estaba en Rosewood, aunque ya fuera septiembre. ¿No tenía que estar en el internado?

Spencer entró en el camino pavimentado de ladrillo del instituto Rosewood Day. Sus amigas ya estaban allí, acurrucadas junto al conjunto de columpios para los de enseñanza básica. Formaban un hermoso castillo de madera, con torretas, banderas y un tobogán con forma de dragón. El aparcamiento estaba desierto, los paseos de ladrillo vacíos, y los campos de deporte silenciosos; el colegio entero libraba aquel día en memoria de Ali.

—¿Así que todas hemos recibido un mensaje de ese A? —preguntó Hanna cuando se acercó Spencer. Todas habían sacado el móvil y miraban el mensaje de «Lo sé todo».

—Yo tengo dos más —tanteó Emily—. Creí que eran de Ali.

—¡Yo también! —se sobresaltó Hanna, golpeándose con la cabeza en la cúpula de tubos.

Aria y Spencer asintieron a su vez. Se miraron unas a otras con ojos nerviosos y muy abiertos.

—¿Qué dice el tuyo? —Spencer miró a Emily.

Emily apartó de su ojo un mechón de cabello rubio rojizo.

—Es personal.

Spencer se quedó tan sorprendida que se rió con fuerza.

—¡Tú no tienes secretos, Em! —Emily era la chica más dulce y pura del mundo.

Emily pareció ofenderse.

—Pues sí que los tengo.

—Oh.

Spencer se sentó en uno de los escalones del tobogán. Respiró hondo, esperando oler a mantillo y serrín. En vez de eso percibió una vaharada de pelo quemado, como la noche del accidente de Jenna.

—¿Y tú, Hanna?

Hanna arrugó la naricilla respingona.

—Si Emily no cuenta el suyo, yo no quiero contar el mío. Es algo que solo sabía Ali.

—Igual que el mío —dijo enseguida Aria, y bajó la mirada—. Lo siento.

Spencer sintió un nudo en el estómago.

—¿Así que todas tenemos secretos que solo conocía Ali?

Todo el mundo asintió. Spencer bufó de forma desagradable.

—Creía que éramos buenas amigas.

Aria se volvió hacia Spencer y frunció el ceño.

—Entonces, ¿qué dice el tuyo?

Spencer no creía que su secreto sobre Ian fuera especialmente jugoso. No era nada al lado de lo que sabía de lo de Jenna. Pero era demasiado orgullosa como para contarlo ahora.

—Es un secreto que solo conocía Ali, igual que el vuestro. —Se echó el largo pelo rubio ceniza detrás de las orejas—. Pero A también me envió un correo electrónico sobre algo que me está pasando ahora. Es como si alguien me estuviera espiando.

Aria abrió mucho sus ojos azul hielo.

—Igual que a mí.

—Así que hay alguien vigilándonos —dijo Emily.

Una mariquita aterrizó delicadamente en su hombro y se la quitó de encima como si fuera algo mucho más temible.

Spencer se levantó.

—¿Creéis que puede ser Toby?

Todas parecieron sorprenderse.

—¿Por qué? —preguntó Aria.

—Es parte de lo de Jenna —dijo Spencer con cuidado—. ¿Y si lo sabe?

Aria señaló el mensaje de su Treo.

—¿De verdad crees que es por... lo de Jenna?

Spencer se humedeció los labios. *Díselo.*

—Seguimos sin saber por qué Toby cargó con la culpa —sugirió, sondeando a ver lo que decían las otras.

Hanna lo pensó un momento.

—La única forma en que Toby pudiera saber lo que hicimos es que se lo haya contado una de nosotras. —Las miró con desconfianza—. Yo no he sido.

—Tampoco yo —dijeron enseguida Aria y Emily.

—¿Y si lo descubrió de otro modo? —preguntó Spencer.

—¿Quieres decir si alguien más vio a Ali esa noche y se lo contó? —preguntó Aria—. ¿O que vio a Ali?

—No. Quiero decir... No sé —dijo Spencer—. Solo ofrezco posibilidades.

Díselo, volvió a pensar Spencer, pero no pudo hacerlo. Todas parecían desconfiar de las demás, tal y como había pasado al desaparecer Ali, cuando su amistad se desintegró. Si Spencer les contaba la verdad sobre Toby, la odiarían por no habérselo contado a la policía tras la desaparición de Ali. Puede que incluso la culparan de la muerte de Ali. Y quizás hacían bien. ¿Y si al final la había matado Toby?

—Solo es una idea —se oyó decir—. Probablemente me equivoque.

—Ali dijo que nadie lo sabía aparte de nosotras. —Los ojos de Emily parecían húmedos—. Nos lo juró, ¿recordáis?

—Además —añadió Hanna—, ¿cómo podría saber Toby tanto de nosotras? Puede que Ali se lo contara a alguna compañera de hockey, o a su hermano, o a alguien en quien confiara. Pero a Toby lo odiaba. Igual que todas nosotras.

Spencer se encogió de hombros.

—Seguro que tienes razón.

Se relajó en cuanto lo dijo. Se estaba obsesionando por nada. Todo estaba silencioso. Puede que demasiado. La rama de un árbol cercano se quebró y Spencer se giró bruscamente. Los columpios se mecían a uno y otro lado, como si alguien acabara de dejarlos. Un pájaro marrón, posado en el tejado del Rosewood Day, las miró fijamente, como si también supiera cosas.

—Yo creo que alguien está jugando con nosotras —susurró Aria.

—Sí —coincidió Emily, pero sonaba igual de poco convencida.

—¿Y si recibimos otro mensaje? —Hanna se tiró del corto vestido negro para taparse más los delgados muslos—. Al menos deberíamos averiguar quién es.

—¿Qué tal si nos llamamos si recibimos otro mensaje? —sugirió Spencer—. Podríamos intentar unir las piezas. Pero no creo que debamos hacer, no sé, ninguna locura. Deberíamos intentar no preocuparnos.

—Yo no estoy preocupada —dijo enseguida Hanna.

—Yo tampoco —dijeron Aria y Emily al mismo tiempo. Pero todas dieron un salto cuando sonó un bocinazo en la calle.

—¡Hanna!

Mona Vanderwaal, la mejor amiga de Hanna, asomó su rubia cabeza por la ventanilla de un Hummer H3 amarillo. Llevaba grandes gafas de aviador con cristales rosas.

Hanna miró a las demás sin disculparse.

—Tengo que irme —murmuró, y corrió colina arriba.

En los años anteriores, Hanna se había reinventado hasta convertirse en una de las chicas más populares del Rosewood Day. Había adelgazado, se había teñido el pelo de un atractivo color castaño oscuro, conseguido todo un nuevo guardarropa de diseño, y ahora Mona Vanderwaal (otra empollona reconvertida) y ella se paseaban por el instituto como si fueran demasiado buenas para los demás. Spencer se preguntó cuál podía ser el terrible secreto de Hanna.

—Yo también tengo que irme. —Aria se subió al hombro el informe bolso púrpura—. Bueno, os llamaré, chicas.

Se dirigió hacia su Subaru.

Spencer se demoró junto a los columpios. Igual que Emily, cuyo rostro habitualmente alegre parecía demacrado y cansado.

Spencer posó una mano en el pecoso brazo de Emily.

—¿Estás bien?

Emily negó con la cabeza.

—Ali. Está…

—Lo sé.

Se abrazaron con torpeza, y luego Emily se dirigió hacia el bosque, después de decir que iría a casa por un atajo. Hacía años que las cuatro no se hablaban, aunque se sentaran en la misma clase de historia o se encontraran en el lavabo de las chicas. Pero Spencer sabía cosas de ellas, partes ocultas de su personalidad que solo conoce una amiga íntima. Como que Emily era quien peor llevaba la muerte de Ali. Solían llamar a Emily «Asesina» porque defendía a Ali como un rottweiler posesivo.

Una vez en su coche, Spencer se hundió en el asiento de cuero y puso la radio. Giró el dial hasta encontrar la 610AM, el canal deportivo de Filadelfia. Había algo en unos hombres con excesiva testosterona ladrando sobre los Phillies y los Sixers que le resultaba calmante. Había esperado que hablar con sus viejas amigas le aclarase algunas cosas, pero ahora las cosas parecían estar incluso más «asquerosas». Ni siquiera con todo el vocabulario que estudió para el SAT se le ocurría una palabra más adecuada que esa para describirlo.

Cuando el móvil zumbó en su bolsillo, lo sacó pensando que serían Emily o Aria. Quizá incluso Hanna. Spencer frunció el ceño y abrió la bandeja de entrada.

> Spence:
> No te culpo por no contarles nuestro secretito sobre Toby.
> La verdad puede llegar a ser peligrosa, y tú no querrás que les pase nada, ¿verdad? —A.

2

Hanna 2.0

Mona Vanderwaal aparcó el Hummer de sus padres pero no apagó el motor. Metió el móvil en su bolso Lauren Merkin color coñac y sonrió a su mejor amiga, Hanna.

—No he dejado de llamarte.

Hanna se quedó parada en la calzada, temerosa.

—¿Qué haces aquí?

—¿A qué te refieres?

—A que no te he pedido que me lleves. —Hanna señaló temblorosa a su Toyota Prius aparcado—. Mi coche está ahí mismo. ¿Te ha dicho alguien que estaba aquí o...?

Mona se enredó en el dedo un largo mechón de pelo rubio.

—He salido de la iglesia y ya me iba a casa, so chiflada. Te he visto y he parado. —Soltó una risita—. ¿Te has tomado uno de los Valiums de tu madre? Pareces alterada.

Hanna sacó un Camel Ultra Light del paquete que llevaba en el bolso vagabundo negro de Prada y lo encendió. Claro que estaba alterada. Habían asesinado a su antigua mejor amiga y llevaba toda la semana recibiendo mensajes aterradores de alguien llamado A. Se había pasado el día entero, mientras se arreglaba para el funeral de Ali, compraba Coca-Cola light en Wawa, entraba en la autopista camino de la abadía de Rosewood, con la sensación de que alguien la vigilaba.

—No te vi en la iglesia —murmuró.

Mona se quitó las gafas de sol descubriendo sus redondos ojos azules.

—Me miraste directamente. Te hice señas. ¿Te suena eso de algo?

Hanna se encogió de hombros.

—No..., no me acuerdo.

—Bueno, supongo que estabas ocupada con tus viejas amigas —replicó Mona.

Hanna se puso en guardia. Sus antiguas amigas eran un asunto espinoso entre ellas; un millón de años antes, Mona era una de las chicas atormentadas por Ali, Hanna y las demás. A raíz de que Jenna resultara herida, se convirtió en la chica con la que meterse.

—Lo siento. Estaba muy llena.

—Tampoco es que me escondiera. —Mona sonaba herida—. Estaba sentada detrás de Sean.

Hanna respiró hondo bruscamente. *Sean.*

Sean Ackard era su actual exnovio; su relación había explotado durante la fiesta de inicio de curso que había dado Noel Kahn el anterior viernes por la noche. Hanna había decidido perder la virginidad ese viernes, pero cuando empezó a insinuarse, Sean la interrumpió y le soltó un sermón sobre que debía respetar su cuerpo. Hanna se vengó robando el BMW de la familia Ackard para dar una vuelta con Mona y lo estrelló contra un poste telefónico ante una tienda Home Depot.

Mona apretó el acelerador del Hummer, revolucionando la cilindrada del motor.

—Bueno, mira. Tenemos una emergencia. Seguimos sin pareja.

—¿Para qué? —Hanna pestañeó.

Mona alzó una ceja rubia perfectamente depilada.

—¿Holaaa? ¡Para el Foxy! Es este fin de semana. Ahora que has cortado con Sean, puedes pedírselo a alguien guay.

Hanna se quedó mirando a los dientes de león que crecían en las grietas de la acera. El Foxy era el baile benéfico anual para «los miembros jóvenes de la sociedad de Rosewood», patrocinado por la Rosewood Foxhunting League, la Liga de cazadores de zorros de Rosewood, de ahí la abreviatura. Una donación de doscientos cincuenta dólares a la asociación benéfica elegida por la organización te daba la oportunidad de ver tu foto en el *Philadelphia Inquirer* y en glam-R5.com (el blog de sociedad de la zona), y era una buena excusa para ir elegante, beber y ligarse al novio de otra. Hanna había pagado su entrada en julio, creyendo que iría con Sean.

—No sé ni si voy a ir —murmuró con pesimismo.

—Claro que vas a ir. —Mona entrecerró sus ojos azules y suspiró hondo—. Mira, llámame cuando te deshagan la lobotomía.

Entonces dirigió el coche hacia la carretera y se fue.

Hanna caminó despacio de vuelta a su Prius. Sus amigas se habían ido y su coche plateado parecía muy solo en el aparcamiento vacío. La acuciaba una sensación incómoda. Mona era su mejor amiga, pero en ese momento no le estaba contando un montón de cosas. Como lo de los mensajes de A. O que el sábado por la mañana la habían arrestado por robar el coche del señor Ackard. O que Sean había roto con ella, en vez de ser al revés. Sean era tan diplomático que solo le había dicho a sus amigos que habían «decidido verse con otras personas». Hanna suponía que podría manipular la historia en su beneficio para que nadie supiera la verdad. Pero si le contaba algo de eso a Mona, le descubriría que estaba perdiendo el control de su vida. Hanna y Mona se habían reinventado juntas, y su regla como codivas del instituto era que debían ser perfectas. Eso significaba mantenerse delgadas como un agitador de cóctel, conseguir vaqueros ajustados Paige antes que nadie y no perder nunca el control. Cualquier grieta en su armadura podía devolverlas a su poco deseable estado social de empollonas, y no querían volver a eso. Nunca. Así que Hanna tenía que simular que no había tenido lugar nada del horror de la semana anterior, aunque sí que hubiera pasado.

Hanna nunca había conocido a nadie que hubiera muerto, y menos que hubiera sido asesinado. Y el hecho de que ese alguien hubiera sido Ali, unido a los mensajes de A, lo volvía todo aún más siniestro. Si alguien sabía realmente lo de Jenna, y podía contarlo, y si ese alguien tenía algo que ver con la muerte de Ali, desde luego que Hanna no controlaba su vida para nada.

Hanna aparcó ante su casa, un enorme edificio georgiano con vistas al monte Kale. Cuando se miró en el retrovisor, se horrorizó al ver que tenía la piel enrojecida y grasienta y que sus poros parecían enormes. Así que se inclinó un poco más hacia el espejo y, de pronto tenía la piel limpia. Hanna respiró hondo, de forma irregular, antes de salir del coche. Últimamente tenía muchas alucinaciones de ese tipo.

Entró en su casa temblando todavía y se dirigió a la cocina. Cuando atravesó las puertas acristaladas se quedó paralizada.

La madre de Hanna estaba sentada a la mesa de la cocina ante un plato de queso y galletitas. Llevaba los cabellos caoba recogidos en un moño, y su reloj Chopard incrustado de diamantes brillaba al sol de la tarde. De su oído colgaban los auriculares inalámbricos del Motorola.

Y a su lado estaba el padre de Hanna.

—Te estábamos esperando —dijo su padre.

Hanna retrocedió un paso. Tenía más canas en el pelo, y llevaba gafas nuevas de montura metálica, pero, a parte de eso, estaba como siempre: alto, con arrugas en los ojos, con un polo azul. Su voz también era la misma, profunda y tranquila como la de un locutor de radio. Hanna no lo veía ni hablaba con él desde hacía casi cuatro años.

—¿Qué estás haciendo aquí? —espetó.

—Estaba haciendo unos trabajos en Filadelfia —dijo el señor Marin, con una voz que le salió nerviosamente chillona en la palabra «trabajos». Bebió café de su taza de Doberman. Era la taza que su padre usaba continuamente cuando vivía con ellas; Hanna se preguntó si habría rebuscado en la alacena para encontrarla—. Tu madre me llamó y me contó lo de Alison. Lo siento mucho, Hanna.

—Ya —dijo Hanna. Se sentía mareada.

—¿Necesitas hablar de alguna cosa? —repuso su madre, mordisqueando un trozo de queso chédar.

Hanna inclinó la cabeza, confusa. La relación entre la señora Marin y Hanna era más de jefa-interna que de madre-hija. Ashley Marin se había abierto paso con uñas y dientes por el escalafón de McManus & Tate, una agencia de publicidad de Filadelfia, y trataba a todo el mundo como si fuera su empleado. Hanna no recordaba la última vez que su madre le había hecho una pregunta sobre sus sentimientos. Posiblemente nunca.

—Hmm, vale. Pero no, gracias —añadió, algo altanera.

¿De verdad podían culparla por estar un tanto amargada? Cuando se divorciaron, su padre se mudó a Anápolis, empezó a salir con una mujer llamada Isabel, y heredó a Kate, una preciosa cuasi hijastra. Su padre había hecho su vida tan poco acogedora que Hanna solo lo había visitado una vez. Y hacía años que no intentaba llamarla, ni enviarle un correo electrónico, ni nada. Ya ni siquiera le enviaba regalos por su cumpleaños, solo cheques.

Su padre suspiró.

—Probablemente no sea el mejor día para hablar de nada.

Hanna lo miró fijamente.

—¿Hablar de qué?

El señor Marin se aclaró la garganta.

—Bueno, tu madre también me llamó por otro motivo. —Bajó la mirada—. Por el coche.

Hanna frunció el ceño. ¿El coche? ¿Qué coche? Oh.

—Ya es bastante grave que robaras el coche del señor Ackard —dijo su padre—. Pero que te fueras del lugar del accidente…

Hanna miró a su madre.

—Creía que te habías ocupado de ello.

—No hay nada resuelto —repuso la señora Marin, mirándola fijamente.

Pues me tenías engañada, quiso decir Hanna. Cuando los policías la dejaron marchar el sábado, su madre le había dicho con tono misterioso que había arreglado las cosas para que no tuviera problemas. El misterio se resolvió la noche siguiente, cuando encontró a su madre con Darren Wilden, uno de los jóvenes agentes de policía, prácticamente haciéndolo en la cocina.

—Hablo en serio —dijo la señora Marin, y Hanna dejó de sonreír—. La policía aceptó hacer la vista gorda, pero eso no cambia lo que te está pasando, Hanna. Primero robas en Tiffany, y ahora esto. Ya no sé qué hacer. Así que he llamado a tu padre.

Hanna miró el plato de queso, sintiéndose demasiado rara para mirarlos a los ojos a cualquiera de los dos. ¿También le había dicho a su padre que la habían pillado robando en Tiffany?

El señor Marin se aclaró la garganta.

—Aunque la policía archivara el caso, el señor Ackard quiere llegar a un acuerdo, sin pasar por los tribunales.

Hanna se mordió la boca por dentro.

—¿No se ocupa el seguro de pagar esas cosas?

—No es exactamente eso —respondió el señor Marin—. El señor Ackard le ha hecho una oferta a tu madre.

—El padre de Sean es cirujano plástico —explicó su madre—, pero dedica su tiempo a una clínica de rehabilitación para quemados. Quiere que te presentes allí mañana a las tres y media.

Hanna arrugó la nariz.

—¿Por qué no podemos limitarnos a darle dinero?

El pequeño móvil LG de la señora Marin empezó a sonar.

—Creo que hacer algo bueno por la comunidad será una lección provechosa para ti. Comprenderás lo que has hecho.

—¡Pero si sí que lo comprendo!

Hanna Marin no quería dedicar su tiempo libre a una clínica de quemados. Si tenía que trabajar de voluntaria, ¿por qué no podía ser en algo más chic? Como hacerlo en la ONU, con Nicole y Angelina.

—Ya está decidido —dijo bruscamente la señora Marin, para luego gritar al teléfono—: ¿Carson? ¿Tienes ya las maquetas?

Hanna estaba sentada apretando los puños. Deseaba poder subir a su cuarto, quitarse el vestido que había llevado en el funeral (que le hacía los muslos gordísimos, ¿o era cosa de su reflejo en las puertas del patio?), rehacerse el maquillaje, perder dos kilos y tomarse un chupito de vodka. Luego bajaría y volvería a presentarse.

Cuando miró a su padre, este le dedicó una sonrisa muy pequeña. El corazón le dio un vuelco. Él separó los labios como si fuera a hablar, pero entonces también sonó su móvil. Alzó un dedo a Hanna para que esperase.

—¿Kate? —contestó.

El corazón de Hanna se detuvo. *Kate.* La preciosa, perfecta, cuasi hijastra.

Su padre se encajó el teléfono bajo la barbilla.

—¡Eh! ¿Qué tal la competición campo a través? —Hizo una pausa, y luego sonrió—. ¡Menos de dieciocho minutos! Es impresionante.

Hanna cogió un trozo de chédar del plato de quesos. Kate ni la había mirado cuando fue de visita a Anápolis. Ali, que la había acompañado para darle apoyo moral, había formado con ella un lazo instantáneo de chicas guapas que excluyó por completo a Hanna. Lo cual la empujó a devorar todos los aperitivos que había en un kilómetro a la redonda; sucedió en la época en que era gorda y fea y comía y comía. Cuando se abrazó el estómago porque le dolía, su padre le cogió el dedo gordo y dijo: «¿Mi cerdita no se encuentra bien?». Y delante de todo el mundo. Entonces Hanna corrió al cuarto de baño y se metió el cepillo de dientes en la garganta.

El trozo de chédar flotaba ante la boca de Hanna. Respiró hondo, lo puso dentro de una servilleta y lo tiró a la basura. Todo eso había pasado hacía mucho tiempo, cuando era una Hanna muy diferente. Alguien a la que solo Ali conocía, alguien a quien Hanna había enterrado.

3

¿Tienen aquí impresos para hacerse amish?

Emily Fields estaba ante la posada Gray Horse, un ruinoso edificio de piedra que había sido un hospital de guerra durante la revolución. El actual dueño había convertido los pisos superiores en habitaciones para huéspedes ricos de fuera de la ciudad y tenía abajo una cafetería ecológica. Emily miró entre las ventanas del café y vio a algunos de sus compañeros de clase con sus familias, comiendo bagels de salmón ahumado, bocadillos a la plancha y enormes ensaladas Cobb. Todos debían haber sentido la misma ansia postfuneral de comer algo.

—Has venido.

Emily se volvió para ver a Maya Saint Germain apoyada en una maceta de terracota llena de peonías. Maya la había citado allí cuando dejaba los columpios del Rosewood Day. Al igual que Emily, iba vestida con ropa de funeral: una falda corta plisada de pana negra, botas negras y un jersey negro sin mangas con un delicado encaje alrededor del cuello. Y, al igual que Emily, parecía haber rebuscado en el fondo de armario para encontrar algo negro y con aspecto triste.

Emily sonrió con pesar. Los Saint Germain se habían mudado a la antigua casa de Ali. Cuando los obreros empezaron a cavar para quitar el cenador a medio terminar de los DiLaurentis, y poder construir una pista de tenis, descubrieron bajo el cemento el cuerpo descompuesto de Ali. Desde ese momento, las unidades de televisión, los coches de policía y los curiosos se amontonaban en la casa todos los días a todas horas. La familia de Maya se había refugiado en la posada hasta que las cosas se calmaran.

—Hola. —Emily miró a su alrededor—. ¿Están comiendo tus padres?

—Se han ido a Lancaster. A volver a contactar con la naturaleza o algo así. La verdad, creo que les ha dado un shock, así que igual les hace bien algo de tranquilidad.

Emily sonrió al pensar en los padres de Maya relacionándose con los amish en el pequeño pueblo al oeste de Rosewood.

—¿Quieres subir a mi habitación? —preguntó Maya alzando una ceja.

Emily se tiró de la falda para taparse las piernas fuertes por la natación, y se detuvo. Si la familia de Maya no estaba, estarían solas. En una habitación. Con una cama.

Cuando conoció a Maya, ya se había mentalizado para ello. Buscaba una amiga que pudiera reemplazar a Ali. Y Maya se le parecía en muchos aspectos; las dos eran temerarias y divertidas, y parecían ser las únicas personas del mundo que comprendían a la verdadera Emily. Y tenían algo más en común: hacer que sintiera algo diferente por ellas.

—Vamos.

Maya se volvió para entrar. Emily, no muy segura de qué otra cosa hacer, la siguió.

Fue tras ella por las crujientes y retorcidas escaleras de la posada hasta su habitación ambientada en 1776. Olía a lana húmeda. Tenía suelos de madera de pino, una insegura cama imperio de cuatro postes con una absurda colcha gigante, y un cacharro desconcertante en una esquina que parecía una mantequera.

—Mis padres pidieron habitaciones separadas para mi hermano y para mí.

La cama emitió un chirrido al sentarse Maya.

—Qué bien —contestó Emily, sentándose en el borde de una desvencijada silla que debió pertenecer a George Washington.

—Bueno, ¿cómo estás? —Maya se inclinó hacia ella—. Dios, te vi en el funeral. Parecías destrozada.

Los ojos avellana de Emily se llenaron de lágrimas. Estaba destrozada por lo de Ali. Llevaba los últimos tres años y medio esperando a que Ali apareciera un día en su porche, tan viva y hermosa como siempre. Cuando empezó a recibir los mensajes de A, estuvo segura de que Ali había vuelto. ¿Quién más podría haberlo sabido? Pero ahora sabía con certeza que Ali había muerto. Para siempre. Y para colmo, alguien más conocía su vergonzoso secreto, que había estado enamorada de Ali, y que sentía lo mismo por Maya. Y puede que esa misma persona también supiera lo que le habían hecho a Jenna.

Emily se sentía mal por no haberles contado a sus antiguas amigas lo que decían los mensajes de A. Pero no podía. Una de las notas de A estaba escrita sobre una vieja carta de amor que había enviado a Ali. Lo irónico era que podía hablar con Maya del contenido de los mensajes, pero le daba miedo hablarle de A.

—Creo que aún no me he hecho a la idea —respondió por fin, sintiendo que se avecinaba un dolor de cabeza—. Pero, también es que estoy cansada.

Maya se quitó las botas.

—¿Por qué no duermes un poco? No te sentirás mejor mientras sigas sentada en esa máquina de tortura que llaman silla.

Emily rodeó con las manos los brazos de la silla.

—Yo...

Maya dio unas palmaditas en la cama.

—Parece que necesitas un abrazo.

Un abrazo le sentaría bien. Emily se apartó de la cara el pelo rubio rojizo y se sentó en la cama al lado de Maya. Sus cuerpos se fundieron. Podía sentir las costillas de Maya a través de la tela de la camisa. Era tan pequeña que podría cogerla y hacerla girar en el aire.

Se separaron, quedándose a pocos centímetros la una de la otra. Las pestañas de Maya eran negras como el carbón, y en el iris de sus ojos había pequeñas motas doradas. Maya inclinó suavemente la barbilla de Emily. Empezó besándola con suavidad. Luego con más ímpetu.

Emily sintió el familiar arrebato de excitación cuando la mano de Maya rozó el borde de su falda. De pronto, la metió debajo, fría e inesperada. Emily abrió los ojos de pronto y se apartó.

Las cortinas blancas de volantes de la habitación de Maya estaban descorridas y pudo ver los Escalade, los Mercedes y los Lexus Hybrid del aparcamiento. Sarah Isling y Taryn Orr, dos chicas del curso de Emily, salían por la puerta del restaurante, seguidas de sus padres. Emily se agachó.

Maya se echó atrás.

—¿Qué pasa?

—¿Qué estás haciendo? —Emily se tapó con la mano la camisa desabrochada.

—¿Qué crees que estoy haciendo? —sonrió Maya.

Emily volvió a mirar hacia la ventana. Sarah y Taryn se habían ido.

Maya se agitaba arriba y abajo sobre el chirriante colchón.

—¿Sabes que este sábado hay una fiesta benéfica llamada Foxy?

—Sí. —A Emily le latía todo el cuerpo.

—Creo que deberíamos ir. Suena divertida.

Emily frunció el ceño.

—Las entradas cuestan doscientos cincuenta dólares. Necesitas una invitación.

—Mi hermano ha conseguido entradas. Me ha dado dos. —Maya se acercó más a Emily—. ¿Querrás ser mi pareja?

Emily se levantó bruscamente de la cama.

—Yo... —Retrocedió un paso, tropezando con la resbaladiza alfombra de ganchillo. Muchos del Rosewood Day irían al Foxy. Todos los populares, todos los chicos, todo el mundo—. Tengo que usar el baño.

Maya parecía confundida.

—Está allí.

Emily cerró la puerta del baño, que estaba torcida. Se sentó en la taza y miró el grabado de la pared de una mujer amish que llevaba un gorro y un vestido hasta los tobillos. Quizás era una señal. Emily siempre buscaba señales que la ayudaran a tomar decisiones; en el horóscopo, en las galletas de la fortuna, en detalles casuales como ese. Igual ese grabado quería decirle: «Sé como los amish». ¿No eran castos de por vida? ¿No eran sus vidas enloquecedoramente simples? ¿No quemaban a las chicas en una hoguera cuando les gustaban otras chicas?

Entonces le sonó el móvil.

Se lo sacó del bolsillo, preguntándose si sería su madre queriendo saber dónde estaba. La señora Fields estaba muy poco contenta de que Emily y Maya fueran amigas, por razones preocupantes y posiblemente racistas. Imagínate si su madre supiera lo que estaban haciendo ahora.

El Nokia de Emily parpadeó, «Nuevo mensaje». Pulsó «Abrir».

¡Em!:
Veo que sigues teniendo las mismas *actividades* con tus mejores amigas. Aunque la mayoría hayamos cambiado por completo, ¡siempre es bonito saber que tú sigues siendo la misma! ¿Vas a contarle a todo el mundo lo de tu nuevo amor? ¿O es que debo hacerlo yo? —A.

—No —susurró Emily.

Oyó tras ella un chorreo repentino y se levantó de un salto, golpeándose la cadera contra el lavabo. Solo era alguien que tiraba de la cadena en la habitación contigua. Después se oyeron susurros y risitas. Parecían provenir de la tubería de desagüe.

—¿Emily? —llamó Maya—. ¿Va todo bien?

—Hmm... sí, bien —dijo Emily con voz ronca.

Se miró en el espejo. Tenía los ojos hundidos y desorbitados, y el pelo rubio rojizo revuelto. Cuando por fin salió del baño, las luces de la habitación estaban apagadas y las cortinas echadas.

—Pssst —la llamó Maya desde la cama. Estaba seductoramente tumbada sobre un costado.

Emily miró a su alrededor. Estaba segura de que Maya ni siquiera había cerrado la puerta. Con todos esos chicos y chicas de Rosewood comiendo abajo...

—No puedo hacerlo —masculló Emily.

—¿Qué? —Los dientes deslumbrantemente blancos de Maya brillaron en la penumbra.

—Somos amigas. —Emily se pegó a la pared—. Me gustas.

—Tú también me gustas. —Maya se pasó una mano por el brazo desnudo.

—Pero ahora no puedo ser más que eso —aclaró Emily—. Una amiga.

La sonrisa de Maya desapareció en la oscuridad.

—Lo siento. —Emily se puso a toda prisa las zapatillas, metiendo el pie izquierdo en el zapato derecho.

—Eso no significa que tengas que irte —dijo Maya despacio.

Emily la miró mientras alargaba la mano hacia el pomo. Sus ojos ya estaban acostumbrándose a la escasa luz, y pudo ver que Maya estaba decepcionada y confusa y… y preciosa.

—Tengo que irme —murmuró Emily—. Llego tarde.

—¿Tarde a qué?

Emily no contestó. Se volvió hacia la puerta. Tal y como sospechaba, Maya no se había molestado en cerrar con llave.

4

Hay verdad en el vino... o, en el caso de Aria, en la Amstel

Cuando Aria Montgomery entró en la casa familiar, cuadrada y de un diseño vanguardista, que destacaba en la típica calle de Rosewood sembrada de edificios estilo neoclásico victoriano, oyó a sus padres hablando en voz baja en la cocina.

—No lo entiendo —decía su madre, o Ella, porque a sus padres les gustaba que Aria se dirigiera a ellos por el nombre de pila—. La semana pasada dijiste que podías ir a la cena de los artistas. Es importante. Creo que Jason podría comprar algunos de los cuadros que pinté en Reikiavik.

—Es que ando muy atrasado corrigiendo los exámenes —respondió Byron, su padre—. Aún no he conseguido recuperar la soltura.

Ella suspiró.

—¿Cómo puedes tener ya exámenes para corregir con solo dos días de clase?

—Los puse antes de que empezase el semestre. —Byron parecía distraído—. Te lo compensaré, te lo prometo. ¿Qué tal con lo de Otto? ¿El sábado por la noche?

Aria se demoró en el vestíbulo. La familia acababa de volver de pasar dos años en Reikiavik, Islandia, aprovechando el periodo sabático de su padre. Había sido el descanso ideal para todos: Aria necesitaba huir tras la desaparición de Ali, su hermano Mike necesitaba algo de cultura y disciplina, y Ella y Byron, que habían empezado a tener días en los que no se hablaban, parecieron volver a enamorarse. Pero ahora que habían vuelto a casa, todo parecía recuperar el disfuncional estado anterior.

Aria entró en la cocina. Su padre se había ido ya, y su madre estaba sentada junto a la isla, apoyando la cabeza en las manos. El rostro se le iluminó al ver a Aria.

—¿Cómo estás, cariño? —preguntó a su hija con cuidado, tocando la invitación al funeral de Ali que les habían enviado.

—Estoy bien —farfulló Aria.

—¿Quieres hablar de ello?

Aria negó con la cabeza.

—Tal vez más tarde.

Se escabulló entrando en el salón, sintiéndose acelerada y distraída, como si se hubiera bebido seis latas de Red Bull. Y no era solo por el funeral de Ali.

La semana anterior, A había castigado a Aria usando uno de sus peores secretos: en séptimo curso había pillado a su padre besando a una de sus estudiantes, una chica llamada Meredith. Su padre le había pedido que no se lo contara a su madre, y no lo había hecho, aunque siempre se había sentido culpable por ello. Cuando A la amenazó con contar a Ella la cruda realidad, había supuesto que A era Alison, porque estaba con ella cuando sorprendió a Byron con Meredith, y Aria nunca se lo había contado a nadie.

Pero ahora sabía que A no podía ser Alison, y la amenaza de arruinar a su familia seguía pendiendo en el aire. Sabía que debía decírselo a Ella antes de que lo hiciera A, pero no conseguía animarse a ello.

Se dirigió al porche de atrás pasándose los dedos por el largo cabello negro. Un fogonazo blanco pasó por su lado. Era su hermano, Mike, corriendo por el patio con su palo de lacrosse.

—¡Eh! —lo llamó, al ocurrírsele una idea. Cuando no le contestó, caminó hasta el césped y se puso en su camino—. Voy al centro. ¿Te vienes?

Mike hizo una mueca.

—El centro está lleno de sucios jipis. Además, ahora estoy practicando.

Aria puso los ojos en blanco. Mike estaba tan obsesionado con entrar en el equipo de lacrosse del Rosewood Day que no se había molestado ni en quitarse el traje gris carbón para el funeral antes de ponerse a entrenar. Mike era del mismo molde que los demás chicos de Rosewood, con su gorra de béisbol blanco sucio, su obsesión por la PlayStation y su ahorrar para comprarse un Jeep Cherokee verde cazador en cuanto cumpliera los dieciséis. Desgraciadamente, era indudable que compartían la misma base genética, ya que tanto su hermano como ella eran altos, con el pelo negro azulado y un rostro inolvidablemente anguloso.

—Pues voy a emborracharme —le dijo—. ¿Seguro que quieres practicar?

Mike entrecerró los ojos azules grisáceos mientras procesaba eso.

—¿Seguro que no me arrastras en secreto a un recital de poesía?

Ella negó con la cabeza.

—Iremos al bar universitario más cutre que podamos encontrar.

Mike se encogió de hombros y soltó el palo de lacrosse.

—Vamos —dijo.

Mike se sentó a la mesa.

—Este sitio mola.

Estaban en el Victory Brewery, el bar más cutre que encontraron. Estaba situado entre un tatuador y una tienda llamada Hippie Gypsy que vendía «semillas hidropónicas» (guiñemos todos un ojo). En la acera, ante la puerta, había una mancha de vómito, y les había dejado pasar un portero medio ciego de ciento cincuenta kilos, demasiado concentrado en la revista *Dubs* como para pedirles el carné.

El bar era oscuro y mugriento, con una sucia mesa de ping-pong al fondo. El lugar se parecía mucho a Snooker's, el otro lóbrego bar estudiantil de Hollis, pero Aria había jurado no volver a entrar allí. Dos semanas antes había conocido allí a un chico de lo más sexi llamado Ezra, pero había acabado resultando ser poco chico y mucho profesor de lengua inglesa, su profesor de lengua inglesa. A le había enviado mensajes burlones acerca de Ezra, y cuando la casualidad quiso que Ezra leyera lo escrito por A, supuso que Aria le había contado su relación a todo el instituto. Y así acabó el romance de Aria con el profesor del Rosewood Day.

Una camarera de tetas enormes y trenzas a lo Heidi se acercó a su mesa y miró a Mike con sospecha.

—¿Has cumplido los veintiuno?

—Oh, sí —dijo Mike, cruzando las manos sobre la mesa—. De hecho, tengo veinticinco.

—Una jarra de Amstel —le interrumpió Aria, dándole una patada bajo la mesa.

—Y quiero un chupito —añadió Mike—. De Jaeger.

Trenzas de Heidi pareció afligida, pero volvió con la jarra y el chupito. Mike vació el Jaeger y puso morritos como una chica. Depositó con un golpe el vaso de chupito en la astillada mesa y miró a su hermana.

—Creo que ya sé por qué te has vuelto tan salvaje.

La semana anterior le había dicho que creía que se estaba comportando de forma aún más alocada de lo habitual, y había jurado descubrir el porqué.

—Me muero por saberlo —dijo Aria secamente.

Mike juntó los dedos formando una cuña con ellos, en un gesto docente que solía hacer su padre.

—Creo que eres bailarina en secreto en el Turbulence.

Aria se rió con tanta fuerza que la cerveza se le salió por el conducto nasal. El Turbulence era un club de estriptis que había a dos pueblos de distancia, junto a un aeródromo.

—Unos chicos dijeron que vieron allí a una chica igualita a ti. No tienes porqué mantenerlo en secreto conmigo. Me parece bien.

Aria se tiró discretamente del sujetador de punto de angora. Se lo había hecho ella misma, junto con otros más que regaló a Ali y a sus antiguas amigas de sexto, y se lo había puesto para ir al funeral, en homenaje a Ali. Desgraciadamente, las medidas de Aria en sexto eran de una talla menos y la angora picaba como un demonio.

—¿Quieres decir que no crees que esté actuando de forma extraña porque a) hayamos vuelto a Rosewood y yo odie esto, y b) mi amiga haya muerto?

Mike se encogió de hombros.

—Creía que no te gustaba esa chica.

Aria apartó la mirada. Cierto, hubo momentos en que Ali le había caído muy mal. Sobre todo cuando no la tomaba en serio, o cuando la perseguía para sonsacarle detalles sobre Byron y Meredith.

—Eso no es verdad —mintió.

Mike se sirvió más cerveza en el vaso.

—¿No te parece demencial que estuviera así, enterrada? ¿Y que le echaran cemento encima?

Aria hizo una mueca y cerró los ojos. Su hermano no tenía nada de tacto.

—¿No crees que debió matarla alguien? —preguntó Mike.

Aria se encogió de hombros. Esa pregunta la atormentaba, era una pregunta que no había formulado nadie más. Nadie en el funeral había dicho que había sido asesinada, solo que la habían encontrado. Pero ¿qué otra cosa podía haberle pasado? Ali estaba en su fiesta de pijamas, y un instante después había desaparecido. Y tres años después encontraban su cuerpo en un agujero de su patio trasero.

Aria se preguntó si habría relación entre A y el asesino de Ali, y si todo eso tenía algo que ver con lo de Jenna. Cuando tuvo lugar lo del accidente de Jenna, Aria creyó ver a alguien junto a Ali en la base de la casa del árbol de Toby. Más tarde, esa misma noche, Aria se despertó sobresaltada por esa imagen y decidió que tenía que preguntárselo a Ali. La encontró susurrándose cosas con Spencer tras la puerta cerrada del cuarto de baño, y cuando pidió que la dejaran entrar, Ali le dijo que volviera a dormirse. Al día siguiente, Toby confesó.

—Seguro que el asesino es alguien, como inesperado —dijo Mike—. Como alguien que no adivinarías ni en un trillón de años. —Sus ojos se iluminaron—. ¿Qué tal la señora Craycroft?

La señora Craycroft era la vecina anciana que vivía a la derecha. Una vez llegó a reunir cinco mil dólares en monedas que almacenaba en jarras Poland Springs y había intentado cambiarlas en el cajero más cercano. El noticiario local había cubierto la noticia.

—Sí, has resuelto el caso —dijo Aria muy seria.

—Bueno, alguien así. —Mike tamborileó en la mesa con sus nudosos dedos—. Ahora que sé lo que te pasa a ti, podré concentrar mi atención en Ali D.

—Adelante.

Si la policía no había sido lo bastante lista como para encontrar a Ali en su propio patio, bien podía intentarlo Mike por su cuenta.

—Deberíamos jugar al cerveza-pong —dijo Mike, y, antes de que Aria pudiera decir algo, ya había recogido varias pelotas de ping-pong y tenía un vaso de pinta vacío—. Es el juego favorito de Noel Kahn.

Aria sonrió. Noel Kahn era uno de los chicos más ricos de la escuela y la quintaesencia del chico Rosewood, lo cual básicamente lo convertía en el ídolo de Mike. E, ironía de ironías, parecía andar algo colgado por Aria, cosa que ella se esforzaba por acallar.

—Deséame suerte —dijo Mike, lanzando la pelota de ping-pong. No la metió en el vaso y rodó por la mesa hasta caer al suelo.

—Hasta el fondo —canturreó Aria, y su hermano rodeó su vaso con las manos y lo vació de un trago.

Intentó por segunda vez meter la pelota en el vaso, pero volvió a fallar.

—¡Qué malo eres! —se burló Aria, la cerveza empezaba a afectarla.

—Ni que tú fueras mejor —replicó Mike.

—¿Qué te apuestas?

Mike soltó un bufido.

—Si no la metes, tienes que colarme en Turbulence. A mí y a Noel. Pero no cuando estés trabajando tú —añadió apresuradamente.

—Si la meto, serás mi esclavo durante una semana. Y eso significa también en el instituto.

—Hecho —dijo Mike—. No la vas a meter, así que da igual.

Puso el vaso en el lado de la mesa de Mike y apuntó. La pelota se desvió al chocar con una de las muchas melladuras de la mesa y se metió limpiamente en el vaso, sin tocar los lados al entrar.

—¡Ja! —gritó Aria—. ¡Estás perdido!

Mike miraba aturdido.

—Ha sido un golpe de suerte.

—¡Da igual! —Aria se rió alegremente entre dientes—. Me pregunto… ¿Debería hacerte ir detrás de mí a cuatro patas en el colegio? ¿O ponerte el faldur de mamá? —Soltó una risita. El faldur de Ella era un gorro tradicional islandés que acababa en punta y te hacía parecer un elfo chiflado.

—Que te jodan.

Mike sacó la pelota de ping-pong del vaso. Se le escapó de entre las manos y rebotó alejándose de ellos.

—Ya la cojo yo —ofreció Aria.

Se levantó, y sintió que tenía una agradable borrachera. La pelota había rodado hasta la parte delantera del bar, y Aria se agachó para cogerla. Por su lado pasó una pareja, camino de los discretos y parcialmente ocultos asientos de la esquina. Se fijó en que la chica tenía el pelo largo y oscuro y una telaraña rosa tatuada en la muñeca.

El tatuaje le resultaba familiar. Muy familiar. Y, cuando ella le susurró algo al hombre, este empezó a toser enloquecidamente. Aria se incorporó.

Era su padre. Y estaba con Meredith.

Volvió a toda prisa junto a Mike.

—Tenemos que irnos.

Mike puso los ojos en blanco.

—Si acabo de pedir otro chupito de Jaeger.

—Una pena. —Aria cogió su chaqueta—. Nos vamos. Ya.

Dejó cuarenta pavos en la mesa y tiró a Mike del brazo hasta levantarlo. Se tambaleaba un poco, pero su hermana se las arregló para empujarlo hacia la puerta.

Desgraciadamente, Byron eligió ese momento para soltar una de sus muy distintivas carcajadas, que Aria siempre decía que parecía una ballena moribunda. Mike se quedó paralizado al reconocerla también. El rostro de su padre estaba de perfil, y había alargado la mano para tocar la de Meredith al otro lado de la mesa.

Aria vio que Mike reconocía a Byron y fruncía el ceño.

—Espera —gimió, mirando a Aria confuso.

Ella deseó que su cara no reflejara preocupación, pero en vez de eso sintió que las comisuras de la boca se le fruncían hacia abajo. Sabía que estaba poniendo la misma cara que ponía Ella cuando intentaba proteger a Aria o a Mike de cosas que podían hacerles daño.

Mike estrechó los ojos mientras la miraba, y luego volvió a mirar a su padre y a Meredith. Abrió la boca para decir algo, luego la cerró y dio un paso hacia ellos. Aria alargó la mano para detenerlo. No quería que eso pasara ahora. No quería que pasara nunca. Entonces Mike apretó la mandíbula, se alejó de su padre y salió del Victory, chocando con su camarera al hacerlo.

Aria salió tras él. En el aparcamiento pestañeó ante la brillante luz de la tarde, mientras buscaba a Mike a uno y otro lado. Pero su hermano no estaba.

5

Un hogar dividido

Spencer despertó en el suelo del lavabo del piso de arriba de su casa, sin tener ni idea de cómo había llegado hasta allí. El reloj de la radio marcaba las 6.45 y el sol de la tarde proyectaba largas sombras en el patio al otro lado de la ventana. Aún era lunes, el día del funeral de Ali. Debía haberse quedado dormida y caminado sonámbula. Solía ser una sonámbula crónica, hasta el punto de que en séptimo curso tuvo que pasar una noche en la clínica de evaluación del sueño de la Universidad de Pensilvania, con electrodos conectados al cerebro. Los médicos le dijeron que solo era estrés.

Se levantó, se echó agua fría en la cara y se miró en el espejo: largo pelo rubio, ojos verde esmeralda, barbilla puntiaguda. Piel impecable y dientes deslumbrantemente blancos. Era absurdo que no pareciera tan destrozada como se sentía.

Volvió a repasar mentalmente la ecuación: A sabía lo de Toby y lo de Jenna. Toby había vuelto. Por tanto, Toby tenía que ser A. Y le estaba diciendo que mantuviera la boca cerrada. La misma tortura de sexto, otra vez.

Volvió a su dormitorio y presionó la frente contra la ventana. A su izquierda estaba el molino privado de su familia; hacía mucho que no funcionaba, pero a sus padres les gustaba el toque rústico y auténtico que le daba a la propiedad. A su derecha, la cinta de «No pasar» seguía cruzando el césped de los DiLaurentis. El santuario de Ali, consistente en flores, velas, fotos y demás baratijas en su honor, había crecido, cubriendo todo el callejón sin salida.

Frente a ello, al otro lado de la calle, estaba la casa de los Cavanaugh. Con sus dos coches en la entrada, la pista de baloncesto en el patio, la banderita roja en el buzón. Todo parecía normal visto desde fuera. Pero dentro...

Spencer cerró los ojos, recordando el mes de mayo de cuando estaba en séptimo, un año después de lo de Jenna. Iba a Filadelfia en el tren de SEPTA para reunirse con Ali e ir de compras. Estaba tan concentrada escribiendo un mensaje a Ali en su Sidekick supernuevo que tardó cinco o seis paradas en darse cuenta de que había alguien al otro lado del pasillo. Era Toby. Mirándola.

Empezaron a temblarle las manos. Toby llevaba todo el año en un colegio interno, así que hacía meses que no lo veía. Como siempre, el pelo le colgaba sobre los ojos y llevaba unos cascos enormes, pero aquel día había algo en él que parecía más fuerte. Más temible.

Todos los sentimientos ansiosos e inquietantes sobre lo de Jenna que había intentado enterrar volvieron a brotar. *Ya te cogeré.* No quería estar en el mismo vagón de tren que él. Deslizó una pierna hasta el pasillo, luego la otra, pero el revisor se puso bruscamente en su camino.

—¿Vas a la calle Treinta o a Market? Bramó.

Spencer se encogió.

—A la Treinta —susurró.

Cuando el revisor pasó, volvió a mirar a Toby. El rostro de él floreció en una enorme y siniestra sonrisa. Una fracción de segundo después, su boca volvía a mostrarse imperturbable, pero sus ojos decían: *Espera. Y. Verás.*

Spencer se levantó bruscamente y se fue a otro vagón. Ali la estaba esperando en el andén de la calle Treinta, y cuando las dos volvieron la mirada hacia el tren, Toby las miraba fijamente.

—Veo que a alguien le han dejado salir de su pequeña prisión —dijo Ali con una sonrisa.

—Sí. —Spencer intentó reírse para quitarle importancia—. Y sigue siendo un Perdedor con P mayúscula.

Pero Ali desapareció unas semanas después. Y entonces no tuvo tanta gracia.

Spencer se sobresaltó al oír el pitido de alerta del ordenador. Era un aviso de que tenía un correo electrónico. Se dirigió nerviosa hacia el ordenador e hizo doble clic en el nuevo mensaje.

Hola, cariño:
Hace dos días que no hablo contigo, y te echo tanto de menos que voy a volverme loco. —Wren.

Spencer suspiró, una sensación nerviosa aleteó en su interior. Nada más poner los ojos en Wren le había pasado algo. Su hermana lo había llevado a una cena familiar para que conociera a sus padres. En el mismo instante en que se sentó en el restaurante Moshulu, tomó un sorbo de vino tinto y la miró a los ojos fue como…, como si la embrujara. Era británico, exótico, ingenioso y listo, y le gustaban los mismos grupos indies que a Spencer. Era tan poco apropiado para su tímida, remilgada y perfecta hermana Melissa, pero tan perfecto para Spencer. Ella lo supo entonces, y parecía ser que él también.

Wren y ella experimentaron unos increíbles veinte minutos de pasión, antes de que Melissa los pillara morreándose el viernes por la noche. Como Melissa se había chivado, y sus padres siempre se ponían de parte de ella, le prohibieron volver a ver a Wren. También ella estaba volviéndose loca de lo mucho que lo echaba de menos, pero ¿qué podía hacer?

Bajó las escaleras aturdida e inquieta y pasó por el pasillo largo y estrecho donde su madre tenía los cuadros de paisajes de Thomas Cole que había heredado de su abuelo. Entró en la espaciosa cocina familiar. Sus padres la habían restaurado para que tuviera el mismo aspecto que había tenido en el siglo XIX, solo que con encimeras actuales y el último grito en electrodomésticos. Su familia estaba reunida alrededor de la mesa de la cocina ante recipientes de comida tailandesa para llevar.

Spencer dudó antes de entrar. No había hablado con su familia desde antes del funeral de Ali; había ido sola en su coche y luego apenas los había visto el jardín de la iglesia. De hecho, hacía dos días que no se hablaban, desde que la reprendieron por lo de Wren, y ahora la marginaban empezando a cenar sin ella. Y tenían compañía.

Ian Thomas, el antiguo novio de Melissa, el primero de sus ex con los que se había morreado, estaba sentado en el que debía ser el sitio de Spencer.

—Oh —exclamó.

Ian fue el único que alzó la mirada.

—¡Hola, Spence! ¿Cómo estás? —preguntó, como si comiera todos los días en la cocina de los Hastings.

Ya le resultaba duro que Ian entrenara a su equipo de hockey en Rosewood, pero eso le resultaba especialmente raro.

—Estoy bien —dijo Spencer, mirando furtivamente al resto de su familia, pero nadie la miró ni explicó qué hacía Ian tragando comida tai en la cocina. Cogió una silla y se sentó en una esquina de la mesa antes de echarse en el plato pollo con hierba de limón—. Así que, hmm, Ian. ¿Cenas con nosotros?

La señora Hastings la miró cortante. Spencer se calló, mientras le recorría una sensación ardiente y pegajosa.

—Nos encontramos en el funeral —explicó Ian. Le interrumpió una sirena y soltó el tenedor. El ruido debía provenir de casa de los DiLaurentis. Los coches de policía seguían allí—. Qué locura, ¿eh? —añadió, pasándose la mano por el rizado pelo rubio—. No supuse que aún hubiera tantos coches de policía.

Melissa le dio un ligero codazo.

—¿Es que desde que vives en la peligrosa California has conseguido un largo historial criminal?

Melissa e Ian rompieron cuando él se fue al otro lado del país a estudiar en la universidad de Berkeley.

—Nah —dijo Ian.

Melissa, al típico modo de Melissa, pasó a un tema distinto: ella misma. Se volvió hacia su madre.

—¿Viste, mamá? Las flores del funeral tenían el color exacto en que quiero pintar las paredes de mi salón.

Melissa cogió un *Martha Stewart Living* y abrió la revista por una página marcada. Siempre estaba hablando de arreglos caseros; estaba redecorando la casa de Filadelfia que le habían comprado sus padres por haber ingresado en la Wharton School of Business de Pensilvania. Nunca harían nada así por Spencer.

La señora Hastings se inclinó a mirar.

—Precioso.

—Muy bonito —admitió Ian.

A Spencer se le escapó una risa de incredulidad. El funeral de Alison DiLaurentis había sido ese mismo día, y ¿solo sabían hablar del color de la pintura?

Melissa se volvió hacia Spencer.

—¿A qué viene eso?

—Pues… es que… —tartamudeó Spencer. Melissa parecía ofendida, como si hubiera dicho alguna grosería. Removió nerviosa con el tenedor—. Olvídalo.

Otro silencio. Hasta Ian parecía cauteloso con ella. Su padre bebió un sorbo de vino.

—Veronica, ¿viste allí a Liz?

—Sí, hablé un rato con ella —dijo la madre de Spencer—. Me pareció que estaba fantástica, teniendo en cuenta las circunstancias.

Spencer supuso que por Liz se referían a Elizabeth DiLaurentis, la tía más joven de Ali, que vivía en la zona.

—Debe ser horrible para ella —dijo Melissa solemne—. Ni me lo imagino.

Ian emitió un mumm comprensivo. Spencer sintió que le temblaba el labio inferior. *¿Eh? ¿Y qué pasa conmigo?*, quiso gritar. *¿Es que no os acordáis? ¡Yo era la mejor amiga de Ali!*

Con cada minuto de silencio se sentía menos bienvenida. Esperaba que alguien le preguntara cómo lo llevaba, que le ofreciera algo de tempura, que al menos le hubieran dicho «Salud» cuando estornudó. Pero seguían castigándola por besar a Wren. Incluso aunque hoy fuera… hoy.

Notó un nudo en la garganta. Estaba acostumbrada a ser la favorita de todo el mundo, de sus profesores, de sus entrenadores de hockey, del editor del anuario. Hasta el peluquero que le teñía el pelo, Uri, decía que era su cliente preferida porque su pelo cogía muy bien el color. Había ganado montones de premios escolares y tenía trescientos setenta amigos en MySpace, sin contar grupos musicales. Y, aunque quizá nunca sería la favorita de sus padres, porque era imposible eclipsar a Melissa, no soportaba que la odiaran. Y menos ahora, cuando el resto de su vida era tan inestable. Cuando Ian se levantó y se excusó para hacer una llamada telefónica, Spencer respiró hondo.

—¿Melissa? —dijo con voz rota.

Melissa alzó la mirada, pero volvió a remover el *pad thai* que tenía en el plato.

Spencer se aclaró la garganta.

—¿Me haces el favor de hablarme?

Melissa se encogió ligeramente de hombros.

—Es que, yo no… no soporto que me odies. Tienes toda la razón. Sobre eso. —Le temblaban tanto las manos que las mantenía bajo los muslos. Disculparse le ponía nerviosa.

Melissa cruzó las manos sobre las revistas.

—Lo siento —dijo—. Creo que esa no es la cuestión.

Se levantó y llevó su plato al fregadero.

—Pero… —Spencer estaba desconcertada. Miró a sus padres—. Lo siento, de verdad.

Sintió que las lágrimas se le acumulaban en los ojos.

En el rostro de su padre asomó un ligerísimo atisbo de compasión, pero enseguida apartó la mirada. Su madre recogió en una fiambrera el pollo a la hierba de limón que había quedado, y se encogió de hombros.

—Esto te lo has buscado tú, Spencer —dijo, levantándose y llevando las sobras al enorme frigorífico de acero inoxidable.

—Pero…

—Spencer —dijo el señor Hastings con su tono de «no sigas».

Spencer se calló. Ian volvió a entrar en la habitación, con una estúpida y gran sonrisa en el rostro. Al sentir la tensión, la sonrisa desapareció.

—Vamos. —Melissa se levantó y le cogió del brazo—. Tomemos el postre fuera.

—Claro. —Ian le apretó el hombro a Spencer—. ¿Spence? ¿Te vienes?

Spencer no quería ir. Y parecía que Melissa tampoco quería que fuera, a juzgar por el codazo que le dio a Ian, pero no tuvo oportunidad de responder. La señora Hastings intervino enseguida.

—No, Ian, Spencer no tomará postre. —Usó el mismo tono de voz con el que regañaba a los perros.

—Gracias de todos modos —respondió Spencer, conteniendo las lágrimas.

Para no romper a llorar, se metió en la boca un enorme trozo de mango con curry. Pero se le metió por la garganta antes de que pudiera tragarlo. La espesa salsa le quemó a medida que bajaba. Finalmente consiguió escupirlo en una servilleta tras emitir una serie de horribles ruidos. Cuando remitieron las lágrimas vio que sus padres ni se le habían acercado para asegurarse de que no se ahogaba. Se habían limitado a irse.

Se secó los ojos y miró en la servilleta el asqueroso trozo de mango masticado y escupido. Su aspecto reflejaba con exactitud cómo se sentía por dentro.

6

La caridad es poco agradable

La tarde del martes, Hanna se ajustó la camisola color crema y la informe chaqueta de punto que se había puesto al salir de clase y subió con paso firme los escalones de la clínica de cirugía plástica y rehabilitación de quemados William Atlantic. Si ingresabas para tratarte las quemaduras, la llamabas la William Atlantic. Si te hacían una liposucción, la llamabas la Bill Beach.

El edificio estaba rodeado de árboles, y apenas asomaba un pedacito de cielo azul entre la majestuosa e imponente naturaleza. El mundo entero olía a flores silvestres. Era una tarde de principios de otoño perfecta para tumbarse en la piscina del club de campo y ver a los chicos jugar al tenis. Una tarde perfecta para una marcha de tres kilómetros con la que eliminar la caja de Cheez-Its que había devorado anoche, agobiada por la visita sorpresa de su padre. Quizá hasta la tarde perfecta para mirar un hormiguero o incluso para hacer de canguro de los gemelos malcriados de seis años que vivían al lado. Cualquier cosa sería mejor que lo que estaba haciendo: trabajar de voluntaria en una clínica de quemados.

Para Hanna, voluntariado era una palabra de mal gusto. La última vez que lo había intentado fue en el desfile de moda benéfico del instituto Rosewood Day, en séptimo curso. Las chicas del Rosewood Day desfilaban por una pasarela vestidas con ropa de diseño, la gente pujaba por los vestidos y el dinero iba a beneficencia. Ali llevaba un impresionante vestido tubo de Calvin Klein y una ricachona de talla cero pujó hasta mil dólares. En cambio, Hanna tuvo que cargar con una monstruosidad de Betsey Johnson, de color eléctrico y con volantes, que la hacía parecer más gorda de lo que estaba. La única persona que pujó por su vestido fue su padre. Una semana después, sus padres le dijeron que se divorciaban.

Y ahora él había vuelto. Más o menos.

Cada vez que pensaba en la visita de su padre del día anterior, se sentía mareada, impaciente y furiosa al mismo tiempo. Desde su transformación soñaba con el momento en que volvería a verlo. Sería delgada, popular y serena. En sus sueños volvía luego con Kate, que se había puesto gorda y estaba llena de granos, y Hanna parecía aún más guapa en comparación.

—Uf —exclamó. Alguien salía por la puerta cuando ella entraba.

—Ten cuidado —farfulló la persona.

Entonces Hanna alzó la mirada. Estaba parada ante las puertas dobles de cristal, junto a un cenicero de piedra y una maceta con una enorme prímula. Quien salía por la puerta era... Mona.

Hanna se quedó boquiabierta. En el rostro de Mona se veía la misma sorpresa. Se miraron pensativas.

—¿Qué haces aquí? —preguntó Hanna.

—Visitar a una amiga de mi madre. Implante de pecho. —Se echó el cabello rubio claro por encima del pecoso hombro—. ¿Y tú?

—Hmm, igual.

Hanna miró a Mona con atención. Su radar de mentiras le decía que no estaba diciendo la verdad. Pero, claro, igual Mona pensaba lo mismo de ella.

—Bueno, ya me iba. —Aferró con ganas su bolso borgoña—. Te llamo luego.

—Vale —dijo Hanna con voz ronca.

Caminaron en direcciones opuestas. Hanna se volvió para ver a Mona, y vio que ella la miraba por encima del hombro.

—Y ahora, presta atención —dijo Ingrid, la corpulenta enfermera jefe alemana.

Estaban en una sala de pruebas, e Ingrid le estaba enseñando a cambiar los cubos de basura. Como si eso fuera difícil.

Cada sala de pruebas estaba pintada de verde guacamole, y los únicos carteles de las paredes eran fotos siniestras de enfermedades de la piel. Ingrid la asignó a las salas para pacientes externos, y, si lo hacía bien, algún día le dejarían limpiar las habitaciones de los pacientes ingresados, donde estaban las víctimas de quemaduras graves. Qué suerte.

Ingrid sacó la bolsa de basura del cubo.

—Esto va al contenedor azul de atrás. También debes limpiar los cubos de desechos infecciosos —dijo señalando un cubo de basura de idéntico aspecto—. Hay que mantenerlos siempre separados de la basura normal. Y tendrás que ponerte esto.

Le entregó unos guantes de látex. Hanna los miró como si estuvieran cubiertos de desperdicios infecciosos.

Luego Ingrid señaló hacia el pasillo.

—Ahí hay diez habitaciones más —explicó—. Recoge la basura, limpia las encimeras de todas, y ven a verme.

Hanna se dirigió al armario de limpieza a coger más bolsas de basura mientras intentaba no respirar, ya que despreciaba la forma en que los hospitales olían a antiséptico y a persona enferma. Jenna había sido paciente en ese sitio. Por mucho que intentase apartarlo de su mente, el día anterior había habido un montón de cosas que le hacían pensar en lo de Jenna. No conseguía ni asimilar la idea de que alguien pudiera saberlo y contarlo.

Aunque lo de Jenna había sido un accidente, a veces se sentía como si no hubiera sido exactamente eso. Ali le había puesto un mote a Jenna: Nieves, de Blancanieves, porque tenía un parecido irritante con el personaje de Disney. Hanna también pensaba que se parecía a Blancanieves, pero en el buen sentido. Jenna no era tan refinada como Ali, pero había algo extrañamente atractivo en ella. Una vez le dio por pensar que al único personaje de *Blancanieves* al que ella se parecía era al enano Mudito.

Aun así, Jenna era uno de los blancos preferidos de Ali, por eso, Hanna escribió en sexto curso bajo el rollo de papel del lavabo de las chicas un rumor sobre las tetas de Jenna, derramó agua en su asiento en álgebra para que tuviera una falsa mancha de meados en los pantalones, se burló de la forma en que Jenna hablaba con acento francés en segundo de francés. Así que se sintió mal cuando los paramédicos bajaron a Jenna de la casa del árbol. Había sido la primera en apoyar lo de gastarle una broma a Toby. Y había pensado mentalmente: *Igual fastidiando a Toby fastidia-*

mos de paso a Jenna. Era como si hubiera deseado que le pasara aquello.

Las puertas automáticas se abrieron ante ella al final del pasillo, sacando a Hanna de sus pensamientos. Se detuvo en seco, con el corazón latiéndole con fuerza, deseando que el recién llegado fuera Sean, pero no lo era. Frustrada, sacó su Blackberry del bolsillo de la chaqueta y marcó su número. Saltó el buzón de voz, y Hanna colgó. Volvió a marcar, por si acaso intentaba coger el teléfono y no había llegado a tiempo, pero volvió a salirle el buzón de voz.

—Hola, Sean —canturreó tras el pitido, intentando parecer despreocupada—. Soy Hanna otra vez. De verdad que me gustaría hablar contigo, ¡ya sabes dónde encontrarme!

Ese día le había dejado tres mensajes diciéndole que estaría allí por la tarde, pero Sean no le había contestado. Se preguntó si no estaría en una reunión del club de la virginidad, ya que acababa de hacer voto de castidad jurando no tener sexo así como nunca. Igual la llamaba cuando acabase. O igual no. Hanna tragó saliva, intentando apartar esa posibilidad de su mente.

Suspiró y se dirigió al cuarto de las escobas. Ingrid había colgado su bolso Ferragamo de peltre de la línea vagabundo en una percha junto a una cosa de vinilo de Gap, y contuvo la necesidad de estremecerse. Dejó el teléfono en el bolso, cogió un rollo de servilletas de papel y un espray y buscó una sala de pruebas vacía. Igual hacer su trabajo la ayudaba a distraerse de lo de Sean y lo de A.

Cuando terminó con el lavabo, golpeó accidentalmente un armarito de metal que había al lado. Dentro había hileras de cajitas de cartón, todas marcadas con nombres conocidos. Tylenol 3. Vicodina. Percocet. Hanna miró dentro. Había miles de muestras. Allí, ante ella. A su disposición.

Premio.

Hanna se metió rápidamente unos puñados de Percocet en los bolsillos asombrosamente profundos de la chaqueta. Al menos con eso pasaría un fin de semana divertido con Mona.

Entonces alguien posó una mano en su hombro. Hanna dio un salto hacia atrás y se giró en redondo, tirando al suelo las toallas de papel empapadas en Fantastik y una jarra llena de bastoncillos de algodón.

—¿Por qué estás todavía en la habitación 2? —dijo Ingrid frunciendo el ceño. Tenía la cara de un dogo gruñón.

—Yo... yo solo quería limpiar a fondo.

Tiró rápidamente las toallas de papel a la basura y esperó a que el Percocet siguiera en sus bolsillos. Le ardía el cuello allí donde lo había tocado Ingrid.

—Pues, acompáñame. En tu bolso hay algo haciendo ruido. Molesta a los pacientes.

—¿Seguro que es en mi bolso? Acabo de estar ahí y...

Ingrid condujo a Hanna hasta el armario, y sí, del bolsillo interior de su bolso salía un tintineo.

—Solo es mi móvil.

Hanna se animó de repente. ¡Igual era Sean!

—Pues apágalo, anda —suspiró Ingrid—. Y luego vuelve al trabajo.

Hanna sacó su Blackberry para ver quién llamaba. Tenía un mensaje nuevo.

Hannitina:
Fregar los suelos del Bill Beach no te ayudará a recuperar tu vida. Ni siquiera tú puedes barrer tanta suciedad bajo la alfombra. Además, sé algo de ti que garantizará que no vuelvas a ser la chica más popular del Rosewood Day. —A.

Hanna miró a su alrededor, confusa. Volvió a leer el mensaje, con la garganta seca y pegajosa. ¿Qué podía saber A que garantizase eso?

Jenna.

Si A sabía lo de...

Hanna tecleó enseguida una respuesta: «No sabes nada». Le dio a «Enviar». A respondió al cabo de unos segundos.

Lo sé todo. Puedo arruinarte la vida.

7

Oh, capitana, mi capitana

El martes por la tarde, Emily rondaba el despacho de la entrenadora Lauren.

—¿Puedo hablar con usted?

—Bueno, aún me quedan unos minutos antes de entregar esto al comité oficial —dijo Lauren, enseñándole la alineación del encuentro. Era el Rosewood Tank, el primer encuentro de natación de la temporada. Se suponía que sería un encuentro amistoso, de exhibición, al que se invitaba a todas las escuelas preparatorias de la zona y no se puntuaba, pero aun así Emily solía depilarse a conciencia y tener nervios precompetición. Pero no esta vez.

—¿Qué pasa, Fieldsy? —preguntó Lauren.

Lauren Kinkaid tenía treinta y pocos años, el pelo rubio dañado por el cloro y vivía en camisetas con eslóganes motivacionales de natación como «Cómete nuestras burbujas» y «Yo le doy estilo al estilo libre». Hacía seis años que era la entrenadora de natación de Emily. Primero en la Liga Renacuajos, luego en los doscientos metros espalda y ahora en Rosewood Day. No eran muchos los que conocían a Emily tan bien (ni lo bastante como para llamarla «Fieldsy») como para saber que su cena preferida antes de una competición era el entrecot a la pimienta de China Rose, o para saber que cuando sus tiempos en estilo mariposa eran tres décimas de segundo más rápidos de lo normal es que tenía el periodo. Todo lo cual hacía que a Emily le fuera más difícil decir lo que quería decir.

—Quiero dejarlo —masculló.

Lauren pestañeó. Parecía aturdida, como si alguien acabara de decirle que la piscina estaba llena de anguilas eléctricas.

—¿Po… por qué?

Emily miró al ajedrezado suelo de linóleo.

—Ya no es divertido.

Lauren expulsó el aire de los mofletes.

—Bueno, no siempre es divertido. A veces es duro.

—Lo sé, pero ya no quiero seguir haciéndolo.

—¿Estás segura?

Emily suspiró. Creía estar segura. La semana pasada había estado segura. Hacía años que nadaba sin preguntarse si le gustaba o no. Con la ayuda de Maya, había conseguido reunir valor para admitir ante sí misma, y ante sus padres, que quería dejarlo.

Claro que eso fue antes de todo. Ahora se sentía más que nunca como un yo-yo. Un momento quería dejarlo. Al otro quería recuperar su vida normal de buena chica, esa vida en la que iba a nadar, pasaba los fines de semana con su hermana Carolyn y se tiraba horas con las amigas sin hacer nada y leyendo horóscopos. Y en otro volvía a querer tener libertad para seguir sus propios intereses. Solo que… ¿cuáles eran sus intereses, aparte de nadar?

—Estoy quemada —acabó diciendo, en un intento de explicarse.

Lauren le levantó la barbilla con la mano.

—Iba a nombrarte capitana.

—¿Capitana? —repuso boquiabierta.

—Bueno, sí. —Lauren presionó el bolígrafo dos veces seguidas—. Creí que te lo merecías. Eres toda una jugadora en equipo, ¿sabes? Pero si no quieres seguir nadando, pues…

Ni siquiera sus hermanos mayores, Jake y Beth, que habían nadado durante los cuatro años de instituto y conseguido becas universitarias, habían llegado a ser capitanes.

Lauren giró el silbato alrededor de su dedo.

—¿Y si te lo tomas con más calma? —Le cogió la mano a Emily—. Sé que ha sido duro. Con lo de tu amiga…

—Sí.

Emily miró al cartel de Michael Phelps colgado por Lauren, esperando no volver a echarse a llorar. Los ojos y la nariz le picaban cada vez que alguien mencionaba a Ali, que era una vez cada diez minutos.

—¿Qué dices? —la tanteó Lauren.

Emily se pasó la lengua por los dientes. Capitana. Sí, podía ser campeona estatal de los cien metros mariposa, pero Rosewood Day tenía un equipo de natación demencialmente bueno. Lanie Iler había quedado quinta en los quinientos libres de los Junior Nationals, y Jenny Kestler tenía plaza reservada en Stanford. Que Lauren eligiera a Emily por encima de Lanie o de Jennie significaba algo. Igual era una señal de que su vida de yo-yo recuperaba la normalidad.

—De acuerdo —se oyó decir.

—Estupendo. —Lauren le dio una palmada en la mano. Buscó en una de las muchas cajas de camisetas y le dio una a Emily—. Para ti. Un regalo de inicio de temporada.

Emily la abrió. Decía: «Chicas gay; resbalan si se mojan». Miró a Lauren, con la garganta seca. ¿Lauren lo sabía?

Lauren inclinó la cabeza.

—Es por el estilo —dijo despacio—. Ya sabes, el mariposa.

Emily volvió a mirar la camiseta. No ponía chicas «gay». Ponía chicas «mari».

—Oh —dijo con voz ronca, doblando la camiseta—. Gracias.

Salió del despacho de Lauren y caminó con las piernas temblorosas por el vestíbulo de la piscina. Estaba abarrotado de nadadores que participarían en el Tank. Entonces se detuvo, repentinamente consciente de que alguien la miraba. Al otro lado de la sala vio a Ben, su exnovio, apoyado contra el armario de los trofeos. La miraba fijamente, sin parpadear. Emily notó un cosquilleo en la piel y el calor acudió a sus mejillas. Ben sonrió y se volvió para susurrarle algo a su mejor amigo, Seth Cardiff. Este se rió, volvió a mirar a Emily y le susurró algo a Ben en respuesta. Entonces los dos soltaron una risita.

Emily se escondió tras un grupo de chicos del Saint Anthony.

Era otro motivo para dejar la natación: no tener que pasar todos los días después de clase con su exnovio, que lo sabía todo. En la fiesta de Noel del viernes, había pillado a Maya y a Emily en un momento de más que simples amigas.

Salió al pasillo que llevaba a los vestuarios, volviendo a pensar en el último mensaje de A. Era raro, pero cuando lo leyó en el baño del hotel de Maya, fue casi como si pudiera oír la voz de Ali. Solo que era imposible, ¿verdad? Además, Ben era la única persona que sabía lo de Maya. Igual había descubierto de algún modo que Emily había intentado besar a Ali. ¿Sería… Ben sería A?

—¿Adónde vas?

Emily giró sobre los talones. Ben la había seguido.

—Hola. —Emily intentó sonreír—. ¿Qué hay?

Ben llevaba su destrozada sudadera Champion; creía que le daba buena suerte, así que se la llevaba a todas las competiciones. Durante el fin de semana se había vuelto a rapar el pelo, lo que hacía que su rostro de por sí anguloso pareciera más severo.

—No hay nada —respondió en tono desagradable, con voz que retumbaba en las paredes de azulejos—. Creía que ibas a dejarlo.

Emily se encogió de hombros.

—Ya, bueno, supongo que he cambiado de idea.

—¿De verdad? El viernes parecías muy decidida. Tu novia parecía muy orgullosa de ti.

Emily apartó la mirada.

—Estábamos borrachas.

—Ya.

Dio un paso hacia ella.

—Piensa lo que quieras. —Se volvió hacia el vestuario de las chicas—. Y no me da miedo el mensaje que me has enviado.

Ben frunció las cejas.

—¿Qué mensaje?

Ella se paró.

—El mensaje diciendo que se lo vas a decir a todo el mundo —repuso, poniéndolo a prueba.

—No te he enviado ningún mensaje. —Inclinó la barbilla—. Pero sí que podría contárselo a todos. El que seas bollera es toda una noticia.

—No soy gay —dijo Emily entre dientes.

—¿Ah, no? —Ben se acercó un paso más. Resoplaba por la nariz—. Demuéstralo.

Emily soltó una risotada. Así era Ben. Pero entonces se lanzó adelante, agarró a Emily por la muñeca y la empujó contra el surtidor de agua.

Ella contuvo el aliento. Notaba en su cuello la respiración de Ben, que olía a Gatorade de uva.

—Para ya —susurró, intentando soltarse.

Ben solo necesitaba hacer fuerza para dominarla. Presionó su cuerpo contra el de ella.

—He dicho que lo demuestres.

—Ben, para.

A sus ojos acudieron lágrimas de miedo. Forcejeó, pero él se limitó a hacer más fuerza. Él le pasó la mano por el pecho. A ella se le escapó un gemido.

—¿Algún problema?

Ben retrocedió bruscamente. Detrás de él, al final del pasillo, había un chico con un chándal de entrenamiento. Emily entrecerró los ojos. ¿No era...?

—Esto no es asunto tuyo, tío —dijo Ben alzando la voz.

—¿El qué no es asunto mío?

El chico se acercó más. Sí que lo era.

Toby Cavanaugh.

—Tronco. —Ben se volvió.

Los ojos de Toby se clavaron en la mano de Ben sujetando la muñeca de Emily. Señaló a Ben con la barbilla.

—¿Qué pasa aquí?

Ben miró fijamente a Emily, y luego la soltó. Ella se apartó al instante de su lado, y Ben entró en el vestuario de chicos empujando la puerta con el hombro. Luego hubo silencio.

—¿Estás bien? —preguntó Toby.

Emily asintió, agachando la cabeza.

—Creo que sí.

—¿Estás segura?

Emily miró un momento a Toby. Estaba muy alto, y su cara ya no era la de alguien asustado o que parecía un roedor, sino que era, bueno, guapo, con pómulos altos y ojos oscuros. Le hizo pensar en la otra parte de la nota de A. *Aunque la mayoría hayamos cambiado por completo.*

Notó que le fallaban las rodillas. No podía ser, ¿o sí?

—Tengo que irme —murmuró, y corrió, con los brazos extendidos, para entrar en el vestuario de las chicas.

8

Incluso los típicos chicos de Rosewood tienen dudas

Era martes por la tarde cuando Aria volvía a casa en coche desde la escuela y pasó junto al campo de lacrosse, reconociendo a la figura solitaria que corría por la zona de meta, con el palo de lacrosse ante la cara. Cambiaba constantemente de dirección y resbalaba en la hierba húmeda y embarrada. En el cielo se habían acumulado ominosas nubes grises y empezaba a lloviznar.

Aria paró el coche.

—Mike.

No lo veía desde que el día anterior había salido escopetado del Victory. Unas horas después había llamado a casa diciendo que cenaría en casa de su amigo Theo. Y más tarde que pasaría allí la noche.

Su hermano alzó la mirada al otro lado del campo y frunció el ceño.

—¿Qué?

—Ven aquí.

Mike cruzó el podado césped sin un hierbajo a la vista.

—Entra —ordenó Aria.

—Estoy entrenando.

—No puedes evitar esto siempre. Tenemos que hablar de ello.

—¿Hablar de qué?

Ella alzó una ceja perfectamente arqueada.

—Hmm, ¿de lo que vimos ayer? ¿En el bar?

Mike hurgó en una de las correas de cuero de su palo de lacrosse. Las gotas de lluvia rebotaron en la tela de su gorra Brine.

—No sé a qué te refieres.

—¿Qué? —Aria estrechó los ojos.

Pero Mike ni siquiera la miraba.

—Vale —dijo poniendo la marcha atrás—. Sé un gallina.

Entonces Mike cerró la mano alrededor del bolsillo del palo.

—No sé lo que voy a hacer —dijo en voz baja.

Aria pisó el freno.

—¿Qué?

—No sé lo que voy a hacer si se divorcian —repitió. La expresión vulnerable, avergonzada, de su rostro, hacía que pareciera tener solo diez años—. Me pegaré un tiro.

Las lágrimas asomaron a los ojos de Aria.

—Eso no pasará —dijo temblorosa—. Te lo prometo.

Mike sorbió. Ella alargó la mano hacia él, pero él se apartó y echó a correr por el campo.

Aria decidió irse, circulando despacio por la serpenteante y mojada carretera. Le gustaba cuando llovía. Le recordaba días lluviosos de cuando tenía nueve años y se colaba en el barco de vela aparcado del vecino; se metía bajo la lona y se arrebujaba en uno de los camarotes, oyendo el sonido de la lluvia golpear la tela mientras escribía en su diario de Hello Kitty.

Sentía que en los días lluviosos pensaba mejor y, desde luego, ahora necesitaba pensar. Podría haber soportado que A le contara a Ella lo de Meredith si hubiera sido algo del pasado. Sus padres podrían haberlo hablado entonces, y Byron decir que no volvería a pasar y bla bla bla. Pero ahora que Meredith había vuelto, bueno, eso lo cambiaba todo. Anoche su padre no había ido a cenar porque, hmm, tenía que corregir exámenes, y Aria y su madre se habían sentado en el sofá para ver el concurso *Jeopardy!*, con el cuenco de sopa en el regazo. Las dos cenaron en silencio. La cosa era que tampoco ella sabía lo que haría si sus padres se divorciaban.

Cambió de marcha para subir una loma especialmente empinada porque el Subaru siempre necesitaba un empujón extra en las cuestas. Pero en vez de avanzar, se apagaron las luces del salpicadero y el coche empezó a rodar hacia atrás.

—Mierda —susurró Aria, tirando del freno de mano. Cuando volvió a darle al encendido, el coche ni arrancó.

Miró a la desierta carretera comarcal de dos direcciones. Los truenos rompieron en las alturas y la lluvia empezó a precipitarse desde el cielo. Aria buscó en el bolso, pensando en llamar a la grúa o a sus padres para que fueran a recogerla, pero tras rebuscar por el fondo se dio cuenta de que se lo había dejado en casa. La lluvia caía con tanta fuerza que el parabrisas y las ventanillas se volvieron borrosas.

—Ay, Dios —susurró, sintiendo claustrofobia. Se formaron motas ante sus ojos.

Aria conocía esa sensación de ansiedad: era un ataque de pánico. Había tenido alguno antes. Uno después de lo de Jenna, otro después de desaparecer Ali, y otro cuando paseaba por la calle Laugavegur en Reikiavik y vio en un cartel a una chica clavada a Meredith.

Calma, se dijo. *Solo es lluvia.* Respiró dos veces para despejarse, se llevó los dedos a los oídos y empezó a cantar «Frère Jacques», ya que la cancioncilla francesa solía calmarla. Repitió el ciclo tres veces y las motas empezaron a desaparecer. La lluvia había pasado de fuerza huracanada a simplemente torrencial. Lo que tenía que hacer era caminar hasta la granja por la que acababa de pasar y pedir que le dejaran usar el teléfono. Abrió la puerta del coche, sostuvo por encima de su cabeza la chaqueta del Rosewood Day y echó a correr. Una ráfaga de viento le levantó la minifalda y pisó un enorme charco lleno de barro. El agua empapó las correas de sus sandalias de tacón.

—Maldición —murmuró.

Solo estaba a unos treinta metros de la granja cuando pasó un Audi azul marino. Pisó el charco salpicando a Aria, y se paró ante el Subaru detenido. Retrocedió despacio hasta ponerse a su altura. La ventanilla del conductor descendió.

—¿Estás bien?

Aria entrecerró los ojos, las gotas de lluvia le resbalaban por la punta de la nariz. Asomándose desde el asiento del conductor estaba Sean Ackard, un chico de su clase. Era el típico chico de Rosewood: polo nuevecito, piel hidratada, rasgos de norteamericano típico, coche caro. Solo que jugaba al fútbol en vez de al lacrosse. No era la clase de persona a la que quería ver en ese momento.

—Estoy bien —gritó.

—En realidad estás empapada. ¿Necesitas que te lleve?

Aria estaba tan mojada que sentía que se le estaba arrugando la cara. El coche de Sean parecía seco y acogedor. Se metió en el asiento del pasajero y cerró la puerta.

Sean le dijo que pusiera atrás la chaqueta empapada. Entonces alargó la mano y encendió la calefacción.

—¿Adónde?

Aria se apartó de la frente los mojados mechones negros.

—En realidad me vale con usar tu móvil y luego te dejo en paz.

—Muy bien.

Sean buscó en su mochila.

Aria se recostó y miró a su alrededor. Sean no había cubierto el coche de pegatinas de grupos como hacían algunos chicos y el interior no apestaba a sudor. En vez de eso, olía a una combinación de pan y perro recién bañado. En el suelo de la parte del pasajero había dos libros: *Zen y el arte del mantenimiento de la motocicleta* y *El tao de Pooh*.

—¿Te gusta la filosofía? —Apartó las piernas para no mojarlos.

Sean agachó la cabeza.

—Pues sí.

Sonaba avergonzado.

—Yo también he leído esos libros —dijo Aria—. Y este verano, cuando estaba en Islandia, me ha dado por los filósofos franceses. —Se detuvo. Nunca había hablado con Sean. Antes de irse, los chicos de Rosewood la aterrorizaban, lo cual era posiblemente parte del motivo por el que los odiaba—. Yo, hmm, he pasado una temporada en Islandia. Mi padre estaba de periodo sabático.

—Lo sé. —Sean le dedicó una sonrisa torcida.

Aria se miró las manos.

—Oh.

Hubo una pausa embarazosa. Solo se oía la lluvia al caer y el rítmico ras-ras del limpiaparabrisas.

—¿Así que has leído a Camus y todos esos? —preguntó Sean. Sonrió cuando Aria asintió—. Este verano he leído *El extranjero*.

—¿De verdad?

Aria alargó la barbilla. Seguro que no lo había entendido. ¿Qué hacía el típico chico de Rosewood leyendo libros profundos de filosofía? Si esto fuera una analogía de lo que ponían en el examen de graduado escolar diría: «Típico chico de Rosewood: leyendo filósofos franceses. Turistas americanos en Islandia: comiendo en cualquier sitio salvo en McDonald's». Esas cosas no pasaban.

Marcó el número de su casa en el móvil que le había dejado. Sonó y sonó, sin que saltara el buzón de voz; aún no habían puesto el contestador. Luego marcó el número de su padre en el instituto; eran casi las cinco, y en la nevera había un pósit con su horario de despacho, 3.30 a 5.30. También allí sonó y sonó.

Las motas empezaron a aparecer otra vez ante los ojos de Aria cuando se imaginó dónde podía estar o con quién. Se inclinó sobre sus piernas desnudas, intentando respirar más profundamente. «Frère Jacques», canturreó con una voz apenas audible.

—Eeh... —dijo Sean, con voz que sonaba muy lejana.

—Estoy bien —dijo Aria, con la voz ahogada entre las piernas—. Solo tengo que...

Oyó que Sean rebuscaba por el coche, antes de ponerle una bolsa de Burger King en la mano.

—Respira en esto. Creo que contiene algunas patatas fritas. Lo siento.

Aria se llevó la bolsa a la boca y la hinchó y deshinchó despacio. Sintió la cálida mano de Sean en la espalda. El mareo fue desapareciendo poco a poco. Cuando alzó la cabeza, Sean la miraba ansioso.

—¿Ataques de pánico? Mi madrastra los tiene. La bolsa siempre funciona.

Aria arrugó la bolsa en el regazo.

—Gracias.

—¿Te preocupa algo?

Ella negó con la cabeza.

—No, estoy bien.

—Vamos. La gente no tiene ataques de pánico así como así.

Aria apretó los labios.

—Es complicado.

Además, ¿desde cuándo el típico chico de Rosewood se interesa por los problemas de las chicas raras?

Sean se encogió de hombres.

—Eras amiga de Alison DiLaurentis, ¿verdad?

Aria asintió.

—Qué raro todo, ¿no?

—Sí. —Se aclaró la garganta—. Aunque, hmm, no es raro del modo en que crees. Quiero decir que sí que es raro en ese sentido, pero que también lo es en otros.

—¿Como cuáles?

Ella se removió en el asiento; empezaba a picarle la ropa interior mojada. Hoy en el instituto se había sentido como si todo el mundo la hablara en susurros infantiles. ¿Es que creían que se desmoronaría si la hablaban con el mismo tono que a una persona normal?

—Ojalá todo el mundo me dejara en paz —consiguió decir—. Empezando desde la semana pasada.

Sean le dio una toba al ambientador de pino que colgaba del retrovisor, haciendo que se balanceara.

—Sé lo que quieres decir. Cuando mi madre murió, todo el mundo creía que me pondría muy mal en cuanto me quedase un instante a solas.

Aria se puso recta.

—¿Tu madre ha muerto?

Sean la miró.

—Sí, hace mucho tiempo. En cuarto curso.

—Oh. —Intentó recordar al Sean de cuarto. Era uno de los chicos más bajitos de la clase, y habían estado un montón de veces en el mismo equipo de kickbol, pero nada más. Se sintió mal por no saberlo—. Lo siento.

Hubo un silencio. Aria cruzó y descruzó las piernas desnudas. El coche empezaba a oler como la lana mojada de su falda.

—Fue duro —dijo Sean—. Mi padre fue de novia en novia. Al principio ni siquiera me gustaba mi madrastra. Pero me acostumbré a ella.

Aria sintió que los ojos se le llenaban de lágrimas. No quería acostumbrarse a que su familia cambiara. Soltó un suspiro.

Sean se inclinó hacia ella.

—¿Seguro que no puedes hablar de ello?

Aria se encogió de hombros.

—Se supone que es un secreto.

—Mira, ¿qué tal si tú me cuentas tu secreto y yo te cuento el mío?

—De acuerdo —aceptó enseguida Aria. La verdad era que se moría por hablar de ello. Se lo habría contado a sus antiguas amigas, pero dado que las otras no querían contar los secretos que conocía A, se habría sentido todavía más rara contándoles el suyo—. Pero no puedes contarlo.

—A nadie.

Entonces le contó lo de Byron y Ella, y lo de Meredith, y lo que había visto con Mike en el bar. Le salió todo en un chorreo.

—No sé qué hacer —acabó—. Me siento como si fuera yo quien tiene que mantenernos a todos unidos.

Sean estaba callado, y Aria temió que hubiera dejado de escucharla. Pero entonces alzó la cabeza.

—Tu padre no debería ponerte en esta situación.

—Sí, bueno. —Miró a Sean. Resultaba bastante mono si prescindías de la camiseta metida en los pantalones cortos caquis. Tenía labios muy rosados y dedos nudosos e imperfectos. Y por la forma en que el polo dibujaba su pecho debía tener la buena forma física de un jugador de fútbol. De pronto se sintió increíblemente consciente de sí misma—. Hablar contigo es muy fácil —dijo con timidez, mirándose las rodillas desnudas. Se había dejado algunos pelos al depilarse. Normalmente no le importaba, pero en ese momento le importó—. Así que, hmm, gracias.

—De nada.

Cuando Sean sonrió, su mirada fue cálida y rodeada de arruguitas.

—Desde luego no era así como imaginaba que pasaría la tarde —añadió Aria.

La lluvia seguía golpeando el parabrisas, pero el coche se había caldeado mucho mientras hablaban.

—Tampoco yo. —Sean miró por la ventanilla. La lluvia empezaba a amainar—. Pero… no sé. Es guay, ¿verdad?

Aria se encogió de hombros. Entonces se acordó.

—¡Oye, me prometiste un secreto! Y más te vale que sea bueno.

—Bueno, no sé si es bueno.

Se inclinó hacia Aria, y esta se le acercó. Por un enloquecido instante creyó que iba a besarla.

—Estoy en eso de un club Uve —susurró él. El aliento le olía a Altoids—. ¿Sabes lo que es eso?

—Creo que sí. —Aria intentó contener sus labios para que no formaran una sonrisa—. Es lo de nada de sexo antes del matrimonio, ¿verdad?

—Eso es. —Sean se echó atrás—. Así que soy virgen. Solo que, no sé si quiero seguir siéndolo.

9

A alguien acaban de reducirle la asignación

La tarde del miércoles, el señor McAdam, profesor de economía avanzada de Spencer, caminaba a uno y otro lado del pasillo, con un taco de papeles que iba depositando boca abajo en la mesa de cada estudiante. Era un hombre alto de ojos saltones, nariz caída y cara hinchada. Unos años antes, uno de sus mejores estudiantes había comentado que se parecía a Calamardo, el personaje de *Bob Esponja*, y el mote cuajó.

—Muchos de estos ejercicios son muy buenos —murmuró.

Spencer se irguió. Hizo lo que siempre hacía cuando no estaba segura de cómo había hecho el examen: pensaba en la peor nota que podían darle, una nota que aun así garantizaría una nota media de sobresaliente. Normalmente la nota que pensaba era tan baja (aunque para Spencer una nota baja era un notable alto o, en el peor de los casos, un notable a secas) que siempre acababa agradablemente sorprendida. *Notable alto*, se dijo, cuando Calamardo puso el examen en su mesa. *No puedo caer más bajo*. Entonces le dio la vuelta.

Suficiente.

Spencer soltó el papel como si le quemara. Examinó el test en busca de respuestas que Calamardo hubiera puntuado mal, pero no conocía la respuesta de las preguntas marcadas con una gran equis roja.

Bueno, vale, igual no había estudiado bastante.

Cuando el día anterior tuvo el examen, en lo único que podía pensar mientras elegía entre las múltiples casillas era en a) Wren y cómo iba a poder dejar de verle, b) sus padres y Melissa y cómo hacer que volvieran a quererla, c) Ali, y d), e), f), y g) el supurante secreto de Toby.

La tortura a la que le sometía Toby era de locos. Pero ¿qué podía hacerle? ¿Ir a la policía? ¿Y qué les contaba? *¿Un chico me dijo «Ya te cogeré» hace cuatro años, y creo que ahora viene a por mí? ¿He recibido un mensaje de texto que dice que mis amigas y yo estamos en peligro?* Los policías se reirían de ella y le dirían que esnifaba demasiado Ritalin. Y le daba miedo contarles a sus amigas lo que pasaba. ¿Y si A iba en serio y les hacía algo por contárselo?

—¿Qué tal lo has hecho? —susurró una voz.

Spencer dio un salto. Andrew Campbell estaba sentado a su lado. Era tan perfeccionista en clase como ella. Los dos eran los primeros de la clase y siempre se estaban alternando entre el primer y el segundo puesto. Tenía el examen orgullosamente expuesto. En lo alto del mismo se veía un enorme 10 rojo.

Spencer se llevó el examen al pecho.

—Bien.

—Guay.

Sobre su cara cayó un rizo de su larga melena rubia leonina.

Spencer rechinó los dientes. Andrew era conocido por ser supercotilla, algo que ella siempre había considerado un síntoma de su extrema competitividad, y la semana anterior se había preguntado si no sería A. Pero, por muy sospechoso que pudiera resultar el interés de Andrew por los detalles más banales de su vida, no lo creía propio de él. El día en que los obreros descubrieron el cuerpo de Ali, la había ayudado cubriéndola con una manta cuando ella estaba en shock. A nunca haría algo así.

Cuando Calamardo les dio los deberes para casa, Spencer miró sus propias anotaciones. Su escritura, que normalmente estaba limpiamente alineada en renglones, estaba dispersa por toda la página. Empezó a recopilarlo todo, pero la interrumpió el timbre, y Spencer se levantó dócilmente para irse. *Suficiente.*

—¿Señorita Hastings?

Alzó la mirada. Calamardo le hacía un gesto para que se acercara a su mesa. Caminó hasta allí, enderezándose la chaqueta azul marino del Rosewood Day y tomando precauciones extra para no tropezar con sus botas de montar de piel de cabritilla color caramelo.

—Es la hermana de Melissa Hastings, ¿verdad?

Spencer sintió que se le marchitaban las entrañas.

—Ajá...

Era evidente lo que vendría a continuación.

—Entonces estoy de suerte. —Golpeó la mesa con su portaminas—. Fue todo un placer tener a Melissa en clase.

Estoy segura, gruñó Spencer para sus adentros.

—¿Dónde está ahora Melissa?

Spencer rechinó los dientes. *En casa, acaparando todo el amor y la atención de nuestros padres.*

—Está en Wharton. Sacándose un máster en gestión de empresas.

Calamardo sonrió.

—Siempre supe que iría a Wharton. —Miró atentamente a Spencer—. El próximo lunes toca el primer conjunto de preguntas de desarrollo. Y le voy a dar una pista: los libros que incluí en el plan de estudios le serán de gran ayuda.

—Oh. —Spencer se sintió en evidencia. ¿Le echaba una mano porque había sacado un suficiente y lo sentía por ella, o por ser hermana de Melissa? Irguió los hombros—. Pensaba conseguirlos de todos modos.

Calamardo la miró con franqueza.

—Bien, estupendo.

Spencer salió al pasillo sintiéndose desquiciada. Normalmente solía hacer la pelota como la mejor, pero Calamardo había hecho que se sintiera la última de la clase.

Era el final del día. Los estudiantes se amontonaban en las taquillas, metiendo los libros en sus bolsas, haciendo planes con los móviles y sacando el equipo para hacer deporte. Spencer tenía entrenamiento de hockey a las tres, pero antes quería ir a Wordsmith´s a comprar los libros de Calamardo. Luego tenía que hablar con los encargados del anuario, ver qué pasaba con la lista de voluntarios para Habitat para la Humanidad, y saludar al consejero del club de teatro. Puede que llegara un par de minutos tarde a hockey, pero ¿qué le iba a hacer?

En cuanto cruzó la puerta de la librería Wordsmith´s se sintió más calmada. La tienda siempre era tranquila, sin vendedores pesados intentando atraerte. Al desaparecer Ali, solía venir aquí a leer los cómics de *Calvin y Hobbes* solo para poder estar sola. Y el personal tampoco se ponía borde cuando te sonaba el móvil, que era justo lo que estaba pasando en ese momento. El corazón le dio un vuelco y volvió a hacerlo de un modo diferente en cuanto vio quién llamaba.

—Wren —susurró al teléfono, apoyándose en la estantería de la sección de viajes.

—¿Recibiste mi correo electrónico? —preguntó él con su atractivo acento inglés cuando ella contestó.

—Hmm… sí. Pero no creo que debas llamarme.

—¿Así que quieres que cuelgue?

Spencer miró cautelosa a su alrededor, sorprendiendo a dos frikis de primer curso riéndose ante el estante de libros de autoayuda sexual y a una anciana hojeando un callejero de Filadelfia.

—No —susurró.

—Pues me muero por verte, Spence. ¿Podemos vernos en alguna parte?

Spencer hizo una pausa. Le dolía lo mucho que deseaba decir que sí.

—No sé si es buena idea hacer esto ahora.

—¿Qué quieres decir con que no lo sabes? —se rió Wren—. Vamos, Spence, no sabes lo duro que me ha sido esperar tanto antes de llamar.

Spencer negó con la cabeza.

—No puedo —decidió—. Lo siento. Mi familia apenas me habla. Podríamos intentarlo en… ¿en un par de meses?

Wren guardó silencio por un momento.

—¿Lo dices en serio?

Spencer sorbió, insegura de su respuesta.

—Es que pensaba… No lo sé.

—¿Estás segura? —La voz de Wren parecía tensa.

Se pasó la mano por el pelo y miró a través del enorme escaparate de Wordsmith´s: Mason Byers y Penelope Waites, dos chicos de su clase, se estaban besando ante Ferra´s, el local de bocadillos de enfrente. Los odiaba.

—Estoy segura —le dijo a Wren, las palabras se le estrangularon en la garganta—. Lo siento.

Y colgó.

Lanzó un suspiro. De pronto, la librería le pareció demasiado tranquila. El cedé de música clásica había dejado de sonar. Se le erizó el vello de la nuca. A podía haber oído su conversación.

Se dirigió temblorosa a la zona de economía, mirando con sospecha a un chico que se paró ante la sección de la segunda guerra mundial y a una mujer que ojeaba un calendario de bulldogs. ¿Sería A alguno de ellos? ¿Cómo podía A saberlo todo?

Encontró enseguida los libros de la lista de Calamardo, fue hasta el mostrador y entregó la tarjeta de crédito, jugueteando nerviosa con los botones plateados de la chaqueta azul marino del instituto. Después de eso no quería continuar con sus actividades e ir a hockey. Quería volver a casa y esconderse.

—Hmm... —La cajera, que tenía tres *piercings* en la ceja, sostenía en alto la Visa de Spencer—. Hay problemas con esta tarjeta.

—Eso es imposible —soltó Spencer. Y sacó la MasterCard.

La vendedora la pasó, pero la máquina lanzó el mismo pitido desaprobador.

—Con esta pasa lo mismo.

La vendedora hizo una llamada rápida, asintió un par de veces y colgó.

—Han cancelado las tarjetas —dijo en voz baja, abriendo mucho los ojos con abundante rímel—. Se supone que debo cortarlas, pero...

Se encogió tímidamente de hombros y se las devolvió a Spencer. Spencer le arrebató las tarjetas.

—Debes tener la máquina rota. Estas tarjetas están...

Iba a decir: *Conectadas con la cuenta bancaria de mis padres.* Entonces se dio cuenta. Sus padres las habían anulado.

—¿Quieres pagar en metálico? —preguntó la vendedora.

Sus padres le habían anulado las tarjetas de crédito. ¿Qué vendría después? ¿Ponerle un candado a la nevera? ¿Cortarle el aire acondicionado de su habitación? ¿Limitarle el uso de oxígeno?

Spencer salió de la librería. Había usado la Visa para comprar pizza de queso de soja cuando volvía del funeral de Ali. Entonces le había valido. Ayer por la mañana se había disculpado ante su familia, y ahora las tarjetas no valían. Era una bofetada en su cara.

La rabia la inundó. Así que era eso lo que pensaban de ella.

Spencer miró con tristeza las dos tarjetas de crédito. Las había usado tanto que la tira con la firma estaba casi gastada. Apretó la mandíbula, cerró la cartera y sacó el Sidekick, buscando el número de Wren en las llamadas recibidas. Contestó al primer timbrazo.

—¿Cuál es tu dirección? —le preguntó—. He cambiado de opinión.

10

La abstinencia aumenta el cariño

Esa misma tarde de miércoles, Hanna llegaba a la entrada del YMCA de Rosewood, una mansión de estilo colonial restaurada. La fachada era de ladrillo rojo, con dos columnas blancas de dos pisos de altura, con molduras en aleros y ventanas que parecían ser de estilo tropical. Los Briggs, una familia legendariamente excéntrica y rica, habían construido la casa en 1886, poblándola con diez miembros de la familia, diez invitados, dos loros y doce caniches. La mayoría de los elementos históricos del edificio se habían derribado para dejar sitio a la piscina de seis calles, el gimnasio y las salas de «reuniones». Hanna se preguntó qué pensarían los Briggs de algunos de los grupos que ahora se reunían en su mansión. Como el club de la virginidad.

Hanna echó atrás los hombros y bajó por el inclinado vestíbulo de madera hasta la habitación 204, donde se reunía el club Uve. Sean seguía sin devolverle las llamadas. Solo quería decirle que lo sentía, por Dios. ¿Cómo se suponía que iban a volver si no podía disculparse con él? El único lugar al que sabía que iba Sean, y al que Sean creía que ella no iría nunca, era el club de la virginidad.

Así que igual era una violación del espacio personal de Sean, pero era por una buena causa. Lo echaba de menos, sobre todo con lo que estaba pasando con A.

—¿Hanna?

Hanna se giró. Naomi Zeigler estaba usando la elíptica. Vestía pantaloncitos Adidas de felpa rojo oscuro, un sujetador deportivo rosa ajustado y calcetines rosa a juego. Un conjuntado lazo oscuro mantenía en su sitio su perfecta coleta rubia.

Hanna simuló una sonrisa, pero sufría por dentro. Naomi y su mejor amiga, Riley Wolfe, odiaban a Hanna y a Mona. La primavera pasada, Naomi le había robado a Mona el chico del que estaba colgada, Jason Ryder, para romper con él dos semanas después. En el baile de fin de curso del año pasado, Riley se enteró de que Hanna llevaría un vestido de Calvin Klein verde espuma de mar y se compró el mismo vestido, solo que en rojo carmín.

—¿Qué haces aquí? —gritó Naomi, sin dejar de pedalear. Hanna notó que la pantalla LED de la elíptica decía que había quemado ochocientas setenta y seis calorías. Puta.

—He quedado con alguien —murmuró.

Empujó con la mano la puerta de la sala 204, intentando hacerlo con gesto casual, sin darse cuenta de que estaba entreabierta. Se abrió de golpe, y Hanna perdió el equilibrio y medio se cayó dentro. Todos los que estaban en el interior se volvieron para mirarla.

—¿Yuu-juu? —llamó una mujer con una horrenda chaqueta Burberry de imitación. Sacó la cabeza por la puerta y vio a Hanna—. ¿Has venido a la reunión?

—Ah… —tartamudeó Hanna. Cuando volvió a mirar a la elíptica, Naomi se había ido ya.

—No tengas miedo.

Hanna no supo qué otra cosa hacer, así que siguió a la mujer al interior y tomó asiento.

La sala estaba en penumbra, no tenía ventilación y estaba forrada de madera oscura. Había chicos sentados en sillas de madera de respaldo alto. La mayoría de ellos parecía normal, aunque un poco tirando hacia el lado buenecito, cuando no eran demasiado gordos o demasiado flacos. No reconoció a nadie del Rosewood Day aparte de Sean. Estaba sentado al otro lado de la sala, junto a dos rubias de aspecto sanote, mirando a Hanna con alarma. Lo saludó moviendo un poco la mano, pero él no reaccionó.

—Yo soy Candace —dijo la mujer que había acudido a la puerta—. ¿Y tú eres…?

—Hanna. Hanna Marin.

—¡Estupendo! Bienvenida, Hanna —dijo Candace. Tenía cuarenta y tantos años, pelo rubio corto y se había ahogado en perfume Chloè Narcisse, lo cual era irónico porque Hanna se había puesto ese mismo perfume el viernes noche cuando se suponía que iba a hacerlo con Sean—. ¿Qué te trae por aquí?

Hanna hizo una pausa.

—Supongo que he venido a saber algo más.

—Bueno, lo primero que quiero que sepas es que aquí estás a salvo. —Candace apoyó las manos en el respaldo de la silla de una chica rubia—. Todo lo que nos digas es estrictamente confidencial, así que eres libre de decir lo que sea. Pero también debes prometer que no repetirás nada de lo que oigas aquí.

—Oh, lo prometo —dijo rápidamente Hanna. De ninguna manera iba a contar lo que dijera nadie de allí. Eso significaría contarle a alguien que había ido ahí.

—¿Hay algo que quieras saber? —preguntó Candace.

—Bueno, hmm, no estoy segura —tartamudeó Hanna.

—¿Hay algo que quieras decir?

Hanna miró de reojo a Sean. Él respondió con una mirada que parecía decir *Sí, ¿qué quieres decir?*

—He estado pensando mucho en el sexo —dijo, incorporándose—. Hmm, quiero decir que tenía mucha curiosidad. Pero ahora no lo sé. —Respiró hondo e intentó imaginar lo que querría oír Sean—. Creo que debe ser con la persona adecuada.

—La persona adecuada a la que ames —la corrigió Candace—. Y con la que quieras casarte.

—Sí —se apresuró a añadir Hanna.

—Pero eso es muy duro. —Candace se paseó por la sala—. ¿Alguien quiere decirle algo a Hanna? ¿Alguna experiencia que queráis compartir con ella?

Un chico rubio con pantalones de camuflaje, que resultaba casi mono si entrecerrabas los ojos, alzó la mano, cambió de idea y la bajó. Una chica de pelo castaño con una camiseta rosa Dubble Bubble alzó dos dedos en el aire y dijo:

—Yo también pienso mucho en el sexo. Mi novio me amenazó con romper conmigo si no lo hacía. Por un tiempo me planteé ceder, pero me alegro de no haberlo hecho.

Hanna asintió, intentando parecer pensativa. ¿A quién quería engañar esta gente? Se preguntó si en el fondo no se estarían muriendo de ganas.

—¿Qué tal tú, Sean? —preguntó Candace—. La semana pasada nos dijiste que tu novia y tú teníais diferente opinión sobre el sexo. ¿Cómo ha ido eso?

Hanna sintió que se le acaloraban las mejillas. No se lo podía creer.

—Bien —murmuró Sean.

—¿Estás seguro? ¿Lo hablaste con ella como dijimos?

—Sí —dijo Sean secamente.

Siguió un largo silencio. Hanna se preguntó si sabrían que «ella» era... ella.

Candace recorrió la sala pidiendo a los demás que hablaran de sus tentaciones: ¿Alguien se había puesto en horizontal con un novio o una novia? ¿Alguien se había morreado? ¿Alguien había visto las películas que ponen de madrugada? *¡Sí, sí, sí!*, respondió Hanna mentalmente, aunque sabía que todas tenían respuesta negativa en el club Uve.

Unos pocos chicos hicieron preguntas relacionadas con el sexo, la mayoría sobre qué se consideraba «una experiencia sexual», y qué era lo que debían evitar.

—Todo —respondió Candace muy seria.

Hanna estaba estupefacta. Había supuesto que el club Uve prohibía el coito en sí, no la totalidad del menú sexual. Por fin concluyó la reunión y los chicos del club Uve se levantaron de las sillas para estirarse. En una mesa a un lado había latas de refresco, vasos de papel, una bandeja de Oreos y una bolsa de patatas fritas Terra Yukon Golds. Hanna se levantó, volvió a ajustarse a los tobillos las correas de las plataformas púrpura y estiró los brazos en el aire. No pudo evitar fijarse en que Sean le miraba los abdominales. Le sonrió con picardía y se acercó a él.

—Hola —le dijo.

—Hanna... —Se pasó con aire incómodo la mano por el pelo cortado al dos. Cuando se lo cortó en primavera, Hanna dijo que se parecía un poco a Justin Timberlake, solo que en menos guarro. La respuesta de Sean fue cantarle una versión espantosa pero encantadora de *Cry Me a River*. Eso pasó cuando todavía era un chico divertido—. ¿Qué estás haciendo?

Ella se llevó la mano al cuello.

—¿Qué quieres decir?

—Es que... no sé si deberías estar aquí.

—¿Por qué? —bufó ella—. Tengo todo el derecho del mundo a estar aquí, como todos. Solo quería disculparme contigo, ¿vale? He intentado verte en el instituto, pero me evitas todo el tiempo.

—Bueno, es complicado, Hanna —dijo Sean.

Hanna estaba a punto de preguntarle qué era tan complicado, pero Candace puso las manos en los hombros de ambos.

—Veo que os conocéis.

—Así es —gorjeó Hanna, enterrando momentáneamente su irritación.

—Estamos encantados de tenerte aquí, Hanna —repuso Candace con una sonrisa—. Serás un ejemplo muy positivo para todos.

—Gracias.

Hanna sintió cierta emoción. No siempre la aceptaban así, aunque fuera el club Uve. Ni su monitor de tenis de tercero, ni sus amigas, ni sus maestros, y menos aún sus padres. Puede que su sitio estuviera en el club Uve. Se imaginó como portavoz del club Uve. Igual era como ser Miss América, solo que en vez de una corona te dan un fabuloso anillo del club Uve. O un bolso del club Uve. Un modelo Louis Vuitton con un monograma en uve pintado a mano de color cereza.

—¿Crees que volverás con nosotros la semana que viene? —preguntó Candace.

Hanna miró a Sean.

—Es probable.

—Maravilloso —exclamó Candace.

Volvió a dejar solos a Hanna y Sean. Hanna metió estómago, al mismo tiempo que deseaba no haberse comido el helado de chocolate Good Humor que había comprado impetuosamente en la heladería de fuera justo antes de entrar en la reunión.

—Así que aquí has hablado de mí, ¿eh?

Sean cerró los ojos.

—Siento que ella lo mencionara.

—No, no pasa nada —lo interrumpió—. No me había dado cuenta de lo mucho que esto te importaba. Y me gustan algunas cosas que se han dicho. Sobre..., hacerlo con alguien al que se ama. Estoy por eso. Y todos parecen muy majos.

Le sorprendieron las palabras que salían por su boca. Incluso las decía casi en serio.

Sean se encogió de hombros.

—Sí, está bien.

Hanna frunció el ceño, sorprendida ante su apatía. Entonces suspiró y alzó la mirada.

—Sean, siento mucho lo que ha pasado. Lo de..., lo del coche. No sé..., no sé cómo disculparme. Me siento tan estúpida. Pero no puedo soportar que me odies.

Sean estaba tranquilo.

—No te odio. El viernes salieron muy mal las cosas. Creo que a los dos nos pilló en muy mal momento. Quiero decir, que no creo que estuviera bien lo que hiciste, pero... —Se encogió de hombros—. Eres voluntaria en la clínica, ¿verdad?

—Ajá.

Esperaba no arrugar la nariz por el desagrado.

Él asintió varias veces.

—Creo que eso está muy bien. Seguro que les alegras el día a los pacientes.

Hanna sintió que se sonrojaba de gratitud, pero la dulzura de Sean no le sorprendía. Sean era un chico bueno y compasivo de libro, que daba dinero a los sin techo de Filadelfia, reciclaba los móviles viejos y nunca hablaba mal de nadie, ni siquiera de los famosos que solo existían para burlarse de ellos. Esa había sido una de las razones por las que se había enamorado de Sean en sexto, cuando aún era una perdedora gorda.

Pero la semana pasada, Sean había sido suyo. Había recorrido un largo camino desde que era la perdedora que le hacía a Ali el trabajo sucio, y no pensaba permitir que un pequeño error de juicio como beber en una fiesta le estropeara la relación. Aunque había algo, o alguien, que podía arruinar su relación.

Puedo arruinarte la vida.

—¿Sean? —El corazón se le aceleró—. ¿Has recibido algún mensaje de texto raro sobre mí?

—¿Un mensaje de texto? —repitió Sean. Inclinó la cabeza—. No.

Hanna se mordió una uña.

—Si los recibes, no te los creas.

—De acuerdo.

Sean le sonrió. Hanna estaba exultante.

—Bueno —dijo al cabo de una pausa—, ¿sigues pensando en ir al Foxy?

Sean apartó la mirada.

—Supongo. Probablemente con amigos y eso.

—Resérvame un baile —ronroneó y le apretó la mano.

Le gustaba el tacto de sus manos, sólido, cálido y masculino. Le hacía tan feliz tocarlo que igual podía renunciar al sexo hasta el matrimonio. Sean y ella se mantendrían siempre verticales, se taparían los ojos en las escenas de sexo y evitarían la tienda de Victoria's Secret del centro comercial. Si eso era lo que tenía que hacer para estar con el único chico al que había, bueno, al que había querido, igual sí que podía hacer ese sacrificio.

O, dada la forma en que Sean volvía a fijarse en su vientre, igual podía convencerlo de lo contrario.

11

¿Es que la madre de Emily no le enseñó a no subirse al coche de extraños?

Emily giró la ruedecilla de la máquina de chicles de Fresh Fields. Era miércoles después del entrenamiento de natación, y había ido a recoger la cena para su madre. Cada vez que iba a Fresh Fields paraba en la máquina de chicles, y lo había convertido en un juego: si le salía una bola de chicle amarilla, le pasaría algo bueno. Miró el chicle que tenía en la mano. Era verde.

—Hola —dijo alguien tras ella.

Emily alzó la mirada.

—Aria. Hola.

Como siempre, resultaba evidente que a Aria no le daba miedo destacar con su ropa. Llevaba un chaleco abolsado azul neón que acentuaba sus deslumbrantes ojos azules. Y aunque llevaba la falda del uniforme del instituto, se la había subido hasta más arriba de la rodilla y la combinaba con *leggings* negros y unas bailarinas azul oscuro de lo más guay. Llevaba el pelo negro recogido en una coleta estilo animadora. El conjunto le funcionaba y en ese momento la miraba la mayoría de los hombres con menos de setenta y cinco años que había en el aparcamiento de Fresh Fields.

Aria se inclinó aún más hacia ella.

—¿Lo llevas bien?

—Sí. ¿Y tú?

Aria se encogió de hombros. Miró subrepticiamente a todo el aparcamiento, que estaba lleno de atareados encargados de carritos devolviendo a su lugar los que estaban descarriados.

—¿Has recibido algún...?

—Nop. —Emily evitó mirar a Aria a los ojos. Había borrado el mensaje que recibió el pasado lunes, ese sobre su nuevo amor, así que era casi como si no lo hubiera recibido—. ¿Y tú?

—Nada. —Aria se encogió de hombros—. Igual nos hemos librado.

Para nada, quiso decir Emily. Se mordió la mejilla por dentro.

—Bueno, puedes llamarme cuando quieras —dijo, alejándose hacia la zona de refrescos.

Emily dejó la tienda, un sudor frío le cubría el cuerpo. ¿Por qué era la única que tenía noticias de A? ¿Se estaba concentrando en ella? Metió en la mochila la bolsa con la compra, le quitó el candado a la bici y salió pedaleando del aparcamiento. Se metió por una calle lateral que no era más que kilómetros de cercas blancas, y sintió en el aire un ligerísimo atisbo de otoño. El otoño en Rosewood siempre le recordaba que empezaba la temporada de natación.

Normalmente era algo bueno, pero este año se sentía incómoda. El día anterior, al finalizar el Rosewood Tank, la entrenadora Lauren había anunciado que ella sería la capitana. Todas las chicas se habían acercado a felicitarla y, cuando se lo contó a sus padres, su madre se había echado a llorar. Emily sabía que debía sentirse feliz, porque las cosas volvían a la normalidad. Pero sentía que ella misma había cambiado de forma irrevocable.

—¡Emily! —la llamó alguien detrás de ella.

Se volvió para ver quién la llamaba, y la rueda delantera de la bici resbaló en un montón de hojas húmedas. De pronto se encontró en el suelo.

—Oh, Dios mío, ¿estás bien? —dijo una voz.

Emily abrió los ojos. Ante ella estaba parado Toby Cavanaugh. Tenía puesta la capucha de su parka, así que su rostro estaba cubierto por la sombra.

Lanzó un grito. No dejaba de pensar en el incidente del día anterior en los vestuarios. La cara de Toby, su expresión frustrada, cómo había mirado a Ben, y Ben se había echado atrás. ¿Había sido coincidencia que estuviera en ese momento en el pasillo, o la había estado siguiendo? Pensó en la nota de A. *Aunque la mayoría hayamos cambiado por completo.* Bueno, desde luego Toby sí.

Toby se puso en cuclillas junto a ella.

—Deja que te ayude.

Emily levantó la bicicleta sin ayuda, movió con cuidado las piernas, y se levantó la pernera del pantalón para inspeccionar el largo arañazo de la espinilla.

—Estoy bien.

—Se te cayó esto.

Toby le entregó a Emily su monedero de la suerte. Era de ante rosa y tenía una E grabada; se lo había regalado Ali un mes antes de desaparecer.

—Hmm, gracias.

Emily lo cogió, sintiéndose incómoda. Toby frunció el ceño ante el arañazo.

—Eso tiene mala pinta. ¿Quieres subir a mi coche? Creo que tengo tiritas.

Emily sintió que se le aceleraba el corazón. Primero recibía la nota de A, luego Toby la rescataba en los vestuarios, y ahora esto. ¿Y qué hacía en el Tate? ¿No se suponía que estaba en Maine? Y siempre se había preguntado si Toby sabía lo de Jenna, y por qué habría confesado.

—De verdad que estoy bien —dijo, alzando la voz.

—¿Te llevo a alguna parte?

—¡No! —chilló Emily. Entonces se dio cuenta de cuánto le sangraba la pierna. No le gustaba ver sangre. Empezaba a sentir los brazos flojos.

—¿Emily? —le preguntó Toby—. ¿Estás…?

A Emily se le nubló la visión. No podía desmayarse ahora. Tenía que alejarse de Toby. *Aunque la mayoría hayamos cambiado por completo.* Y entonces todo se volvió negro.

Cuando despertó, estaba tumbada en el asiento trasero de un pequeño coche. Un montón de minitiritas le cruzaban el arañazo de la pierna en zigzag. Miró, aturdida, a su alrededor, intentando despertarse, cuando se dio cuenta de quién conducía.

Toby se volvió.

—Buu.

Emily gritó.

—¡Eeh! —Toby paró ante un semáforo y alzó las manos en el aire, en un gesto que decía: «¡No dispares!»—. Perdona. Era broma.

Emily se sentó. El asiento trasero estaba lleno de cosas: botellas de Gatorade vacías, cuadernos de espiral, libros de texto, zapatillas de deporte y un chándal gris. El tapizado del asiento de Toby estaba gastado en algunas partes, mostrando su contenido de gomaespuma azul sucio. Del retrovisor colgaba un ambientador con la forma de los osos de Grateful Dead, pero el coche no olía nada bien. Había un olor fuerte y acre.

—¿Qué haces? —chilló Emily—. ¿Adónde vamos?

—Te desmayaste —dijo Toby con calma—. Igual fue por la sangre. No sabía qué hacer, así que te cogí y te metí en el coche. Tengo tu bici en el maletero.

Emily miró a sus pies; ahí estaba su mochila. ¿La había recogido Toby? ¿En brazos? Estaba flipando. Se sentía como si fuera a desmayarse otra vez. Miró a su alrededor y no reconoció el camino boscoso en el que se encontraban. Podían estar en cualquier parte.

—Déjame salir —gritó Emily—. Seguiré en bici desde aquí.

—Pero si no hay...

—Lo digo en serio, para.

Toby paró en la hierba y se volvió para mirarla. Las comisuras de sus labios descendieron y la miró con preocupación en los ojos.

—No pretendía... —Se pasó la mano por la barbilla—. ¿Qué se supone que debía hacer? ¿Dejarte allí?

—Sí.

—Bueno, hmm, entonces lo siento. —Toby salió del coche, se acercó al lado de ella y le abrió la puerta. Un mechón de pelo negro le caía sobre los ojos—. En el instituto me presenté voluntario a los servicios médicos. Y ahora quiero rescatarlo todo. Hasta a los animales que atropellan en la carretera.

Emily miró la carretera y vio la noria gigante de la granja de caballos Applegate. No estaban en medio de ninguna parte. Estaban a medio kilómetro de su casa.

—Vamos —dijo Toby—. Te ayudaré a salir.

Quizás se estaba pasando. Había mucha gente que había cambiado mucho, como las viejas amigas de Emily, por ejemplo. Eso no significaba que Toby fuera definitivamente A. Dejó de agarrarse al asiento con fuerza.

—Hmm, puedes llevarme. Si quieres.

Él se la quedó mirando. Una comisura de su boca se curvó formando una semisonrisa. La expresión de su cara decía, *Hmm, vale, chica loca*, pero no lo dijo.

Volvió al asiento del conductor, y Emily lo inspeccionó en silencio. Toby se había transformado de verdad. Sus ojos oscuros, que antes eran espeluznantes, solo parecían profundos y meditabundos. Y hasta hablaba. De forma coherente. El verano de después de sexto curso, Emily y Toby fueron al mismo campamento de natación, y Toby miraba a Emily desvergonzadamente, antes de ponerse el gorro sobre los ojos y tararear una canción. Incluso entonces, Emily deseaba hacerle la pregunta del millón de dólares: ¿por qué se había echado la culpa de dejar ciega a su hermanastra, cuando no la había tenido?

Aquella noche, Ali volvió a la casa y les dijo que todo había ido bien, que nadie la había visto. Al principio todas estaban demasiado asustadas como para dormir, pero Ali consiguió calmarlas acariciándoles la espalda. Al día siguiente, cuando Toby confesó, Aria preguntó a Ali si había sabido desde el principio que iba a hacer eso, porque ¿cómo si no había podido estar tan tranquila? «Tenía la sensación de que no nos pasaría nada», le había dicho Ali.

Con el tiempo, la confesión de Toby acabó convirtiéndose en uno de esos misterios de la vida que nunca se conocen, como la verdadera razón del divorcio entre Brad y Jen, qué había en el suelo del lavabo de chicas del Rosewood Day el día que gritó el ordenanza, por qué Imogen Smith se había saltado tantas clases en sexto curso (porque no había sido porque tuviera mononucleosis), o quién había matado a Ali. Puede que Toby se sintiera culpable por otra cosa, o que quisiera irse de Rosewood. O puede que sí que tuviera un cohete en la casa del árbol y se le disparase por error.

Toby dobló por la calle de Emily. En su estéreo sonaba una canción triste e incoherente, y él tamborileaba en el volante con las manos. Emily pensó en la forma en que la había salvado de Ben. Quería agradecérselo, pero ¿y si entonces le preguntaba algo al respecto? ¿Qué le contestaría? *Oh, estaba cabreado porque me morreé con una chica.*

Por fin se le ocurrió una pregunta inocua.

—¿Ahora estás en el Tate?

—Sip. Mis padres dijeron que podía ir si conseguía ingresar. Y lo conseguí. Es agradable estar cerca de casa. Puedo ver a mi hermana, que estudia en Filadelfia.

Jenna. A Emily se le tensó el cuerpo hasta los dedos de los pies. Intentó no evidenciarlo, y Toby siguió mirando hacia delante, aparentemente ignorante de su nerviosismo.

—Y…, ¿a dónde fuiste antes? ¿A Maine? —preguntó Emily, aparentando que no sabía que había ido a la Academia Manning para chicos, que estaba en Freyburg Road, Portland (lo había mirado en Google).

—Sip. —Toby aminoró para dejar cruzar la calle a dos niños con patines en línea—. Maine moló mucho. Lo mejor que tenía era el servicio de urgencias médicas.

—¿Viste… viste morir a alguien?

Toby volvió a mirarla a los ojos mediante el retrovisor. Emily nunca se había fijado en que eran azul oscuro.

—No, pero una anciana me dejó su perra en su testamento.

—¿Su perra? —Emily no pudo evitar reírse.

—Sí. La acompañé en la ambulancia y la visité en la UCI. Le dije que me gustaban los perros y hablamos del suyo. Cuando murió, me buscó su abogado.

—¿Y te quedaste la perra?

—Está en mi casa. Es muy buena, pero es tan vieja como lo era la anciana.

Emily se rió, y algo empezó a derretirse en su interior. Toby parecía como… normal, Y agradable. Antes de que pudiera decir algo ya habían llegado a su casa.

Toby aparcó el coche y sacó la bici de Emily del maletero. Sus dedos se tocaron cuando ella agarró el manillar. La recorrió una chispa. Toby la miró un momento, y ella bajó la mirada hacia la acera. Varios siglos antes había apretado la mano contra el cemento fresco, y ahora la huella de su mano parecía demasiado pequeña para que alguna vez hubiera sido suya.

Toby se subió al coche.

—¿Te veo mañana?

Emily alzó la cabeza.

—¿Po… por qué?

Toby arrancó el coche.

—Es la competición entre Rosewood y Tate, ¿recuerdas?

—Oh. Claro.

Cuando Toby se alejó, ella sintió que el corazón le latía más despacio. Por alguna razón le había parecido que Toby quería pedirle una cita. *Pero, por favor*, se dijo mientras se dirigía hacia la entrada de su casa. Que ese era Toby. El que salieran era tan probable como… como, bueno, como que Ali siguiera con vida. Y, por primera vez desde su desaparición, Emily renunció finalmente a ello.

12

La próxima vez, no dejes de llevar en el bolso una tapadera de emergencia

—*Quelle heure est-il?* —dijo una voz en su oído—. ¿Qué hora es? ¡La hora de que Spencer muera!

Spencer se despertó de golpe. La figura oscura y familiar que la miraba a la cara había desaparecido. En vez de eso estaba en un dormitorio blanco y limpio. En las paredes había grabados de Rembrandt y un póster del sistema muscular humano. En la televisión, Elmo enseñaba a los niños a decir la hora en francés. La pantalla del descodificador de la televisión marcaba las 6.04, y supuso que sería de la mañana, ya que por la ventana se veía salir el sol, y de la calle le llegaba el olor a huevos revueltos y bagels recién hechos.

Miró a su lado, y todo cobró sentido. Wren dormía boca arriba, con el torso desnudo, tapándose la cara con un brazo. El padre de Wren era coreano y su madre británica, lo cual hacía que su piel tuviera un perfecto tono dorado. Tenía una cicatriz sobre el labio, pecas en la nariz, y el pelo lacio y negro azulado, y olía a Tide y desodorante Adidas. El grueso anillo de plata que llevaba en el índice derecho brillaba al sol de la mañana. Él apartó el brazo de la cara y abrió sus preciosos ojos almendrados.

—Hola —dijo Wren, cogiéndola por la cintura y acercándosela.

—Hola —susurró ella, echándose hacia atrás. Aún oía la voz de su sueño. *¡La hora de que Spencer muera!* Era la voz de Toby.

Wren frunció el ceño.

—¿Qué pasa?

—Nada —dijo Spencer en voz baja. Se llevó los dedos a la base del cuello y sintió su pulso acelerado—. Solo… una pesadilla.

—¿Me la cuentas?

Spencer dudó. Deseaba poder hacerlo. Entonces negó con la cabeza.

—Bueno, entonces, ven aquí.

Se pasaron unos minutos besándose, y Spencer experimentó un subidón agradecido y aliviado. Todo iba a salir bien. Estaba a salvo. Era la primera vez que Spencer dormía, y se quedaba, en la cama de un chico. Anoche se había acercado a toda velocidad a Filadelfia, aparcando en la calle sin preocuparse siquiera por la grúa. De todos modos seguro que sus padres pensaban quitarle el coche. Wren y ella habían acabado enseguida en la cama y solo se habían levantado de ella para abrir la puerta cuando llegó el chico del reparto del restaurante chino. Más tarde llamó y dejó un mensaje en el contestador de sus padres diciendo que pasaría la noche en casa de Kristen, su amiga de hockey. Se sentía tonta, intentando ser responsable cuando estaba siendo tan irresponsable, pero le daba igual.

Por primera vez desde que recibió el primer mensaje de A, había dormido como un bebé. En parte era por estar en Filadelfia en vez de en Rosewood, cerca de Toby, pero también por Wren. Antes de dormirse habían hablado durante toda una hora de Ali, de su amistad, de cómo fueron las cosas cuando desapareció, de que la había matado alguien. Y la había dejado elegir el sonido de «grillos cantando» en la máquina de sonidos, aunque fuera el segundo que menos le gustaba a Wren, después del de «arroyo tumultuoso».

Spencer empezó a besarlo con más ganas, y se quitó la enorme camiseta de la Universidad de Pensilvania que Wren usaba de pijama. Wren le pasó el dedo por la clavícula desnuda, y se puso sobre manos y rodillas.

—¿Quieres que…? —preguntó.

—Creo que sí —susurró Spencer.

—¿Estás segura?

—Ajá… —repuso, quitándose la ropa interior.

Wren se quitó la camiseta por la cabeza. A Spencer se le aceleró el corazón. Era virgen, y era tan exigente con el sexo como con todo lo demás en la vida; tenía que hacerlo con la persona perfecta.

Pero Wren era la persona adecuada. Sabía que estaba cruzando un punto sin retorno, y que si sus padres lo descubrían, nunca volvería a tener una tarjeta de crédito, nunca jamás. Ni le harían caso. Ni la enviarían a la universidad.

Puede que ni le dieran de comer. ¿Y qué? Wren hacía que se sintiera a salvo.

Un *Barrio Sésamo*, un *Dragon Tales* y medio *Arthur* después, y Spencer cayó de espaldas en la cama para mirar feliz al techo. Ahí quedaba lo de ir despacio. Entonces se apoyó en los codos y miró al reloj.

—Mierda —susurró.

Eran las siete y veinte. El instituto empezaba a las ocho, así que se perdería la primera clase, como poco.

—Tengo que irme. —Saltó de la cama y examinó la falda a cuadros, la chaqueta, la ropa interior, la camisa y las botas, todo amontonado en el suelo—. Y tendré que pasar por casa.

Wren se sentó en la cama y la miró.

—¿Por qué?

—No puedo llevar la misma ropa dos días seguidos.

Era evidente que Wren intentaba no reírse de ella.

—Pero es un uniforme, ¿no?

—Sí, pero ayer llevé esta camisa. Y estas botas.

Wren se rió.

—Eres tan adorablemente obsesiva.

Spencer agachó la cabeza al oír eso.

Se duchó con rapidez, frotándose la cabeza y el cuerpo. El corazón seguía latiéndole con fuerza. Se sentía abrumada por los nervios, ansiosa por llegar tarde a clase, preocupada por la pesadilla con Toby, pero completamente satisfecha por lo de Wren. Cuando salió de la ducha, Wren estaba sentado en la cama. El apartamento olía a café con avellana. Spencer lo cogió de la mano y le quitó despacio el anillo de plata del dedo para ponérselo ella en el pulgar.

—Me queda bien.

Cuando lo miró, Wren tenía una sonrisita inescrutable.

—¿Qué? —preguntó Spencer.

—Eres tan... —Wren negó con la cabeza y se encogió de hombros—. Me cuesta recordar que sigues en el instituto. Eres tan equilibrada.

Spencer se sonrojó.

—Que va.

—No, sí que lo eres. Eres... De hecho, pareces más equilibrada que...

Wren se calló, pero Spencer sabía que iba a decir: *Más equilibrada que Melissa.* Se sintió henchida de satisfacción. Melissa habría ganado la batalla por sus padres, pero Spencer había ganado la batalla por Wren. Y esa era la que importaba.

Spencer ascendió por el largo camino pavimentado de ladrillos de su casa. Eran las 9.10 de la mañana, y en Rosewood Day ya habría empezado la segunda clase. Hacía tiempo que su padre debía estar en el trabajo, y con suerte su madre estaría en los establos.

Abrió la puerta principal. Lo único que se oía era el zumbido del refrigerador. Fue de puntillas a su cuarto, recordándose que debía falsificar una nota de su madre para justificar el retraso, y dándose cuenta de que nunca había tenido que falsificar una nota así. Spencer se llevaba todos los años un premio a la asistencia y la puntualidad perfectas.

—Hola.

Spencer gritó y giró en redondo, cayéndosele la bolsa de las manos.

—Jesús. —Melissa estaba en el umbral—. Cálmate.

—¿Por qué no estás en clase? —preguntó Spencer, temblando de nervios.

Melissa llevaba los pantalones de un chándal de felpa rosa oscuro y una gastada camiseta de la Universidad de Pensilvania, y se sujetaba el corto pelo rubio que le llegaba a la barbilla con una cinta azul marino. Parecía estirada hasta cuando estaba relajada.

—¿Por qué no estás tú en clase?

Spencer se pasó la mano por la nuca, descubriendo que la tenía sudada.

—Se... se me olvidó algo. Tuve que volver.

—Ah. —Melissa le dedicó una sonrisa misteriosa. Un escalofrío recorrió la espalda de Spencer. Se sentía al borde de un precipicio, a punto de caer por él—. Pues me alegro de que estés aquí. He estado pensando en lo que dijiste el lunes. Yo también lo siento.

—Oh —fue todo lo que se le ocurrió decir a Spencer.

Melissa bajó la voz.

—Quiero decir, que debemos ser más amables la una con la otra. Las dos. ¿Quién sabe lo que puede pasar en este mundo de locos? Mira lo que le pasó a Alison DiLaurentis. Hace que nuestra pelea resulte algo miserable.

—Sí —murmuró Spencer. Era una comparación muy rara.

—El caso es que he hablado con papá y mamá sobre ello. Creo que están atendiendo a razones.

—Oh. —Spencer se pasó la lengua por los dientes—. Uauh, Gracias. Significa mucho para mí.

Melissa sonrió radiante ante su respuesta. Hubo una larga pausa, y dio otro paso dentro del dormitorio de Spencer, apoyándose en una cómoda color cereza.

—Bueeeeno... ¿Y qué hay de nuevo? ¿Vas a ir al Foxy? Ian me lo ha pedido, pero no creo que vaya. Creo que soy demasiado mayor.

Spencer se paró, completamente desprevenida. ¿Qué quería Melissa? Esa no era la clase de temas sobre los que solía hablar.

—Yo..., no lo sé.

—Vaya. —Melissa sonrió, señalando al cuello de Spencer—. Espero que vayas con el chico que te ha hecho eso.

Spencer corrió al espejo y vio un enorme chupetón púrpura cerca de la clavícula. Entonces se dio cuenta de que seguía llevando el anillo de plata de Wren.

Melissa había vivido con Wren. ¿Lo habría reconocido? Se quitó el anillo del dedo y lo metió en el cajón de la ropa interior. Las sienes le latían con fuerza.

El teléfono sonó, y Melissa lo cogió en el pasillo. Al cabo de unos segundos volvía a meter la cabeza en el cuarto de Spencer.

—Es para ti —susurró—. ¡Un chico!

—¿Un chico? —¿Habría sido Wren tan idiota como para llamarla? ¿Quién más podía ser a las nueve y cuarto de un jueves por la mañana? Su mente se dispersó en veinte direcciones a la vez. Cogió el teléfono—. ¿Hola?

—¿Spencer? Soy Andrew Campbell. —Soltó una risa nerviosa—. Del instituto.

Spencer miró a Melissa.

—Hmm, hola —dijo con voz ronca. Por una fracción de segundo no pudo ni recordar quién era Andrew Campbell—. ¿Qué pasa?

—Solo quería saber si habías pillado esa gripe que está haciendo estragos. No te vi esta mañana en el consejo estudiantil. Tú nunca faltas…, no al consejo.

—Oh. —Tragó saliva y miró a Melissa, que esperaba expectante en la puerta—. Bueno, sí, pero ya estoy mejor.

—Solo quería decirte que me he ofrecido a recoger los deberes de tus clases. Ya que estamos en las mismas. —Su voz tenía eco, como si llamara desde las taquillas del gimnasio. Andrew era de los que se escaqueaban de gimnasia—. En cálculo tenemos un montón de problemas para repasar.

—Oh. Vale, gracias.

—E igual quieres repasar algunas notas que he tomado para las redacciones. McAdam dice que será una parte importante de la nota final.

—Hmm, claro —respondió Spencer. Melissa atrajo la mirada de Spencer y le dedicó una mirada excitada.

¿Chupetón?, vocalizó en silencio, señalándole el cuello y luego al teléfono.

Spencer sentía como si su cerebro fuera un enorme lago de yogur. Entonces, de pronto, tuvo una idea. Se aclaró la garganta.

—Por cierto, Andrew, ¿vas a ir con alguien al Foxy?

—¿El Foxy? —repitió Andrew—. Hmm, no lo sé. Creo que no tenía previs…

—¿Quieres ir conmigo?

Andrew se rió; sonó como si tuviera hipo.

—¿En serio?

—Hmm, sí —dijo Spencer, mirando a su hermana.

—¡Sí, vale! ¡Será estupendo! ¿A qué hora es? ¿Qué debo ponerme? ¿Se sale antes con los amigos? ¿Hay alguna fiesta prevista para luego?

Spencer puso los ojos en blanco. Era muy propio de Andrew hacer preguntas, como si luego fueran a examinarlo sobre ellas.

—Ya lo descubriremos —dijo Spencer, volviéndose hacia la ventana.

Entonces colgó, sintiéndose agotada, como si hubiera corrido kilómetros y kilómetros por el campo de hockey. Cuando se volvió hacia la puerta, Melissa se había ido.

13

Cierto profesor de literatura resulta ser un narrador poco fiable

El jueves, Aria dudó ante la puerta de la clase de inglés avanzado y en ese momento pasó Spencer.

—Hola —le dijo Aria cogiéndola del brazo—. ¿Has recibido algún...?

Los ojos de Spencer miraron a uno y otro lado, como los de los grandes lagartos que Aria había visto en el zoo de París.

—Hmm, no. Y ya llego tarde, así que...

Corrió pasillo abajo. Aria se mordió el labio. *Vale.*

Alguien puso una mano en su hombro. Soltó un gritito y dejó caer la botella de agua, que golpeó el suelo y se alejó rodando.

—¡Vaya! Solo intentaba pasar.

Ezra estaba tras ella. Se había ausentado el martes y el miércoles, y Aria se había preguntado si no habría dimitido.

—Perdona —farfulló, con las mejillas rojas.

Ezra llevaba los mismos pantalones de pana arrugados de la semana pasada, una chaqueta de tweed con un agujerito en el codo y zapatos de cordones Merrill. De cerca olía ligeramente a las «velas para hombres» Seda France con aroma a azafrán y flor de cananga que Aria recordaba de la repisa de su salón. Había estado en su apartamento solo seis días antes, pero se sentía como si hubieran pasado dos vidas enteras desde entonces.

Aria entró tras él en la clase de puntillas.

—¿Estabas enfermo? —preguntó ella.

—Sí —contestó Ezra—. Con gripe.

—Siento oírlo.

Aria se preguntó si también ella pillaría la gripe.

Ezra miró a la clase vacía y caminó más cerca de ella.

—Bueno. Mira, ¿qué tal si empezamos de cero? —dijo con expresión profesional.

—Vale —dijo Aria con voz ronca.

—Tenemos un año por delante. ¿Qué tal si olvidamos lo sucedido?

Aria tragó saliva. Sabía que su relación estaba mal, pero seguía sintiendo algo por Ezra. Le había desnudado su alma, y ella no podía hacer eso con cualquiera. Y él era tan diferente.

—Por supuesto —dijo, aunque no se lo creía del todo. Tenían una conexión real.

Ezra asintió ligeramente. Luego, muy despacio, alargó la mano y la posó en la nuca de Aria. Ella sintió un cosquilleo por toda la columna vertebral, y contuvo el aliento hasta que él apartó la mano y se alejó.

Aria se sentó a la mesa, con la mente a cien por hora. ¿Había sido una señal? Le había dicho que lo dejaran, pero por sus actos no parecía que fuera lo qué él quería.

Antes de que pudiera decidir si le decía algo a Ezra, Noel Kahn se sentó junto a Aria y la pinchó con su pluma Montblanc.

—Me han dicho que me engañas, finlandesa.

—¿Qué? —Aria se incorporó en su asiento, alerta. Su mano voló a su nuca.

—Sean Ackard preguntaba por ti. Sabes que sale con Hanna, ¿verdad?

Aria se pasó la lengua por los dientes.

—¿Sean Ackard?

—Ya no está con Hanna —interrumpió James Freed, sentándose en su sitio delante de Noel—. Mona me ha dicho que Hanna rompió con él.

—Así que te gusta Sean. —Noel se apartó de los ojos el ondulado pelo negro.

—No —dijo Aria de forma automática. Aunque recordaba la conversación que había mantenido el martes con Sean en su coche. Le había sentado bien poder hablar con alguien de cosas.

—Bien —dijo Noel, pasándose una mano por la frente—. Me tenías preocupado.

Aria entrecerró los ojos.

Hanna entró en el aula justo cuando sonó el timbre, y puso en la mesa su desmesurado bolso de Prada para hundirse teatralmente en su asiento. Dirigió a Aria una sonrisa tensa.

—Hola. —Aria se sentía un poco tímida. En el instituto, Hanna parecía terriblemente reservada.

—Hola, Hanna, ¿has dejado de salir con Sean Ackard? —preguntó Noel alzando la voz.

Hanna lo miró. Le tembló un párpado.

—La cosa no funcionaba. ¿Por qué?

—Por nada —intervino rápidamente Aria.

Aunque se preguntó por qué habría roto con él, si eran como dos guisantes de la típica vaina de Rosewood.

Ezra dio una palmada.

—Muy bien —dijo—. Además de los libros que estamos leyendo en clase, quiero que hagáis un trabajo extra sobre narradores no fiables.

Devon Arliss alzó la mano.

—¿Qué significa eso?

Ezra caminó por el aula.

—Bueno, el narrador nos cuenta la historia del libro, ¿no? Pero ¿y si el narrador no nos cuenta la verdad? Puede que nos esté contando su retorcida versión de la historia para hacer que te pongas de su parte. O para asustarte. ¡O puede que esté loco!

Aria se estremeció. Eso la hizo pensar en A.

—Voy a asignaros un libro a cada uno —dijo Ezra—. En una redacción de diez páginas, argumentaréis los pros y los contras de un narrador que no es de fiar.

La clase gruñó. Aria apoyó la cabeza en la palma de la mano. ¿Y si A no era de fiar? Puede que A no supiera nada, sino que estuviera intentando convencerlas de lo contrario. Y, ya puestos, ¿quién era A? Miró por toda la clase, a Amber Billings, que se metía el dedo por un agujerito de las medias; a Mason Byers, que miraba en secreto los goles de los Phillies en su móvil, usando el cuaderno como tapadera; y a Hanna, que escribía todo lo que decía Ezra con una estilográfica de tinta púrpura. ¿Sería A alguno de ellos? ¿Quién podía saber lo de Ezra, lo de sus padres y lo de Jenna?

Ante la ventana pasó un jardinero en una podadora John Deere y Aria dio un salto. Ezra seguía hablando de narradores mentirosos, haciendo una pausa para beber agua. Dirigió a Aria una pequeña sonrisa, y el corazón de ella se aceleró.

James Free se inclinó hacia delante, pinchó a Hanna con la pluma y señaló a Ezra.

—Me han dicho que Fitz liga que da gusto —susurró, lo bastante alto como para que lo oyera Aria, y el resto de la fila.

Hanna miró a Ezra y arrugó la nariz.

—¿Él? Puaj.

—Parece ser que tiene una novia en Nueva York, pero cada semana se lía con una chica diferente —siguió diciendo James.

Aria se tensó. ¿Una novia?

—¿De dónde has sacado eso? —preguntó Noel.

James sonrió.

—¿Conoces a la señorita Polanski? ¿La maestra de biología? Me lo dijo ella. A veces habla con nosotros en la esquina del fumador.

Noel chocó los cinco con James.

—Tronco, la señorita Polanski está un rato buena.

—Del todo —respondió James—. ¿Crees que podría llevarla al Foxy?

Aria se sentía como si la hubieran arrojado a una hoguera. ¿Una novia? El viernes por la noche le había dicho que hacía mucho que no salía con nadie. Recordaba haberse fijado en sus comidas congeladas de soltero para una persona, en sus ocho mil libros y su único vaso, y en sus tristes y muertas plantas. No parecía tener una novia.

James podía haberse enterado mal, pero lo dudaba. Aria bullía de rabia. Unos años antes podría haber pensado que solo los típicos chicos del Rosewood te engañaban así, pero en Islandia había aprendido mucho de chicos.

A veces, los chicos más retorcidos resultaban ser los más simples. Ninguna chica miraría a Ezra (sensible, desastrado, dulce, cariñoso) y desconfiaría de él. A Aria le recordaba a alguien. A su padre.

De pronto Aria se sintió mal. Se levantó, cogió el permiso de pasillo del gancho y salió por la puerta.

—¿Aria? —llamó Ezra, y sonaba preocupado.

No se paró. En el lavabo de las chicas, corrió a la pila, se echó jabón líquido rosa en las manos y se frotó la parte de la nuca que había tocado Ezra. Ya volvía a clase cuando su móvil tintineó. Lo sacó del bolso y presionó «Leer».

> ¡Has sido muy mala, Aria! No deberías ir tras un profesor. Son las chicas como tú las que acaban rompiendo las familias felices. —A.

Aria se quedó paralizada. Estaba en medio del pasillo vacío. Oyó un ruido y se volvió en redondo. Estaba ante el armario de cristal de los trofeos, que se había convertido en un templo a Alison DiLaurentis. Dentro había varias fotos de las clases del Rosewood Day. Los profesores siempre sacaban muchas fotos a lo largo del año, y el instituto se las mostraba a los padres cuando sus hijos se graduaban. Aquí se veía a Ali cuando era una niña desdentada en el jardín de infancia, allí vestida de peregrino para la obra de cuarto curso.

Incluso algunos de sus trabajos estaban allí, como un diorama del fondo marino de tercer curso y una ilustración del sistema circulatorio de quinto.

Un cuadrado rosa chillón llamó la atención de Aria. Alguien había pegado un pósit en el cristal. Aria lo leyó con ojos muy abiertos.

> P. S.: ¿A que te preguntas quién soy? Estoy más cerca de lo que crees. —A.

14

A Emily no le importa quedarse con las sobras de Ali

—¡Decid mariposa! —graznó Scott Chin, fotógrafo del anuario del Rosewood Day.

Era jueves por la tarde y el equipo de natación estaba en el natatorio para hacerse las fotos de grupo antes de que empezase el encuentro con el Tate. Emily llevaba tanto tiempo en los equipos de natación que ni se paró a pensar que le sacaban una foto en traje de baño.

Posó apoyando las manos en el bloque de salida e intentó sonreír.

—¡Guapa! —gritó Scott, frunciendo sus rosados labios.

Muchos en la escuela especulaban sobre si Scott era gay o no. Y este nunca lo admitía a las claras, aunque tampoco hacía nada para acabar con los rumores.

Mientras Emily cruzaba la cubierta para llegar a su bolsa de deporte, vio que el equipo del Tate se dirigía hacia sus asientos. Entre ellos iba Toby, vestido con una sudadera azul Champion, agitando los hombros adelante y atrás para calentarlos.

Emily contuvo el aliento. Llevaba pensando en él desde que la rescató el día anterior. Nunca habría imaginado que Ben pudiera llegar a agarrarla así; debía preocuparle sufrir un tirón si la levantaba y poner en peligro su participación en la competición de hoy. Y pensar en Toby había despertado en ella algo más: un recuerdo de Ali que casi había olvidado.

Sucedió una de las últimas veces que había estado a solas con Ali. Nunca olvidaría ese día, con su cielo azul, todas las flores en su esplendor y abejas por todas partes. La casa del árbol de Ali olía a Kool-Aid, savia, y humo de cigarrillo, ya que Ali le había pillado un Parliament al paquete de su hermano. Cogió a Emily de las manos.

—No puedes contarle esto a las otras —dijo—. He empezado a ver en secreto a un chico mayor, y es increíble.

Emily dejó de sonreír. Parte de su corazón se rompía cada vez que Ali le hablaba de un chico que le gustaba.

—Está tan bueno —continuó Ali—. Casi que quiero llegar muy lejos con él.

—¿Qué quieres decir? —Emily no había oído nada tan horrible en su vida—. ¿Quién es?

—No puedo decirlo —repuso con una sonrisa taimada—. Fliparíais.

Entonces, porque ya no podía soportarlo por más tiempo, Emily se inclinó hacia delante y besó a Ali. Duró un momento, especial y maravilloso, y luego Ali se apartó y se rió. Emily intentó hacer ver que solo era un juego, y luego se fueron a cenar a sus respectivas casas.

Había pensado muchas veces en aquel beso, así que apenas recordaba lo que había sucedido antes. Pero ahora que Toby había vuelto y estaba tan guapo, a Emily le había dado por pensar que igual había sido el chico de Ali. ¿Quién si no habría hecho que fliparan?

Y tenía sentido que a Ali le gustara Toby. Al final de séptimo había pasado por una etapa de chicos malos y decía que le gustaría salir con alguien que fuera «como malo». Lo de que te enviaran al reformatorio podía calificarse de malo, y puede que Ali viera en él algo que nadie más veía. Así que Emily pensó que igual ella podía ver ahora ese algo. Y, por extraño que pareciera, la posibilidad de que a Ali le gustara Toby lo hacía mucho más atractivo. Y si era lo bastante bueno para Ali, desde luego lo era para ella.

En cuanto el equipo se dispersó para la competición de saltos, Emily sacó las chanclas de la bolsa de deporte del Rosewood Day para ir al encuentro de Toby. Sus dedos chocaron con el móvil, guardado bajo su toalla. Parpadeaba; se había perdido siete llamadas de Maya.

Emily sintió que se le encogía la garganta. Maya llevaba toda la semana llamando, enviando mensajes de texto, mensajes instantáneos y correos electrónicos, y aún no le había contestado. Y se sentía más confusa con cada nueva llamada perdida. Una parte de ella quería encontrarse con Maya en el instituto y pasar la mano por su pelo suave y rizado, subirse con ella a la bici y saltarse las clases. Besar a Maya le había resultado peligrosamente delicioso. Pero una parte de su ser deseaba que Maya simplemente desapareciera.

Miró la pantalla de su móvil sintiendo un nudo en la garganta. Entonces, lentamente, cerró la tapa. Se sentía como cuando tenía ocho años y decidió tirar a Bee-Bee, su mantita de cuando era pequeña. *Las niñas grandes no necesitan mantitas,* se había dicho, pero le había sido muy difícil cerrar la tapa del cubo de la basura con Bee-Bee dentro.

Respiró hondo y se dirigió a las gradas del Tate. Por el camino miró por encima del hombro, buscando a Ben. Estaba en el lado del Rosewood Day, con su toalla de Sammy, dándole palmaditas en el hombro a Seth. Ben se había mantenido lejos de Emily desde el Tank del martes, portándose como si no existiera. Desde luego era preferible a que la atacara, pero le ponía paranoica la idea de que hablase de ella a sus espaldas. Casi deseaba que Ben la viera ahora, mientras se acercaba a Toby. *¡Mira! ¡Estoy hablando con un chico!*

Toby había depositado su toalla en las baldosas del natatorio y llevaba auriculares en los oídos y un iPod en el regazo. Tenía el pelo peinado hacia atrás, y la sudadera azul marino que llevaba sobre el traje de baño, que Emily no se había atrevido a mirar durante el primer encuentro, hacía que sus ojos fueran todavía más azules.

Se alegró al ver a Emily.

—Hola. Te dije que nos veríamos aquí, ¿verdad?

—Sí. —Emily sonrió tímidamente—. Así que, hmm, solo quería darte las gracias. Por ayudarme ayer. Y el día anterior.

—Oh. Bueno, no fue nada.

En ese momento apareció Scott con la cámara del anuario.

—¡Os pillé! —gritó, y sacó una foto—. Puedo imaginarme el pie de foto: «Emily Fields, flirteando con el enemigo». —Luego bajó la voz para decirle a Emily—: Aunque pensaba que no era tu tipo.

Emily miró a Scott, inquisitiva. ¿Qué se suponía que significaba eso? Pero entonces se marchó revoloteando. Cuando se volvió hacia Toby, este estaba concentrado en su ipod, así que se dispuso a volver al lado de su equipo. Había dado tres pasos cuando Toby la llamó.

—Oye, ¿quieres tomar un poco el aire?

Emily se detuvo. Miró rápidamente a Ben, que seguía sin prestarle atención.

—Hmm, bueno —decidió.

Atravesaron las puertas dobles del natatorio del Rosewood Day, pasaron junto a un grupo de chicos que esperaban autobuses que llegaban con retraso, y se sentaron en el borde de la fuente del Día del Fundador. El agua brotaba de lo alto en un largo y resplandeciente chorro. Pero el día estaba nublado, por lo que el agua parecía blanca y apagada en vez de centelleante. Emily miró el montón de monedas en el fondo brillante y poco profundo de la fuente.

—El último día de clase, los del último curso arrojan a la fuente a su profesor favorito.

—Lo sé —dijo Toby—. Yo solía venir aquí, ¿recuerdas?

—Oh.

Emily se sintió estúpida. Claro que venía antes. Y luego lo enviaron lejos.

Toby sacó de su bolsa un paquete de galletas de chocolate. Se las ofreció a Emily.

—¿Quieres una? ¿Como aperitivo precompetición?

—Tal vez alguna —repuso ella encogiéndose de hombros.

—Bien por ti —dijo él, pasándoselo. Apartó la mirada—. Tiene gracia lo diferentes que son las cosas entre chicos y chicas. Los chicos quieren comer más que los otros chicos. Hasta los que conozco que son mayores. Como mi comecocos, en Maine. Una vez que fui a su casa, hicimos un campeonato comiendo gambas. Me ganó por seis gambas. Y tiene como treinta y cinco años.

—Con gambas. —Emily se estremeció. Como no quería preguntar lo obvio, ¿*Tienes un comecocos?*, preguntó—: ¿Qué pasó cuando tu, hmm, comecocos, ganó?

—Que vomitó.

Toby rozó la superficie del agua con la yema de los dedos. El agua de la fuente olía todavía más a cloro que la piscina.

Emily se pasó las manos por las rodillas. Se preguntó si tenía un comecocos por la misma razón por la que se echó la culpa de lo de Jenna.

Un autobús de lujo llegó al aparcamiento del Rosewood Day, y de él bajaron los miembros de la banda del instituto, todavía con el uniforme de chaquetas rojas engalanadas, pantalones de chaqué con vuelo, y el principal tambor llevando un ridículo gorro de piel que parecía muy incómodo y dar mucho calor.

—Tú..., hablas mucho de Maine —dijo Emily—. ¿Eres feliz al volver a Rosewood?

Toby alzó una ceja.

—¿Eres tú feliz de estar en Rosewood?

Emily frunció el ceño. Miró a una ardilla correr en círculo alrededor de uno de los robles.

—No lo sé —dijo en voz baja—. A veces siento que no es mi sitio. Yo antes era normal, pero ahora... No lo sé. Me siento como si debiera ser de un modo concreto, pero no lo soy.

Toby se la quedó mirando.

—Lo entiendo —suspiró—. Ves a toda esa gente perfecta que hay aquí. Y es como si por el hecho de no ser uno de ellos tuvieras que estar hecho mierda. Pero yo creo que, por dentro, toda esa gente tan impecable está tan hecha mierda como nosotros.

Clavó la mirada en Emily, y ella sintió que el estómago le daba un vuelco. Sentía que todos sus pensamientos secretos eran titulares de periódico en cuerpo 72, y que Toby podía leerlos. También era la primera persona que expresaba algo que se parecía a cómo sentía ella las cosas.

—Yo me siento hecha mierda la mayoría de las veces —dijo ella en voz baja.

Parecía como si Toby no la creyera.

—¿Cómo es que estás hecha mierda?

Un trueno restalló sobre ellos. Emily metió las manos dentro de las mangas de su sudadera. *Estoy hecha mierda porque no sé quién soy ni lo que quiero*, quiso decirle. Pero en vez de eso lo miró directamente y soltó:

—Me gustan las tormentas.

—A mí también —contestó él.

Y entonces, Toby se inclinó despacio y la besó. Fue suave e indeciso, apenas un susurro en la boca de ella. Cuando se echó atrás, Emily se tocó los labios, como si el beso siguiera en ellos.

—¿A qué ha venido eso? —susurró.

—No lo sé. ¿Acaso no debí...?

—No. Ha sido agradable.

Su primer pensamiento fue: *Acabo de besar a un chico al que tal vez besó Ali*.

El segundo, que igual era una mierda haber llegado a pensar eso.

—¿Toby? —los interrumpió una voz.

Bajo la marquesina del natatorio había un hombre con los brazos en jarras, vestido con una chaqueta de cuero. Era el señor Cavanaugh. Emily lo reconoció del equipo de natación del verano de años antes y de la noche en que Jenna quedó herida. Se le tensaron los músculos del hombro. Si el señor Cavanaugh estaba allí, ¿estaría también Jenna? Entonces recordó que Jenna estaba en una escuela de Filadelfia. Con suerte.

—¿Qué estás haciendo aquí fuera? —El señor Cavanaugh sacó la mano fuera del toldo para sentir la lluvia que había empezado a caer—. Te toca enseguida.

—Oh. —Toby saltó del muro de la fuente. Sonrió a Emily—. ¿Entras tú también?

—Enseguida —dijo Emily débilmente. Puede que si intentaba usar las piernas no le funcionasen—. Buena suerte en tu carrera.

—Vale.

Los ojos de Toby se demoraron en ella otro instante. Parecía a punto de decir algo más, pero se alejó, alcanzando a su padre.

Emily se quedó unos minutos sentada en el muro de la fuente, mientras la lluvia le empapaba la sudadera. Se sentía extrañamente burbujeante, como si estuviera carbonatada. ¿Qué acababa de pasar? Cuando su Nokia le anunció que tenía un mensaje de texto se sobresaltó y lo desenterró del bolsillo de la chaqueta. El corazón se le cayó a los pies. Era quien creía que era.

Emily:
¿No preferirías esta otra foto para el anuario?

Pulsó el adjunto. Era una foto de Emily y Maya en el fotomatón de Noel. Se miraban a los ojos con ansia, a centímetros de besarse. Emily se quedó boquiabierta. Recordaba haber pulsado el botón de la cabina para sacarse las fotos, pero ¿no se las había llevado Maya al irse?

«No querrás que esto se difunda, ¿verdad?» era el pie de foto.

Y, por supuesto, estaba firmado por A.

15

Ella roba para ti y tú se lo pagas así.

Mona salió del probador de Saks con un vestido Calvin Klein verde de cuello cuadrado. La falda larga se abrió cuando dio un giro.

—¿Qué te parece? —le preguntó a Hanna, que esperaba junto a los percheros.

—Precioso —murmuró Hanna. A la luz de los fluorescentes del probador, podía verse que Mona no llevaba sujetador.

Mona posó ante el espejo de tres caras. Era tan delgada que a veces conseguía meterse en una envidiable talla cero.

—Creo que esto iría mejor con tu tono de piel. —Se bajó uno de los tirantes—. ¿Quieres probártelo?

—No lo sé —dijo Hanna—. Es un poco transparente.

Mona frunció el ceño.

—¿Desde cuándo te importa eso?

Hanna se encogió de hombros y miró en un perchero de chaquetas Marc Jacobs. Era jueves por la tarde. Y estaban en el departamento de ropa de diseño de Saks, en el centro comercial King James, buscando frenéticamente vestidos para el Foxy.

Acudirían un montón de chicas de la escuela preparatoria y futuras universitarias, y era importante encontrar un vestido que no llevasen puesto cinco chicas más.

—Quiero algo con clase —respondió Hanna—. Como Scarlett Johansson.

—¿Por qué? —preguntó Mona—. Si tiene un culo enorme.

Hanna frunció los labios. Cuando decía «con clase» quería decir «sutil». Como las chicas de los anuncios de diamantes que parecían ser muy dulces pero tenían la palabra «fóllame» aerografiada en un mechón de su pelo. Sean tenía que quedarse tan alucinado por la virtud de Hanna, que rompería sus votos del club Uve y le arrancaría las bragas.

Hanna eligió unos zapatos abiertos Miu Miu color beige del estante de las ofertas justo fuera del probador.

—Me gustan estos. —Y alzó uno para que lo viera Mona.

—¿Por qué no...? —Mona señaló con la barbilla el bolso de Hanna.

Hanna los devolvió al estante.

—De eso nada.

—¿Por qué no? —susurró Mona—. Los zapatos son lo más fácil. Lo sabes.

Cuando Hanna dudó, Mona chasqueó la lengua.

—¿Sigues afectada por lo de Tiffany?

En vez de contestar, Hanna simuló interesarse por unos zapatos metálicos de Marc Jacobs con trabilla trasera.

Mona cogió unas cuantas cosas de los percheros y volvió al probador. Segundos después, salió con las manos vacías.

—Este sitio es un asco. Vayamos a Prada.

Cruzaron el centro comercial, mientras Mona tecleaba en su Sidekick.

—Voy a preguntarle a Eric de qué color son las flores que me llevará —explicó—. Igual puedo hacer que mi vestido conjunte con ellas.

Mona había decidido ir al Foxy con Eric, hermano de Noel Kahn, con el que ya había salido esa semana un par de veces. Los chicos Kahn siempre eran buenos acompañantes para el Foxy; eran guapos y ricos, y los fotógrafos de sociedad los adoraban. Mona había intentado convencer a Hanna para que saliera con Noel, pero había esperado demasiado. Él se lo había pedido ya a Celeste Richards, que estaba en el comité escolar cuáquero, lo cual fue una sorpresa, porque todo el mundo creía que Noel andaba colado por Aria Montgomery. Pero a Hanna no le importaba. Si no iba con Sean, no iría con nadie.

Mona alzó la mirada de su móvil.

—¿Qué local para conseguir un buen bronceado crees que es mejor, Sun Land o Dalia's? Puede que Celeste y yo vayamos mañana a Sun Land, pero dicen que te dejan de color naranja.

Hanna se encogió de hombros, sintiendo una punzada de celos. Mona debería ir a broncearse con ella, no con Celeste.

Estaba a punto de contestar cuando sonó su móvil. El corazón se le aceleró un poco. Cada vez que sonaba su teléfono pensaba en A.

—¿Hanna? —Era su madre—. ¿Dónde estás?

—De compras —contestó Hanna. ¿Desde cuándo le importaba a su madre?

—Pues tienes que venir a casa, tu padre va a pasar un momento.

—¿Qué? ¿Por qué?

Hanna miró a Mona, que estaba mirando las gafas de sol baratas de un quiosco de la explanada. No le había dicho que su padre había estado el lunes. Resultaba demasiado raro como para hablar de ello.

—Es que necesita recoger algo —dijo su madre.

—¿Como qué?

La señora Marin lanzó un bufido irritado.

—Viene a recoger unos papeles que tenemos que arreglar antes de que se case. ¿Es suficiente explicación para ti?

Notó que en la nuca se le acumulaba una picazón. Primero porque su madre había mencionado aquello en lo que no quería pensar, que su padre iba a casarse con Isabel y sería el padre de Kate. Y segundo, porque había pensado que su padre podía ir a verla específicamente a ella. ¿Por qué tenía que ir ella a casa, cuando él iba por otro motivo? Parecería que ella carecía de vida propia. Miró su reflejo en el escaparate de Banana Republic.

—¿Cuándo llegará? —preguntó.

—Dentro de una hora.

Su madre colgó bruscamente. Hanna cerró el teléfono y lo acunó entre sus manos, sintiendo que su calidez empapaba sus manos.

—¿Quién era? —canturreó Mona, cogiendo del brazo a Hanna.

—Mi madre —dijo distraída. Se preguntó si le daría tiempo a ducharse al llegar a casa; apestaba a todos los perfumes que se había probado en Neiman Marcus—. Quiere que vaya a casa.

—¿Por qué?

—Porque sí.

Mona se paró y miró a Hanna cuidadosamente.

—Han, tu madre no suele llamar porque sí para decirte que vuelvas a casa.

Hanna se detuvo. Estaban paradas ante la entrada del Año del Conejo, el bistró chino del centro, y les llegó un apabullante olor a salsa hoisin.

—Bueno, es que se va a pasar mi padre.

Mona frunció el ceño.

—¿Tu padre? Creía que estaba...

—No lo está —dijo rápidamente Hanna. Cuando se hizo amiga de Mona le dijo que su padre había muerto. Había jurado no volver a hablarle nunca, así que no era exactamente mentira—. Hace mucho que no hablamos, pero lo vi el otro día, y tiene negocios en Filadelfia o algo así. Pero no viene por mí. No sé por qué quiere mi madre que esté presente.

Mona apoyó una mano en la cadera.

—¿Por qué no me lo contaste antes?

Hanna se encogió de hombros.

—¿Y cuándo pasó eso?

—No sé. ¿El lunes?

—¿El lunes? —Mona parecía herida.

—¡Chicas! —interrumpió una voz.

Hanna y Mona alzaron la mirada. Era Naomi Zeigler. Salía de Prada con Riley Wolfe, con bolsas de compra negras colgadas de sus perfectamente bronceados hombros.

—¿Estáis comprando para el Foxy? —preguntó Naomi.

Su pelo rubio estaba tan luminoso como siempre y su piel brillaba de forma irritante, pero Hanna no pudo dejar de notar que su elegante vestido negro era de la temporada pasada. Antes de que pudiera responder, Naomi añadió:

—No os molestéis en ir a Prada. Ya hemos comprado lo único bueno que tenían.

—Igual ya hemos comprado el vestido —dijo Mona muy envarada.

—¿Tú también vas, Hanna? —Riley abrió mucho los ojos marrones y se echó atrás el pelo rojo—. Pensé que como ya no estabas con Sean...

—Yo no me pierdo el Foxy —dijo Hanna altiva.

Riley apoyó la mano en la cadera. Llevaba *leggings* negros, una falda vaquera deshilachada y un feo suéter a rayas blancas y negras. Hacía poco, se había publicado una foto de Mischa Barton llevando exactamente el mismo atuendo.

—Sean es tan guapo —ronroneó Riley—. Creo que se ha hecho más guapo durante el verano.

—Es gay —dijo Mona rápidamente.

Riley no pareció preocupada.

—Apuesto a que puedo hacerle cambiar de opinión.

Hanna apretó los puños.

Naomi sonrió.

—Ah, Hanna, ¿a que el YMCA es una pasada? Tienes que ir a mi misma clase de pilates. El instructor, Oren, está buenísimo.

—Hanna no va al YMCA —la interrumpió Mona—. Vamos al Body Tonic. El YMCA es un antro.

Hanna miró a Mona y a Naomi, con el estómago revuelto.

—¿No vas al YMCA? —Naomi puso la expresión más inocente de que era capaz—. Estoy confusa. ¿No te vi ayer allí? ¿Ante la elíptica?

Hanna cogió a Mona del brazo.

—Llegamos tarde a algo.

La arrastró lejos de la tienda de Prada, de vuelta hacia Saks.

—¿A qué venía eso? —preguntó Mona, esquivando ágilmente a una mujer caballuna cargada de bolsas.

—Nada. Es que no la soporto.

—¿Por qué fuiste ayer al YMCA? Me dijiste que ibas al dermatólogo.

Hanna se detuvo. Sabía que ver a Naomi ante el club Uve tendría consecuencias.

—Tenía algo que hacer allí.

—¿El qué?

—No puedo contártelo.

Mona frunció el ceño, y dio media vuelta. Dio pasos decididos hacia Burberry. Hanna la alcanzó.

—Mira, es que no puedo. Lo siento.

—Seguro que sí.

Mona empezó a hurgar en su bolso y sacó los Miu Miu beige de Saks. No estaban en su caja y les habían arrancado la etiqueta de seguridad. Los balanceó ante la cara de Hanna.

—Iba a regalártelos. Pero ahora olvídalo.

Hanna se quedó boquiabierta.

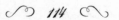

—Pero...

—Lo de tu padre pasó hace tres días, y no me dijiste nada. Y ahora me mientes sobre lo que haces después de clase.

—No es eso... —tartamudeó Hanna.

—Pues a mí me lo parece. —Mona frunció el ceño—. ¿En qué más me has mentido?

—Lo siento —gimió Hanna—. Es que... —Se miró los zapatos y respiró hondo—. ¿Quieres saber qué hacía en el YMCA? Vale, Fui al club de la virginidad.

Mona abrió mucho los ojos. Su móvil sonó dentro de su bolso, pero no mostró ninguna intención de cogerlo.

—Ahora sí que espero que estés mintiendo.

Hanna negó con la cabeza. Sentía náuseas; Burberry olía demasiado como su nuevo perfume.

—Pero ¿por qué?

—Quiero recuperar a Sean.

Mona rompió a reír.

—Me dijiste que habías roto con Sean en la fiesta de Noel.

Hanna se miró en el escaparate de Burberry y casi le da un infarto. ¿Tan gordo tenía el culo? De pronto tenía las mismas proporciones que el de la Hanna gorda y torpe del pasado. Jadeó, apartó la mirada, y volvió a mirar. La Hanna normal le devolvió la mirada.

—No —le dijo a Mona—. Él cortó conmigo.

Mona no se rió, pero tampoco intentó consolar a Hanna.

—¿Por eso estabas también en la clínica de su padre?

—No —dijo Hanna rápidamente, olvidando que había visto allí a Mona. Entonces reculó, dándose cuenta de que igual tenía que contarle la verdadera razón—. Bueno, sí. Más o menos.

Mona se encogió de hombros.

—Bueno, de todos modos, ya había oído en otra parte que Sean había roto contigo.

—¿Qué? —siseó Hanna—. ¿A quién?

—Igual fue en gimnasia. No me acuerdo. —Mona se encogió de hombros—. Igual lo dijo Sean.

A Hanna se le nubló la vista. Dudaba que Sean lo hubiera contado, pero quizás lo hubiera hecho A.

Mona la estudió.

—Creía que querías perder la virginidad, no prolongarla.

—Solo quería ver cómo era —dijo Hanna en voz baja.

—¿Y? —Mona frunció los labios maliciosamente—. Cuéntamelo todo. Apuesto a que fue para partirse de risa. ¿De qué hablasteis? ¿Cantasteis? ¿Qué?

Hanna frunció el ceño y dio media vuelta. Normalmente se lo habría contado todo a Mona. Pero le dolía que se estuviera riendo de ella, y no quería darle esa satisfacción. Candace le había dicho con toda claridad: «Este es un lugar seguro». No se sentía con derecho a contar los secretos de nadie, no cuando parecía que A estaba contando los suyos. ¿Y cómo es que Mona había oído rumores acerca de ella y no había dicho nada? ¿No se suponía que eran las mejores amigas?

—Nada de eso, la verdad —murmuró—. Fue bastante aburrido.

La expectación del rostro de Mona se trocó en decepción. Las dos se miraron. Entonces sonó el móvil de Mona y ella apartó la mirada.

—¿Celeste? —dijo Mona al contestar—. Hola.

Hanna se mordió nerviosamente los labios y miró su reloj de pulsera de Gucci.

—Tengo que irme —le susurró a Mona, haciendo un gesto hacia la salida este del centro—. Mi padre...

—Espera —dijo Mona al teléfono. Tapó el receptor con las manos, miró a los zapatos Miu Miu y se los dio a Hanna—. Llévatelos. La verdad es que no me gustan nada.

Hanna retrocedió, sosteniendo por las correas los zapatos robados. De repente, tampoco le gustaban a ella.

16

Una noche familiar, agradable y normal con los Montgomery

Aquella noche, Aria se sentó en su cama para tejer un búho de angora. El búho era marrón y tenía pinta de ser para un chico; lo había empezado la semana anterior, pensando en dárselo a Ezra. Ahora resultaba evidente que no se lo daría, así que empezó a preguntarse... ¿y si se lo daba a Sean? ¿Resultaría muy raro?

Antes de su desaparición, Ali siempre intentaba emparejarla con chicos de Rosewood, diciéndole: «Ve y habla con él, no es tan difícil». Pero para Aria sí lo era. Se paralizaba cuando se acercaba a un chico de Rosewood, así que soltaba la primera idiotez que le pasaba por la cabeza, que, por alguna razón, siempre era de matemáticas. Y ella odiaba las matemáticas. Pera cuando acabó séptimo, solo un chico le había hablado fuera de clase: Toby Cavanaugh.

Y había pasado mucho miedo. Fue unas pocas semanas antes de desaparecer Ali. Se había apuntado a un campamento artístico de fin de semana, y Toby apareció en su taller. Aria se sorprendió. ¿No se suponía que estaba interno en un colegio para siempre? Pero parecía ser que su colegio tenía las vacaciones de verano antes que Rosewood Day, y allí estaba. Se sentaba en un rincón, con el pelo tapándole la cara, tirando de una gomita para el pelo que llevaba en la muñeca.

La profesora de teatro, una mujer flaca y de pelo crespo que vestía ropa tejida a mano, les puso un ejercicio teatral: emparejarlos y que se gritaran una y otra vez una frase, hasta encontrarle cierto ritmo. Se suponía que la frase debía cambiar de forma orgánica. Debían recorrer toda el aula, emparejándose con todo el mundo, y Aria no tardó en encontrarse ante Toby. La frase del día era: «Nunca nieva en verano».

—Nunca nieva en verano —dijo Toby.

—Nunca nieva en verano —le respondió Aria.

—Nunca nieva en verano —repitió Toby.

Tenía los ojos hundidos, y las uñas mordidas hasta la cutícula. Estaba muy nerviosa por tenerlo tan cerca. No podía dejar de pensar en la expresión maligna de Toby en la ventana de Ali justo antes de que hirieran a Jenna. Y en cómo la habían bajado los paramédicos por la escalera de cuerda, casi soltándola por el camino. Y en cómo un par de días después asistieron a la fiesta benéfica por unos fuegos artificiales más seguros. Y oyó al señor Iverson, su profesor de salud, decir: «Si yo fuera el padre de ese chico, no me limitaría a meterlo interno en un colegio, lo mandaba a la cárcel». Y entonces la frase del ejercicio cambió, y pasó a ser: «Sé lo que hiciste el último verano». Toby fue el primero en decirla, pero Aria se la gritó un par de veces antes de darse cuenta de lo que significaba.

—¡Oh, como la película! —gritó la maestra, dando palmadas.

—Sí —dijo Toby, y sonrió a Aria. Con una sonrisa de verdad, no con una siniestra, lo cual hizo que se sintiera aún peor.

Cuando le contó esto a Ali, ella suspiró y dijo:

—Toby está como mentalmente perturbado, Aria. Me han dicho que casi se ahoga en Maine por nadar en un arroyo helado, intentando sacarle una foto a un alce.

Pero Aria no volvió a clase de teatro.

Volvió a pensar en el pósit de A. *¿A que te preguntas quién soy? Estoy más cerca de lo que crees.*

¿Podía ser Toby? ¿Se habría colado en Rosewood Day para poner el pósit en la vitrina de Ali? ¿Lo había visto alguna de sus amigas? También podía ser que A estuviera en una de sus clases. La de inglés era la más lógica, ya que sus apariciones solían coincidir con ellas. Pero ¿quién? ¿Noel? ¿James Freed? ¿Hanna? Aria se detuvo en Hanna. Ya había pensado en ella. Ali podía haberle contado lo de sus padres. Y Hanna había participado en lo de Jenna.

Pero ¿por qué? Repasó el anuario del Rosewood Day, el directorio que habían colgado ese día con todos los nombres y teléfonos de sus compañeros, y encontró la foto de Sean. Tenía el pelo corto como un deportista, y estaba moreno como si se hubiera pasado el verano en el yate de su padre. Los chicos con los que Aria salió en Islandia eran pálidos y con el pelo largo, y de tener algún barco eran kayaks en los que remaban hasta el glaciar Snæfellsjökull.

Marcó el número de Sean pero le salió el buzón de voz.

—Hola, Sean —dijo, esperando que la voz no le saliera demasiado cantarina—. Soy Aria Montgomery. Te, hmm, te llamo para saludar y, hmm, quería recomendarte una filósofa. Ayn Rand. Es supercompleja pero de lo más accesible. Búscala.

Le dio el número de su móvil y su nombre para el MI, colgó y luego quiso borrar el mensaje. Debía haber montones de chicas de Rosewood nada histéricas llamándole.

—¡Aria! —llamó su madre desde el hueco de la escalera—. ¡A cenar!

Tiró el teléfono a la cama y bajó las escaleras despacio. Sus oídos se alertaron ante el extraño pitido que se oía en la cocina. ¿Era el temporizador del horno? Eso era imposible. Las cocina era de un estilo retro de la década de los cincuenta, y el horno era un Magic Chef auténtico de 1956. Su madre lo usaba raras veces temiendo que prendiera fuego a la casa por ser tan viejo.

Pero, para su sorpresa, su madre sí tenía algo en el horno, y su hermano y su padre ya estaban a la mesa. Era la primera vez que la familia estaba junta desde el pasado fin de semana. Mike había pasado las últimas tres noches en la casa de varios compañeros de lacrosse, y su padre, bueno, había estado muy ocupado «enseñando». Sobre la mesa había un pollo asado, un cuenco de puré de patatas y un plato de guisantes. Los platos y cubiertos hacían juego y había hasta mantel. Aria se tensó. Todo parecía demasiado normal, sobre todo para su familia. Algo debía ir mal. ¿Se habría muerto alguien? ¿Lo habría contado A?

Pero sus padres parecían tranquilos. Su madre sacó una bandeja de rollitos del horno que, milagrosamente, no se había prendido fuego, y su padre estaba sentado en silencio, hojeando las páginas de opinión del *New York Times*. Siempre estaba leyendo: en la mesa, en los partidos donde jugaba Mike, incluso mientras conducía.

Aria se volvió hacia su padre, al que apenas veía desde el lunes en el bar Victory.

—Hola, Byron —dijo.

Este sonrió a su hija con sinceridad.

—Hola, monito.

A veces la llamaba monito; también solía llamarla mono peludo, hasta que ella le pidió que lo dejara. Byron siempre tenía el aspecto de alguien que acaba de levantarse, siempre iba con camisetas de oferta agujereadas, bóxers de los Philadelphia 76ers o pantalones grises de pijama, y unas viejas zapatillas de piel de oveja. Y siempre llevaba revuelto el abundante pelo castaño oscuro. Aria pensaba que parecía un koala.

—¡Y hola, Mike! —dijo Aria con alegría, revolviéndole el pelo.

Mike se apartó.

—¡Ni se te ocurra tocarme!

—Mike —dijo Ella, apuntándolo con uno de los palillos que solían sujetar el moño de su pelo castaño oscuro.

—Solo estaba siendo amable —repuso Aria, conteniéndose para no soltarle su habitual comentario sarcástico. En vez de eso, se sentó, desdobló la servilleta de flores en su regazo y cogió un tenedor con mango de baquelita.

—El pollo huele muy bien, Ella.

—Estaba en el mostrador del deli —repuso Ella, echando puré de patatas en los platos de todos.

—¿Desde cuándo te parece que el pollo huele bien? —ladró Mike—. Si no lo comes.

Era cierto. Aria se había vuelto vegetariana desde la segunda semana en Islandia, cuando Hallbjorn, su primer novio, la invitó a un aperitivo de un puesto de comida que creyó que era un perrito caliente. Estaba de muerte, pero cuando se lo terminó, él le dijo que era carne de frailecillo. Desde entonces, cada vez que tenía carne delante se imaginaba la carita de un polluelo de frailecillo.

—Aun así, sí como patatas —dijo Aria—. Se metió una cucharada caliente en la boca—. Y estas están de impresión.

Ella frunció el ceño.

—Es instantáneo. Sabes que no sé cocinar.

Aria sabía que se estaba esforzando mucho. Pero si actuaba como una hija modelo en vez de ponerse gruñona y sarcástica, Byron se daría cuenta de lo que podía perder.

Se volvió hacia Byron. No quería odiar a su padre. Tenía un montón de cosas buenas; siempre escuchaba sus problemas, era listo, cuando tenía la gripe le hacía pasteles para que se pusiera bien. Había buscado razones lógicas y nada románticas sobre por qué había pasado lo de Meredith. No quería pensar que pudiera querer a otra, o que intentaba romper la familia. Pero le resultaba muy difícil no tomárselo de forma personal.

Cuando tomó una cucharada de guisantes, empezó a sonar el móvil de Ella, situado en la isla de la cocina. Ella miró a Byron.

—¿Lo cojo?

—¿Por qué va a llamarte nadie a la hora de cenar? —repuso Byron frunciendo el ceño.

—Puede que sea Oliver, de la galería.

De pronto, Aria sintió un nudo en la garganta. *¿Y si era A?*

El teléfono volvió a sonar.

—Lo cogeré yo —dijo Aria levantándose.

Ella se limpió la boca y apartó la silla.

—No, debo cogerlo yo.

—¡No! —gritó Aria, precipitándose a la isla. El teléfono sonó por tercera vez—. Yo… hmm… es…

Agitó los brazos alocadamente, intentando pensar.

Al no tener una idea, cogió el teléfono y lo lanzó hacia el salón. Resbaló por el suelo hasta que lo detuvo el sofá y dejó de sonar. Polo, el gato de los Montgomery, se acercó y lo tocó con la pata.

Cuando Aria se volvió, toda su familia la miraba.

—¿Se puede saber qué te pasa? —preguntó Ella.

—Yo solo… —Aria estaba cubierta de sudor, y le latía todo el cuerpo al ritmo de su corazón.

Mike cruzó las manos detrás de la cabeza. *Fri-kiii*, dijo solo moviendo los labios.

Ella pasó por su lado hasta el salón y se agachó para mirar la pantalla del teléfono. Su falda arrugada tocó el suelo, recogiendo polvo.

—Era Oliver.

Entonces se levantó Byron.

—Tengo que irme.

—¿Irte? —A Ella se le ahogó la voz—. Pero si acabamos de empezar a comer.

Byron llevó su plato vacío al fregadero. Siempre había sido la persona del planeta que comía más rápido, más incluso que Mike.

—Tengo cosas que hacer en el despacho.

—Pero...

Ella se llevó las manos a la estrecha cintura. Y todos miraron impotentes cómo Byron desaparecía escaleras arriba y luego bajaba medio minuto después con unos arrugados pantalones grises y una camisa. Seguía llevando el pelo sin peinar. Cogió las llaves y su gastado maletín de cuero.

—Volveré en un rato.

—¿Puedes traer zumo de naranja? —gritó Ella, pero Byron cerró la puerta principal sin contestar.

Un segundo después, Mike salía de la cocina sin dejar su plato en el fregadero. Cogió su chaqueta y el palo de lacrosse y metió los pies en las zapatillas de deporte sin desatarlas.

—¿Adónde vas tú ahora? —preguntó Ella.

—A practicar —soltó Mike.

Se iba con la cabeza baja y mordiéndose el labio, como si intentara no echarse a llorar. Aria quiso ir hasta su hermano y abrazarlo y pensar en lo que podían hacer, pero se sentía atrapada, como hundida en las baldosas ajedrezadas del suelo de la cocina.

Mike cerró con un portazo que hizo temblar toda la casa. Pasaron unos segundos de silencio, y Ella alzó sus ojos grises para mirar a Aria.

—Nos abandonan todos.

—No, no es eso —dijo Aria rápidamente.

Su madre volvió a la mesa y miró el pollo que quedaba en su plato. Tras pensar unos segundos, lo cubrió con una servilleta, sin comerlo, y se volvió hacia Aria.

—¿No crees que tu padre está raro?

Aria sintió que se le secaba la boca.

—¿En qué?

—No lo sé. —Pasó el dedo por el borde del plato de porcelana—. Parece como si le preocupara algo. Igual es por las clases. Parece muy ocupado.

Aria sabía que debería decir algo, pero parecía tener las palabras pegadas al estómago, como si necesitara un desatascador para sacarlas.

—No me ha dicho nada.

No era exactamente mentira.

Ella se la quedó mirando.

—Me lo dirías si lo hubiera hecho, ¿verdad?

Aria agachó la cabeza, simulando tener algo en el ojo.

—Claro.

Ella se levantó y terminó de recoger la mesa. Aria se quedó allí inmóvil, inútil. Era su oportunidad y se quedaba allí parada. Como un saco de patatas.

Subió a su habitación y se sentó ante su escritorio, sin saber qué hacer. Podía oír abajo la sintonía de *Jeopardy!* por la tele. Igual debería bajar y estar con Ella. Pero lo que en realidad quería hacer era llorar.

Su mensajero instantáneo emitió el pitido de un nuevo mensaje. Aria fue a ver si era Sean. Pero, no lo era.

> AAAA:
> Tienes dos opciones: O lo arreglas o se lo dices a tu madre.
> Te doy hasta la medianoche del sábado, Cenicienta. O verás.
> —A.

La sobresaltó un crujido. Aria se giró en redondo y vio que su gato había abierto la puerta de su dormitorio. Lo acarició sin pensar, mientras volvía a leer el MI. Y otra vez. Y otra.

¿«O verás»? ¿«O lo arreglas»? ¿Cómo se suponía que iba a hacer eso?

Su ordenador emitió otro pitido. Apareció la ventana del MI.

> AAAA:
> ¿No sabes cómo? Aquí tienes una pista: Estudio de Yoga Strawberry Ridge. 19.30 horas. Mañana. No faltes.

17

La niña de papá tiene un secreto

Hanna se paró a quince centímetros del espejo de su dormitorio y se inspeccionó de cerca. Lo del centro comercial debió de ser un reflejo deformado, porque aquí se veía normal y delgada. Aunque... ¿No tenía los poros más grandes? ¿No estaba algo bizca?

Nerviosa, abrió el cajón de la cómoda y sacó una bolsa gigante de patatas fritas Kettle con sal y pimienta. Se metió un buen puñado en la boca, masticó, y se detuvo. La semana anterior, los mensajes de A la habían devuelto al horrible ciclo de comer-vomitar, aunque hacía años que contenía ese hábito. No volvería a hacerlo. Y menos delante de su padre.

Cerró la bolsa y volvió a mirar por la ventana. ¿Dónde estaba? Hacía casi dos horas que su madre la había llamado. Entonces vio un Range Rover verde entrar en el camino, que tenía unos cuatrocientos metros de serpenteante recorrido de bosque. El coche maniobró fácilmente por las curvas y giros de un modo que solo podría hacerlo alguien que hubiera vivido allí. Cuando Hanna era más joven, su padre y ella solían montar en el trineo por el camino de entrada. Él le enseñó a inclinarse en cada curva para no volcar.

Se sobresaltó al oír el timbre de la puerta. Punto, su pinscher en miniatura, empezó a ladrar, y volvió a sonar el timbre. El ladrido de Punto se volvió más frenético y agudo, y el timbre sonó por tercera vez.

—¡Ya voy! —gruñó Hanna.

—Hola —dijo su padre cuando abrió la puerta de golpe. Punto empezó a saltar alrededor de sus pies—. Hola, tú —dijo, agachándose para coger al pequeño perro.

—¡Punto, no! —ordenó Hanna.

—No pasa nada.

El señor Marin acarició el morrito del pinscher en miniatura. Hanna tenía a Punto desde poco después de que se marchara su padre.

—Bueno.

Su padre se demoró incómodo en el porche. Vestía un traje chaqueta gris carbón y una corbata azul y roja, como si viniera de una reunión. Hanna se preguntó si querría pasar. Se sentía rara invitando a su padre a su propia casa.

—¿Debo…? —empezó a decir él.

—¿Quieres…? —dijo Hanna al mismo tiempo. Su padre se rió nervioso.

Hanna no sabía si quería abrazarlo. Él avanzó un paso, ella retrocedió otro, chocando con la puerta. Intentó hacer que pareciera como si lo hubiera hecho aposta.

—Pasa —dijo, con irritación en la voz.

Se quedaron parados en el vestíbulo. Hanna sintió los ojos de su padre clavados en ella.

—Me alegro de verte —dijo.

Hanna se encogió de hombros. Deseaba tener un cigarrillo o algo que hacer con las manos.

—Ya, bueno. ¿Querías esos papeles? Están aquí.

Él desvió la mirada, ignorándola.

—Quise preguntártelo el otro día. El pelo. Te has hecho algo diferente en él. ¿Es más corto?

—Es más oscuro —dijo con una sonrisa burlona.

—Bingo. ¡Y no llevas gafas!

—Me operé. —Lo miró con desdén—. Hace dos años.

—Oh. —Su padre se metió las manos en los bolsillos.

—Lo dices como si fuera algo malo.

—No —respondió rápido su padre—. Es que estás diferente.

Hanna se cruzó de brazos. Cuando sus padres decidieron divorciarse, creyó que era por ser gorda. Y torpe. Y fea. Conocer a Kate solo confirmó esa impresión. Había encontrado a su hija de repuesto y la había cambiado.

Su padre había intentado mantener el contacto tras el desastre de Anápolis. Al principio Hanna aceptó, e intentaron un par de tensas conversaciones telefónicas monosilábicas. El señor Marin intentó sonsacarle qué le pasaba, pero Hanna estaba demasiado avergonzada para hablar de ello. Con el tiempo, el plazo entre conversaciones se fue alargando y alargando... hasta que dejaron de tener lugar.

El señor Marin cruzó el vestíbulo, haciendo crujir el suelo de madera. Hanna se preguntó si estaba comprobando qué había cambiado y qué seguía igual. ¿Notaría que habían quitado la foto en blanco y negro de Hanna con su padre colgada sobre la mesa del comedor estilo Misión? ¿Y que en su lugar estaba la litografía de una mujer en la postura de yoga para saludar al sol que él odiaba pero que le encantaba a su madre?

Su padre se tumbó en el sofá del salón, aunque nadie usaba nunca el salón. Él nunca se había acostumbrado a usarlo. Era oscuro, demasiado agobiante, con feas alfombras orientales, y olía a protector de muebles Endust. Hanna no sabía qué hacer, así que lo siguió y se sentó en la otomana de la esquina.

—¿Cómo te va, Hanna?

Ella dobló las piernas.

—Me va bien.

—Estupendo.

Otro océano de silencio. Oyó las pequeñas uñas de Punto en el suelo de la cocina, y su pequeña lengua lamer el agua de su plato. Deseó que los interrumpieran con una llamada telefónica, una alarma de incendios, hasta otro mensaje de A, lo que fuera que la librara de esa incomodidad.

—Y tú ¿cómo estás? —preguntó finalmente Hanna.

—No muy mal. —Cogió del sofá un cojín con borlas y lo sostuvo lejos de su cuerpo—. Estas cosas siempre fueron feas.

Hanna estaba de acuerdo, pero ¿qué pasa? ¿Es que los cojines de casa de Isabel eran perfectos?

Su padre alzó la mirada.

—¿Recuerdas aquello a lo que solíamos jugar? Ponías los cojines en el suelo y saltabas de uno a otro porque el suelo era de lava.

—Papá. —Hanna arrugó la nariz y se abrazó a sus rodillas todavía con más fuerza.

—Podías jugar a eso durante horas —siguió él, apretando el cojín.

—Yo tenía seis años.

—¿Te acuerdas de Cornelius Maximilian?

Ella levantó la mirada. Le brillaban los ojos.

—Papá...

—¿No debemos hablar de ello? ¿Tanto tiempo ha pasado? —dijo, lanzando el cojín al aire y cogiéndolo.

Su hija estiró la barbilla en el aire.

—Probablemente.

Pero en su interior formó una pequeña sonrisa. Cornelius Maximilian era un chiste privado que hicieron tras ver *Gladiator*. Para ella había sido un gran regalo que la llevaran a ver una película sangrienta para mayores, pero solo tenía diez años y le traumatizó tanta sangre. Estuvo segura de que no podría dormir esa noche, así que su padre se inventó a Cornelius para que se sintiera mejor. Era el único perro lo bastante fuerte para luchar en el circo con los gladiadores, y desde el principio era un caniche, aunque a veces lo cambiaban por un terrier de Boston. Vencía a los tigres, vencía a los otros aterradores gladiadores, podía hacerlo todo, incluso devolver a la vida a los gladiadores que habían muerto.

Se inventaron un personaje completo, hablando sobre lo que haría en sus días libres, qué clase de collares con tachuelas le gustaba ponerse, cómo necesitaba una novia. A veces, Hanna y su padre hablaban de Cornelius ante su madre, y ella siempre respondía: «¿Qué? ¿Quién?», aunque le gastaran la broma mil veces. Cuando le regalaron a Punto, Hanna pensó en llamarlo Cornelius, pero habría sido demasiado triste.

Su padre se sentó en el sofá.

—Siento que las cosas sean así.

Hanna simuló interesarse por su manicura.

—¿Así cómo?

—Como... con nosotros. —Se aclaró la garganta—. Siento no haber estado en contacto.

Hanna entornó los ojos. Ese rollo se parecía demasiado a una película educativa de después de clase.

—No pasa nada.

El señor Marin tamborileó con los dedos en la mesita de café. Era evidente que su padre no sabía dónde meterse de la vergüenza. Bien.

—Por cierto, ¿por qué le robaste el coche al padre de tu novio? Le pregunté a tu madre si lo sabía, pero dijo que no.

—Es complicado —respondió Hanna rápidamente.

Eso sí que era irónico. Cuando sus padres se divorciaron, Hanna pensó formas de hacer que sus padres volvieran a hablarse y así enamorarse de nuevo, como hacían las gemelas que interpretaba Lindsay Lohan en *Tú a Londres y yo a California*. Resulta que solo tenía que haber hecho que la arrestaran un par de veces.

—Vamos —insistió el señor Marin—. ¿Es que habíais roto?, ¿te afectó mucho?

—Supongo.

—¿Cortó él?

Hanna tragó saliva.

—¿Cómo lo sabes?

—Puede que el chico no valga la pena si cortó contigo.

Hanna no podía creer que hubiera dicho eso. De hecho, no se lo creía. Igual había oído mal. Igual había estado escuchando su iPod a demasiado volumen.

—¿Has estado pensando en Alison? —preguntó su padre.

Hanna se miró las manos.

—Supongo. Sí.

—Cuesta creerlo.

Hanna volvió a tragar saliva. De pronto se sintió como si fuera a echarse a llorar.

—Lo sé.

El señor Marin se recostó. El sofá hizo un extraño ruido de pedorreta, algo que su padre habría comentado años antes, pero que ahora se calló.

—¿Sabes cuál es mi recuerdo preferido de Alison?

—¿Cuál? —preguntó en voz baja, rezando para que no dijera: *Cuando os vinisteis las dos a Anápolis y ella se hizo amiga de Kate.*

—Fue un verano. Debíais de estar en séptimo curso o así. Os llevé a las dos a pasar el día en Avalon. ¿Te acuerdas de eso?

—Vagamente.

Recordaba que había comido demasiados caramelos, que estaba gorda con su bikini mientras Ali estaba maravillosamente delgada con el suyo, y que un chico surfero invitó a Ali a una fiesta nocturna en la playa, pero lo plantó en el último momento.

—Estábamos sentados en la playa; unas toallas más allá había una chica y un chico. Vosotras conocíais a la chica del instituto, pero no era una de las chicas con las que te relacionabas. Tenía una botella de agua atada no sé cómo a la espalda y bebía de ella con una pajita. Ali habló con el chico y la ignoró a ella.

De pronto, Hanna lo recordó perfectamente. En la playa de Jersey era normal encontrarse con gente de Rosewood, y esa chica era Mona. El chico era su primo. A Ali le pareció guapo, y fue a hablar con él. Mona pareció emocionarse por estar cerca de Ali, pero lo único que hizo Ali fue volverse hacia Mona y decirle: «Oye, mi hámster bebe agua de una botella de ese modo».

—¿Ese es tu recuerdo preferido? —farfulló Hanna. Lo había bloqueado, y estaba segura de que Mona también.

—No he acabado. Alison paseó con el chico hasta el final de la playa, pero tú te quedaste atrás y hablaste con la chica, que parecía destrozada porque Alison se hubiera ido. No sé qué le dijiste, pero fuiste buena con ella. Me sentí muy orgulloso de ti.

Hanna arrugó la nariz. Dudaba que hubiera sido agradable; probablemente no fue directamente cruel. Después de lo de Jenna, no disfrutaba metiéndose con la gente.

—Siempre eras muy buena con todos —dijo su padre.

—No, no lo era —dijo ella en voz baja.

Recordaba cómo solía hablar de Jenna. «Se ha presentado al mismo papel que quiere Ali en el musical, y tenías que haberla oído cantar. Parecía una vaca». O «Jenna Cavanaugh podrá acertar todas las preguntas del examen de salud y hacer doce flexiones en el gimnasio para el examen de educación física, pero sigue siendo una perdedora».

Su padre siempre había sido un buen oyente, mientras supiera que no le decía maldades a la gente a la cara, lo cual hizo más devastador lo que él le preguntó uno días después del accidente de Jenna, cuando iban a la tienda. Se volvió hacia ella, y le dijo de pronto: «Espera. Esa chica que se ha quedado ciega es la que canta como una vaca, ¿verdad?». Parecía como si acabara de relacionarlo.

Hanna, demasiado aterrorizada para contestar, simuló una tos y cambió de tema.

Su padre se incorporó y fue hasta el piano de cola del salón. Levantó la tapa, y el polvo se removió en el aire. Presionó una tecla y brotó un sonidito.

—Supongo que tu madre te ha dicho que Isabel y yo nos casamos.

El corazón de Hanna se hundió.

—Sí, algo así dijo.

—Estamos pensando que sea el próximo verano, pero entonces no podría asistir Kate. Tiene que ir a un programa preuniversitario en España.

Hanna se erizó al oír el nombre de Kate. *Pobrecita, tiene que ir a España.*

—Nos gustaría que asistieras a la boda —añadió su padre. Como Hanna no respondió, siguió hablando—. Si puedes. Sé que resulta raro. Si es así, deberíamos hablar de ello. Prefiero que hables conmigo a que robes coches.

Hanna sorbió aire. ¿Cómo se le ocurría a su padre que lo de robar cosas era por culpa de él y de su estúpido matrimonio? Pero entonces se interrumpió. ¿Lo era?

—Lo pensaré.

Su padre pasó las manos por el borde del asiento del piano.

—Voy a pasar todo el fin de semana en Filadelfia, y he reservado mesa para cenar el sábado en Le Bec-Fin.

—¿De verdad? —gritó Hanna, a su pesar.

Le Bec-Fin era un famoso restaurante francés del centro de Filadelfia donde hacía años que quería comer. Las familias de Spencer y de Ali solían arrastrarlas hasta allí, y ellas se quejaban de ello. Era de lo más estirado, dijeron, el menú ni siquiera estaba en inglés, y estaba lleno de viejas con pieles espantosas que tenían cabezas y caras. Pero a Hanna todo eso le sonaba a glamur.

—Y te he reservado una suite en el Four Seasons —continuó su padre—. Sé que se supone que estás castigada, pero tu madre lo ha autorizado.

—¿De verdad? —Hanna aplaudió. Adoraba alojarse en hoteles elegantes.

—Tiene piscina. —Él sonrió tímidamente. Hanna solía emocionarse mucho cuando se alojaban en hoteles con piscina—. Puedes ir a primera hora de la tarde del sábado y nadar.

De pronto, Hanna se puso seria. El sábado era el Foxy.

—¿Puede ser el domingo?

—Pues no. Tiene que ser el sábado.

Hanna se mordió el labio.

—Entonces no puedo.

—¿Por qué?

—Es que hay un baile. Es como… importante.

Su padre dobló las manos.

—¿Tu madre te deja ir a un baile después de lo que hiciste? Creía que estabas castigada.

Hanna se encogió de hombros.

—Compré las entradas con mucho adelanto. Son caras.

—Significaría mucho para mí que vinieras —dijo su padre en voz baja—. Me gustaría pasar un fin de semana contigo.

Su padre parecía alterado de verdad. Casi como si fuera a llorar. Ella también quería un fin de semana con él. Se había acordado del suelo de lava fundida, de que solía hablar de Le Bec-Fin y cuánto adoraba los hoteles finos con piscina. Se preguntó si compartiría con Kate esa clase de chistes privados. No quería que fuera así. Quería ser especial.

—Supongo que puedo saltármelo —respondió al fin.

—Estupendo —dijo su padre devolviéndole la sonrisa.

—A la salud de Cornelius Maximilian —añadió ella, con una mirada tímida.

—Mejor aún.

Hanna miró mientras su padre entraba en su coche y se alejaba despacio por el camino. Un sensación cálida y eléctrica le recorría el cuerpo. Era tan feliz que ni siquiera se le ocurrió sacar la bolsa de patatas que había devuelto a la alacena. En vez de eso se sentía como si bailara por toda la casa.

Reaccionó al oír zumbar su Blackberry en el piso de arriba. Había tantas cosas que hacer: decirle a Sean que no iría a la fiesta, llamar

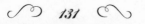

a Mona para contárselo también, buscar un conjunto fabuloso para ponérselo en Le Bec-Fin... Quizá ese vestido con cinturón de Theory que aún no se había puesto.

Corrió arriba, abrió la Blackberry y frunció el ceño. Era un mensaje de texto.

Cinco simples palabras:
Hanna Marin cegó a Jenna.
¿Qué pensaría papaíto de ti si lo supiera? Te vigilo, Hanna, y más te vale hacer lo que te diga. —A.

18

Rodéate de normalidad y puede que acabes siendo normal

—Qué suerte tienes de poder ir al Foxy gratis —dijo Carolyn, la hermana mayor de Emily—. Deberías aprovecharte de ello.

Era viernes por la mañana, y Emily y Carolyn estaban en el camino de entrada esperando a que su madre las llevara al entrenamiento de natación de primera hora. Emily se volvió hacia su hermana y le pasó la mano por el pelo. Tenía entradas gratis para el Foxy por ser la capitana del equipo, pero le parecía muy raro ir de fiesta tan pronto después del funeral de Ali.

—Tampoco es que vaya a ir. No tengo con quién. Ben y yo ya no salimos, así que…

—Ve con un amigo. —Carolyn se puso cacao en sus finos y rosados labios—. A Topher y a mí nos encantaría ir, pero para ello tendría que gastar todo el dinero ganado haciendo de canguro en una entrada. Así que en vez de eso tendremos noche de películas en su casa.

Emily miró a su hermana. Carolyn estaba en el último curso y se parecía a ella, con su pelo rubio rojizo seco por el cloro, sus pecas en las mejillas, pestañas pálidas y un cuerpo fuerte y compacto de nadadora. Cuando Emily fue nombrada capitana, temió que se sintiera celosa, ya que era mayor que ella. Pero pareció estar de acuerdo con todo. En el fondo, a Emily le habría encantado verla enfadada con algo. Solo por una vez.

—¡Ah, sí! —se animó Carolyn—. ¡Ayer vi una foto graciosa tuya!

El campo de visión de Emily se redujo.

—¿Una foto? —repitió con voz ronca.

Pensó en la foto en la cabina que le había enviado A. La estaba difundiendo. Estaba empezando.

—Sí, del encuentro con los del Tate de ayer —le recordó Carolyn—. Pareces... No sé. Emboscada. Tienes una expresión muy rara en la cara.

Emily pestañeó. La foto que sacó Scott. Con Toby. Se relajó.

—Oh —dijo.

—¿Emily?

Emily alzó la mirada y emitió un jadeo minúsculo, inaudible. Maya estaba en la calle a pocos metros de ellas, montada sobre su bici azul de montaña. Llevaba el pelo rizado castaño oscuro recogido para que no le tapara la cara y las mangas de la chaqueta vaquera blanca enrolladas. Tenía ojeras. Le resultaba raro verla allí, a esas horas de la mañana.

—Eh, ¿pasa algo? —gritó Emily.

—Es el único sitio donde supuse que podría pillarte. —Maya hizo un gesto hacia la casa de Emily—. No me hablas desde el lunes.

Emily miró por encima del hombro a Carolyn, que en ese momento buscaba en el bolsillo delantero de su mochila North Face. Volvió a pensar en la nota de A. ¿Cómo podía haber conseguido esas fotos? ¿Es que no las tenía Maya? ¿O eran otras?

—Lo siento —le dijo Emily a Maya. No sabía qué hacer con las manos, así que las puso sobre el buzón, que era una versión en miniatura de su casa—. He estado liada.

—Sí, desde luego lo parece.

La amargura en la voz de Maya hizo que se le erizara el vello de la nuca.

—¿Qué quieres decir?

Pero Maya solo parecía desconcertada y triste.

—Es que no me devuelves las llamadas.

Emily se tiró de los cordones de su chándal rojo.

—Vamos allí —murmuró, caminando hasta el borde de su propiedad bajo un sauce llorón. Solo quería algo de intimidad, para que Carolyn no las oyera, pero, desgraciadamente, la escena resultaba atractiva bajo las gruesas y protectoras ramas del árbol. La luz era verde pálido, y la piel de Maya parecía cubierta de rocío. Parecía un espíritu del bosque.

—De hecho, quería preguntarte algo —susurró, intentando bloquear de su mente todo pensamiento sobre atractivos espíritus del bosque—. ¿Sabes esas fotos que nos hicimos en el fotomatón?

—Ajá.

Maya se acercaba tanto que Emily casi podía sentir la punta de sus cabellos rozándole la mejilla. Era como si de repente le hubiera crecido un millón de nuevas terminaciones nerviosas y todas reaccionaran a la vez.

—¿Las ha visto alguien? —susurró Emily.

Maya necesitó un momento para responder.

—No.

—¿Estás segura?

Maya inclinó la cabeza, como un pájaro, y sonrió.

—Pero las enseñaré si quieres. —Cuando vio a Emily encogerse, se apagó el brillo burlón de sus ojos—. Espera, ¿es por eso por lo que me evitas? ¿Crees que las he estado enseñando?

—No lo sé —farfulló Emily, haciendo pasar el pie por una de las raíces expuestas del sauce. El corazón le latía tan deprisa que estaba segura de estar estableciendo un nuevo record mundial.

Maya alargó la mano y le cogió la barbilla a Emily, inclinándola para que la mirara a los ojos.

—Yo no haría eso. Las quiero para mí.

Emily apartó la barbilla de un gesto. Esto no podía pasar ante su casa.

—También debes saber otra cosa. He… he conocido a alguien.

Maya inclinó la cabeza.

—¿Qué clase de alguien?

—Se llama Toby. Es muy amable. Y… y creo que me gusta.

Maya pestañeó incrédula, como si Emily le dijera que se había enamorado de una cabra.

—Y creo que le pediré que me acompañe al Foxy —siguió Emily.

La idea se le acababa de ocurrir, pero le parecía bien. Le gustaba que Toby no fuera perfecto y no se molestara en intentar serlo. Y, si se esforzaba lo suficiente, hasta casi conseguía olvidar la complicación de que era el hermanastro de Jenna. Y si llevaba a un chico a la fiesta, anularía las fotos de la fiesta de Noel y demostraría a todos que no era gay.

¿O no?

Maya chasqueó la lengua.

—¿El Foxy no es mañana? ¿Y si tiene planes?

Emily se encogió de hombros. Estaba muy segura de que no.

—Además —siguió Maya—, creía que dijiste que el Foxy era caro.

—Me han, hmm, me han nombrado capitana del equipo de natación. Así que puedo ir gratis.

—Vaya… —dijo Maya, tras una pausa. Fue como si Emily pudiera oler su decepción, como si fuera una feromona. Maya había sido quien la convenció para dejar de nadar—. Bueno, felicidades, supongo.

Emily se miró las zapatillas Vans color burdeos.

—Gracias —dijo, aunque Maya no lo había dicho en el buen sentido. Podía sentir a Maya esperando a que la mirara y dijera: «Tonta, que es broma». Sintió una punzada de irritación. ¿Por qué tenía que hacer Maya que fuera tan difícil? ¿Por qué no podían ser amigas normales?

Maya sorbió con fuerza y se abrió paso entre las ramas del árbol, de vuelta al patio de Emily. Esta la siguió solo para ver que su madre estaba ante la puerta principal. El pelo corto de la señora Fields estaba rígido y de punta y su mirada decía «No me líes, que tengo prisa».

Cuando vio a Maya, palideció.

—Es hora de irse, Emily —ladró.

—Claro —canturreó Emily. No había querido que su madre viera eso. Se volvió hacia Maya, que ahora estaba en el bordillo junto a su bici.

Maya la miraba fijamente.

—No puedes cambiar quien eres, Emily —dijo subiendo la voz—. Espero que lo descubras.

Emily sintió que Carolyn y su madre la miraban.

—No sé a qué te refieres —gritó igual de fuerte.

—Emily, vas a llegar tarde —avisó la señora Fields.

Maya dedicó a Emily una mirada de despedida y pedaleó furiosa calle abajo. Emily tragó con fuerza. No sabía ni cómo se sentía. Por un lado, estaba furiosa con Maya por enfrentarse a ella, allí, en la entrada de su casa, ante Carolyn y su madre. Por otro, se sentía como cuando tenía siete años y se le escapó el globo de Mickey Mouse que había suplicado a sus padres que le compraran en Disneylandia. Se había quedado mirando cómo ascendía en el cielo hasta que dejó de ser visible. Había pensado en él durante todo el viaje de vuelta, hasta que su madre le dijo: «¡Solo es un globo, cariño! ¡Y tú tienes la culpa de que se te escapara!».

Fue hasta el Volvo y cedió sin peleas el asiento delantero a Carolyn. Al salir del camino de entrada, Emily miró a Maya, que ahora era un puntito en la distancia, respiró hondo y puso las manos en el respaldo del asiento de su madre.

—Adivina qué, mamá. Le voy a pedir a un chico que me lleve a lo de la beneficencia de mañana.

—¿El qué de la beneficencia? —murmuró la señora Fields en un tono que decía: «Ahora no estoy contenta contigo».

—El Foxy —anunció Carolyn, jugueteando con la radio—. Es esa cosa anual que sale en las noticias. Es tan importante que algunas chicas se hacen la cirugía plástica para ir.

La señora Fields frunció los labios.

—No sé si quiero que vayas a eso.

—Pero puedo ir gratis porque soy la capitana.

—Tienes que dejarla ir, mamá —urgió Carolyn—. Es de lo más elegante.

La señora Fields miró a Emily por el retrovisor.

—¿Quién es el chico?

—Bueno, se llama Toby. Antes iba a nuestro instituto, pero ahora va al Tate —explicó, saltándose dónde había estado Toby los tres años anteriores, y por qué. Suerte que su madre no memorizaba hasta el último detalle de todos los chicos de Rosewood de su edad, como hacían algunas madres. Carolyn tampoco parecía recordar su nombre, Carolyn nunca recordaba los escándalos, ni siquiera los mejores de Hollywood.

—Es un encanto y muy buen nadador. Mucho más rápido que Ben.

—Ese Ben era muy amable —murmuró la señora Fields.

Emily apretó los dientes.

—Sí, pero Toby lo es mucho más.

Y quiso añadir: *Y no te preocupes, que es blanco*, pero no tuvo valor.

Carolyn se retorció en su asiento para mirarla.

—¿Es el chico con el que te vi en la foto?

—Sí —dijo Emily en voz baja.

Carolyn se volvió a su madre.

—Es bueno. Ganó a Topher en los doscientos metros libres.

La señora Fields sonrió a Emily.

—Se supone que estás castigada, pero con todo lo que ha pasado esta semana, supongo que puedes ir. Pero nada de cirugía plástica.

Emily frunció el ceño. Era la clase de cosa exagerada por la que se preocupaba su madre. El año anterior, vio un reportaje de *20/20* sobre metanfetamina y cómo la había por todas partes, hasta en las escuelas privadas, y proscribió algunos medicamentos en la casa, como si Emily y Carolyn fueran a montar en su cuarto un mini laboratorio de meta. Dejó escapar media carcajada.

—No voy a hacerme…

Pero la señora Fields se echó a reír mientras miraba a Emily por el espejo.

—Es broma. —Señaló con la cabeza la figura de Maya, que se perdía en la lejanía, ahora en el otro extremo de la calle, y añadió—: Me alegra ver que haces nuevos amigos.

19

Cuidado con las chicas con hierros de marcar

El estudio de yoga de Strawberry Ridge estaba en un granero reconvertido, en la otra punta de Rosewood. En su viaje en bicicleta para llegar hasta allí, Aria pasó por un puente cubierto color tabaco y ante hileras de casas que parecían pintadas con acuarelas Hollis, encantadoras y destartaladas casas de estilo colonial pintadas en diversos tonos de púrpura, rosa y azul. Metió como pudo la bici en el estacionamiento que había ante el estudio de yoga, ya lleno de otras bicis, todas con pegatinas de PETA y de LA CARNE ES UN CRIMEN.

Se detuvo en el vestíbulo del estudio y miró a las chicas desaliñadas y sin maquillar y a los chicos delgados y velludos. ¿Estaba loca por seguir las instrucciones de A («Estudio de Yoga Strawberry Ridge. No faltes») al pie de la letra? ¿Estaba preparada para ver a Meredith? Igual A le estaba tendiendo una trampa. Igual A estaba allí.

Aria solo había visto a Meredith en tres ocasiones: la primera cuando fue a la fiesta de profesores y estudiantes de su padre, luego cuando la sorprendió con su padre en el coche y, finalmente, el otro día en el Victory, pero la habría reconocido en cualquier parte. Ahora Meredith estaba ante el armario del estudio, sacando estera, mantas, bloques y correas. Llevaba el pelo castaño en una revuelta cola de caballo y se le veía el tatuaje de la telaraña rosa en la parte anterior de la muñeca.

Meredith vio a Aria y sonrió.

—Eres nueva, ¿verdad? —Miró a Aria a los ojos y, por un aterrador segundo, Aria estuvo segura de que Meredith sabía quién era. Pero entonces rompió el contacto visual, se inclinó para meter un cedé en el estéreo portátil. Una música de sitar lo invadió todo—. ¿Has hecho Ashtanga?

—Hmm, sí —respondió Aria.

Se fijó en un cartel de una mesa que decía: «Clases individuales 15 $», y pescó un billete de diez y uno de cinco y los dejó en la mesa, preguntándose cómo sabía A que Meredith estaría allí, y si A estaría también.

Meredith sonrió.

—Parece que conoces el secreto, ¿eh?

—¿Qué...? —susurró Aria, el corazón le latía con fuerza—. ¿Secreto?

—Te has traído tu propia esterilla. —Señaló la estera roja de yoga que Aria llevaba bajo el brazo—. Hay mucha gente que viene y usa las esterillas del estudio. Yo no te lo he dicho, pero podrías hacer queso con todos los hongos que deja la gente en la esterilla.

Aria intentó sonreír. Llevaba su propia esterilla a clases de yoga desde que en séptimo curso fue por primera vez a una con Ali, que siempre decía que pillabas enfermedades de transmisión sexual si usabas las esterillas comunitarias.

Meredith la miró de reojo.

—Me resultas familiar. ¿Estás en mi clase de dibujo?

Aria negó con la cabeza, repentinamente consciente de que el lugar olía a una mezcla de incienso y pies. Era la clase de estudio de yoga al que iría Ella. De hecho, puede que lo hubiera hecho.

—¿Cómo te llamas?

—Alison —respondió enseguida. No es que tuviera el nombre más corriente del mundo, y temía que Byron se lo hubiera mencionado a Meredith. Eso le hizo pensar. ¿Hablaría Byron de Aria con Meredith?

—Te pareces a una chica de la clase de dibujo que doy. Pero acabo de empezar a darla y confundo a todo el mundo.

Aria cogió un folleto de un seminario titulado «Conoce tus chakras».

—Así que te has graduado.

Meredith asintió.

—Estoy sacándome el máster.

—¿Cuál es tu, hmm, medio?

—Oh, un poco de todo. Pintura. Dibujo. —Meredith miró detrás de Aria y saludó a alguien que entraba—. Ahora estoy con los hierros de marcar.

—¿Qué?

—Marcar. Cojo hierros de marcar hechos ex profeso para formar palabras y grabar las palabras en bloques de madera.

—¿Hierros de marcar como los del ganado?

Meredith agachó la cabeza.

—Intento explicarlo, pero la gente me toma por loca.

—No —dijo Aria enseguida—. Es guay.

Meredith miró al reloj de pared.

—Aún tenemos unos minutos. Puedo enseñarte unas fotos.

Cogió una bolsa de tela que tenía al lado y sacó su móvil.

—Ve pasando, mira…

Las fotos eran de bloques de madera clara. Unos pocos solo tenían letras, y unos cuantos decían cosas cortas como «Cógeme» y «Maniática del control». Las letras tenían una forma extraña, pero molaban mucho grabadas en la madera. Había una tabla más grande que decía «Errar es humano, pero sienta divino».

Aria alzó la cabeza.

—Mae West.

—Es una de mis citas favoritas —dijo Meredith, alegrándose.

—También mía —dijo Aria devolviéndole el móvil—. Está muy bien.

Meredith sonrió.

—Me alegro de que te gusten. Igual puedo exponerlos en un par de meses.

—Me sor… —Aria se obligó a callarse. Iba a decir: *Me sorprendes*. No había esperado que Meredith fuera así. Cuando se la imaginaba, solo se le ocurrían cosas poco interesantes. La Meredith imaginaria número uno estudiaba historia del arte y trabajaba para una galería aburrida y desierta de la calle principal que vendía paisajes de la escuela del río Hudson a viejas ricas. La Meredith imaginaria número dos escuchaba a Kelly Clarkson, le encantaba *Laguna Beach* y, si se la animaba, se levantaría la camiseta para participar en *Girls Gone Wild*. Nunca se le ocurrió pensar que pudiera ser una artista. ¿Para qué necesitaba Byron una artista? Ya tenía a Ella.

Mientras Meredith saludaba a otra estudiante de yoga, Aria entró en la sala principal. Tenía el techo alto, donde se veían las vigas de madera del granero; suelos de madera color caramelo; y grandes grabados indios colgados por todas partes. La mayoría de la gente se había sentado ya en sus esterillas y estaba tumbada de espaldas. Estaba extrañamente silencioso.

Miró a su alrededor. Una chica con una coleta castaña hacía el puente inclinándose hacia atrás. Un chico flaco pasaba de la postura del perro a la del niño, respirando con fuerza por la nariz. Una chica rubia en una esquina hacía el giro sentada. Cuando la miró, el estómago le dio un vuelco a Aria.

—¿Spencer? —barbotó.

Spencer palideció y se puso de rodillas.

—Ah —dijo—. Hola, Aria.

Aria tragó con fuerza.

—¿Qué haces aquí?

Spencer la miró como si estuviera loca.

—¿Yoga?

—No, eso ya lo sé, pero… —Aria negó con la cabeza—. ¿Te ha dicho alguien que vengas aquí, o…?

—No. —Spencer entrecerró los ojos con sospecha—. Espera. ¿Quieres decir…?

Aria pestañeó. *¿Te preguntas quién soy? Estoy más cerca de lo que crees.*

Paseó la mirada de Spencer a Meredith, que hablaba en el vestíbulo con alguien, y luego otra vez a Spencer. Los engranajes de su mente empezaron a funcionar. Algo en todo eso le resultaba de muy, pero que muy mal rollo. El corazón le latía con fuerza mientras retrocedía saliendo de la sala principal. Corrió hacia la puerta, chocando con un tipo alto y barbudo con leotardos. Fuera, el mundo era enloquecedoramente impasible ante su pánico; los pájaros cantaban, los pinos se mecían al aire, una mujer paseaba un cochecito de bebé mientras hablaba por el móvil.

Cuando Aria se lanzó hacia las bicicletas aparcadas y soltaba la suya, una mano le apretó el brazo. Con fuerza. Meredith estaba a su lado, mirándola con fijeza. Aria abrió la boca. Jadeó.

—¿No te quedas? —preguntó Meredith.

Aria negó con la cabeza.

—Yo... hmm... una urgencia familiar.

Soltó la bici y se alejó pedaleando.

—¡Espera! —gritó Meredith—. ¡Deja que te devuelva tu dinero!

Pero Aria ya estaba a media manzana de distancia.

20

Por cierto, laissez-faire significa «ni lo toques»

El viernes, en economía avanzada, Andrew Campbell se inclinó desde el pasillo para dar un golpecito en el cuaderno de Spencer.

—Se me ha olvidado. ¿Al Foxy vamos en coche o en limusina?

Spencer se pasó el lápiz por entre los dedos.

—En coche, supongo.

Era una pregunta difícil. Normalmente, dado lo maniática que era de las fiestas de graduación, siempre insistía en una limusina. Y quería que su familia pensara que se estaba tomando en serio su cita con Andrew. Pero se encontraba muy cansada. Tener un novio nuevo era maravilloso, pero le resultaba muy duro intentar verlo y seguir siendo la estudiante más ambiciosa del Rosewood Day. La noche anterior se había quedado estudiando hasta las dos y media de la madrugada. Esa mañana se había dormido en yoga, después de que Aria huyera de forma tan extraña. Igual debía haber mencionado a Aria el mensaje que le había enviado A, pero Aria salió corriendo antes de que pudiera hacerlo. Volvió a dar una cabezada en la sala de estudios. Igual podía ir a la enfermería y dormir un poco en el catre.

Andrew no tuvo tiempo para preguntar algo más. El señor McAdam había renunciado a luchar con el proyector, como pasaba en cada clase, y se había parado ante la pizarra.

—Estoy impaciente por leer el próximo lunes las respuestas desarrolladas de todos —bramó—. Y tengo una sorpresa. Si me envían mañana las redacciones por correo electrónico, obtendrán cinco puntos extra por haberlas empezado pronto.

Spencer pestañeó, desconcertada. Sacó el Sidekick y comprobó la fecha. ¿Desde cuándo era viernes? Buscó el lunes. Ahí estaba: «Entregar respuestas desarrolladas economía».

No las había empezado. Ni siquiera había pensado en ellas. Tras lo de la tarjeta de crédito del martes, había optado por coger los libros suplementarios en la biblioteca. Pero entonces pasó lo de Wren y el suficiente dejó de importarle tanto. Nada le había importado.

Había pasado la noche del miércoles en casa de Wren. Ayer, tras colarse en el instituto después de la tercera clase, se había saltado hockey para volver a Filadelfia, esta vez en un cercanías de SEPTA en vez de ir conduciendo, porque supuso que sería más rápido. Solo que el tren se paró. Para cuando llegó a la estación de la calle Treinta, solo tenía cuarenta y cinco minutos antes de volver a casa para la cena. Así que Wren fue allí y se enrollaron en un banco escondido tras el puesto de flores, saliendo de allí sonrojados por los besos y oliendo a lilas.

Vio que el lunes también debía entregar para Italiano de sexto la traducción de los diez primeros cantos de *El Infierno*. Y una redacción de tres páginas sobre Platón. Y un examen de cálculo. Y el lunes también eran las audiciones para *La tempestad,* la primera representación del año del Rosewood Day. Dejó caer la cabeza en su mesa.

—¿Señorita Hastings?

Spencer alzó la mirada, sobresaltada. Había sonado la campana y todo el mundo se había ido y estaba sola. Calamardo la miraba.

—Siento despertarla —dijo gélidamente.

—No, en realidad no estaba… —consiguió decir Spencer, mientras recogía sus cosas.

Pero ya era tarde. Calamardo ya estaba borrando las anotaciones de la pizarra. Notó que negaba despacio con la cabeza, como si ella no tuviera remedio.

—Muy bien —murmuró Spencer.

Estaba sentada ante su ordenador, rodeada de libros y papeles. Volvió a pronunciar en silencio la primera pregunta: «Explicar el concepto de Adam Smith de una "mano invisible" en una economía *Laissez-faire*, y poner un ejemplo moderno.»

Vaaale.

Normalmente, Spencer habría leído la lección de economía y leído el libro de Adam Smith de cabo a rabo, marcando las páginas adecuadas y desarrollando un esquema de respuesta. Pero no lo había hecho. Ni siquiera tenía la menor idea de lo que significada *laissez-faire*. ¿Tenía algo que ver con la oferta y la demanda? ¿Qué tenía eso de invisible? Buscó algunas palabras clave en Wikipedia, pero las teorías eran complejas y nada familiares. Igual que las notas que tomó en clase; no recordaba haberlas tomado.

Había estudiado como una esclava durante once largos y arduos años, doce si se contaba la escuela Montessori antes de ir al jardín de infancia. Solo por una vez, ¿no podía hacer un trabajo que le proporcionara un aprobado raspado y compensar la nota más adelante?

Pero las notas eran más importantes que nunca. El día anterior, cuando Wren y ella se separaron en la estación de tren, él había sugerido que se graduara al final del curso e ingresara en la Universidad de Pensilvania. A Spencer le gustó enseguida la idea, y en los pocos minutos previos a que arrancase el tren fantasearon sobre el apartamento que compartirían, cómo tendrían rincones separados para estudiar, y de dónde conseguirían un gato, ya que Wren no había tenido uno de pequeño porque su hermano era alérgico.

La idea había florecido en la cabeza de Spencer durante el viaje a casa, y nada más volver a su cuarto miró si tenía suficientes créditos para graduarse en Rosewood y se descargó un impreso de ingreso en Pensilvania. Era peliagudo porque Melissa también iba allí, pero era una universidad muy grande y no tenían que encontrarse forzosamente.

Suspiró y miró su Sidekick. Wren le había dicho que llamaría entre las cinco y las seis, y ya eran las seis y media. Le molestaba que la gente no hiciera lo que decía que haría. Repasó las llamadas perdidas para ver si estaba su número. Llamó al buzón de voz por si tenía problemas de recepción. No había mensajes.

Por fin marcó el número de Wren. Otra vez el buzón de voz. Tiró el teléfono por encima de la cama y volvió a mirar las preguntas. Adam Smith. *Laissez-faire.* Manos invisibles. Manos británicas, grandes, fuertes, de médico. Por todo su cuerpo.

Combatió la tentación de volver a llamar a Wren. Le pareció muy de instituto, y desde que Wren comentó lo adulta que le parecía ella, se cuestionaba todos sus actos. La sintonía por defecto de su móvil era *My Humps,* de los Black Eyed Peas; ¿lo consideraría Wren algo irónico, como ella, o solo adolescente? ¿Y el llavero con un mono de la suerte que llevaba colgando de la mochila? ¿Y se habría quedado paralizada una chica mayor cuando Wren arrancó un tulipán del puesto de flores cuando el florista no miraba y se lo ofreció sin pagarlo antes, pensando que iban a meterse en un lío?

El sol empezaba a ponerse entre los árboles. Spencer dio un salto cuando su padre asomó la cabeza en su cuarto.

—Hoy comeremos pronto —le dijo—. Melissa no se nos unirá esta noche.

—De acuerdo —respondió Spencer. Eran las primeras palabras no hostiles que le dirigía en días.

El sol se reflejó en el Rolex de platino de su padre. Su expresión era casi de arrepentimiento.

—He traído los bollos de canela que te gustan. Los estoy calentando un poco.

Spencer pestañeó. En cuanto él lo dijo, pudo olerlos en el horno. Su padre sabía que los rollitos de canela de la pastelería Struble eran su comida favorita del mundo entero. La pastelería estaba a una buena caminata de su bufete y rara vez tenía tiempo de ir a por ellos. Era evidente que era un bollo-ramita de olivo.

—Melissa nos ha dicho que llevarás a alguien al Foxy —dijo—. ¿Es alguien al que conocemos?

—Andrew Campbell —respondió Spencer.

El señor Hastings alzó una ceja.

—¿Andrew Campbell, el presidente del curso?

—Sí.

Era un tema delicado. Andrew le había arrebatado el puesto a Spencer; sus padres parecieron destrozados porque su hija perdiera perdido. Después de todo, Melissa había sido presidenta de su curso.

El señor Hastings parecía complacido. Entonces bajó la mirada.

—Bueno, me alegro de que estés… Quiero decir, que este asunto se haya acabado.

Spencer esperó no tener las mejillas enrojecidas.

—Hmm… ¿Qué dice mamá?

Su padre le dirigió una sonrisita.

—Ya se le pasará.

Dio una palmada en el marco de la puerta y continuó por el pasillo. Spencer se sentía culpable y rara. Casi le parecía que los bollos de canela que se calentaban abajo olían a quemado.

Su móvil sonó, sobresaltándola. Se lanzó a por él.

—Hola, tú. —Wren sonaba feliz y excitado cuando lo cogió, cosa que la irritó—. ¿Qué hay?

—¿Dónde estabas? —exigió saber Spencer.

Wren hizo una pausa.

—Algunos compañeros de facultad hemos salido a tomar algo.

—¿Por qué no llamaste antes?

Wren hizo una pausa.

—Había mucho ruido en el bar. —Su voz parecía distante, molesta.

Spencer apretó los puños.

—Perdona. Creo que estoy algo estresada.

—¿Spencer Hastings estresada? —Podía notar que Wren sonreía—. ¿Por qué?

—Examen de economía —suspiró—. Es imposible.

—Ugg —dijo Wren—. Sáltatelo. Ven a verme.

Spencer hizo una pausa. Tenía todas las notas dispersas azarosamente por la mesa. En el suelo tenía el examen de esa semana. El suficiente brillaba como un cartel de neón.

—No puedo.

—Muy bien —gruñó Wren—. ¿Entonces mañana? ¿Podré tenerte todo el día?

Spencer se mordía la mejilla por dentro.

—Mañana tampoco puedo. Tengo que ir a ese baile benéfico. Voy con un chico de clase.

—¿Una cita?

—No es eso.

—¿Por qué no me lo has pedido a mí?

Spencer frunció el ceño.

—No es que el chico me guste. Es un compañero de clase. Pero, bueno, no iré si no quieres que vaya.

Wren se rió.

—Solo me estoy metiendo contigo. Ve a tu cosa benéfica. Pásatelo bien. Ya nos veremos el domingo. —Entonces dijo que tenía que irse, que empezaba turno en el hospital—. Buena suerte con el examen. Seguro que te sale bien.

Spencer miró con añoranza las palabras «Llamada terminada» en la pantalla de su móvil. Su conversación había durado la pasada de un minuto y cuarenta y seis segundos.

—Claro que me saldrá bien —susurró al teléfono. Si le daban otra semana de plazo.

Cuando volvió al ordenador, vio que tenía un nuevo correo electrónico. Había entrado cinco minutos antes, mientras hablaba con su padre.

> ¿Quieres un sobresaliente fácil? Creo que sabes cómo conseguirlo. —A.

Se le tensó el estómago. Miró por la ventana, pero en el jardín no había nadie. Asomó fuera la cabeza, por si alguien había instalado una cámara o puesto un minimicrófono. Pero solo vio la fachada de piedra gris marrón.

Melissa conservaba sus trabajos del instituto en el ordenador de la familia. Era tan obsesiva como Spencer y lo guardaba todo. Ni siquiera tendría que pedirle permiso para mirar en sus trabajos, ya que estaban en el disco duro compartido.

Pero ¿cómo diablos lo sabía A?

Era tentador. Solo que… no. Además, dudaba que A quisiera ayudarla. ¿Sería alguna complicada trampa? ¿Sería A Melissa?

—¿Spencer? —llamó su madre desde abajo—. ¡A cenar!

Minimizó la pantalla del correo electrónico y se dirigió a la mesa sin pensar. El caso era que, si usaba el trabajo de Melissa,

tendría tiempo para acabar sus otros deberes y ver a Wren.
Podía cambiar alguna palabra, usar el diccionario. No volvería
a hacerlo.

El ordenador hizo otro ting, y volvió a él.

> P.S.: Me has hecho daño, así que voy a hacerte daño. ¿O
> mejor le hago daño a cierto nuevo novio? Más os vale que os
> andéis con cuidado. Apareceré cuando menos os lo espe-
> réis.

21

Algún admirador secreto...

El viernes por la tarde, Hanna se sentó en las gradas para ver al equipo de fútbol del Rosewood Day enfrentarse al del Lansing Prep. Solo que no podía concentrarse. Tenía rotas las uñas, normalmente manicuradas, le sangraba la piel de las cutículas de tanto mordérselas, y tenía los ojos rojos por la falta de sueño, como si tuviera conjuntivitis. Debía haberse escondido en casa. Sentarse en las gradas era demasiado público.

«Te vigilo», había dicho A. «Más te vale hacer lo que te diga.»

Pero igual era como lo que decían los políticos de los ataques terroristas: si te encierras en casa, temiendo un ataque, los terroristas habrán ganado. Así que se sentaría allí a ver el partido como había hecho el año anterior y el año anterior a ese.

Pero entonces miró a su alrededor. Le aterrorizaba el que alguien supiera de verdad lo de Jenna, y que estuviera dispuesto a culparla de ello. ¿Y si A se lo contaba a su padre? No ahora. No cuando las cosas parecían estar mejorando.

Volvió a buscar a Mona entre la gente por millonésima vez. Ver los partidos de los chicos era una pequeña tradición de Hanna y Mona; mezclaban whisky Southern Confort con Dr. Pepper light que compraban en el quiosco y le gritaban insultos picantes al equipo visitante. Pero Mona no estaba a la vista. No habían hablado desde el día anterior, desde su extraña pelea en el centro comercial.

Hanna vio una coleta rubia y una trenza pelirroja e hizo una mueca. Riley y Naomi habían llegado, y habían subido a un sitio no muy lejos de Hanna. Hoy las chicas llevaban bolsos de Chanel de ante a juego y unos abrigos de tweed con vuelo evidentemente nuevos, como si fuera un fresco día de otoño y no hicieran unos veraniegos veintitrés grados. Cuando miraron en su dirección, Hanna simuló estar muy fascinada por el partido, pese a no tener ni idea del resultado.

—Hanna parece gorda con eso que lleva —oyó susurrar a Riley. Hanna sintió calor en las mejillas. Miró la forma en que su top de C&C California se tensaba suavemente contra su vientre. Probablemente estaría engordando con todo lo que había comido esta semana por nervios. Lo que pasaba era que intentaba contenerse para no vomitarlo todo, aunque era justo lo que quería hacer en ese momento.

Los equipos se separaron para el descanso, y los jugadores del Rosewood Day trotaron hasta el banquillo. Sean se dejó caer en el césped y empezó a masajearse la pantorrilla. Hanna vio una oportunidad y bajó entre los asientos metálicos de la grada. El día anterior, después del mensaje de A, no había llamado a Sean para decirle que no iría al Foxy. Estaba demasiado aturdida.

—Hanna —dijo Sean, al verla parada ante él—. Hola. —Estaba muy guapo pese a tener la camiseta manchada de sudor y la cara un pelín sin afeitar—. ¿Cómo estás?

Hanna se sentó a su lado, doblando las piernas bajo ella y desplegando la falda plisada del uniforme de forma que los jugadores no pudieran verle las braguitas.

—Yo estoy… —Tragó saliva con esfuerzo, intentando no romper a llorar. *Perdiendo la cabeza. Siendo torturada por A*—. Bueno, hmm, verás. —Se cogió las manos—. No voy a ir al Foxy.

—¿De verdad? —Sean inclinó la cabeza—. ¿Por qué no? ¿Te pasa algo?

Hanna pasó las manos por el césped cortado y de dulce olor del campo de fútbol. Le había contado la misma historia que a Mona, que su padre había muerto.

—Es… complicado. Pero, hmm, pensé que debía decírtelo.

Sean aflojó el velcro de la espinillera y volvió a tensarlo. Por un breve instante, Hanna vio sus perfectas y vigorosas pantorrillas. Por alguna razón, le parecían la parte más atractiva de su cuerpo.

—Puede que yo tampoco vaya —dijo él.

—¿De verdad?

Sean se encogió de hombros.

—Todos mis amigos tienen pareja para ir. Sería el único que vaya solo.

—Oh. —Hanna apartó las piernas para que pudiera pasar el entrenador de fútbol, que iba mirando su sujetapapeles. ¿Significaba eso que Sean la consideraba su cita?

Sean hizo visera con las manos para protegerse los ojos y la miró.

—¿Te encuentras bien? Pareces triste.

Hanna posó las manos sobre sus rodillas desnudas. Necesitaba hablar con alguien de A. Solo que no había manera.

—Solo estoy cansada —suspiró.

Sean le tocó suavemente la muñeca.

—Mira. Salgamos a cenar en algún momento de la semana que viene. No sé, igual deberíamos hablar de algunas cosas.

El corazón le dio un pequeño vuelco a Hanna.

—Claro. Me parece bien.

—Guay. —Sean sonrió, y se levantó—. Entonces, hasta luego.

La banda empezó a tocar el himno del Rosewood Day, señalando el final del descanso. Hanna volvió a lo alto de las gradas, sintiéndose mejor. Mientras volvía a su asiento, Riley y Naomi la miraban con curiosidad.

—¡Hanna! —gritó Naomi, cuando esta la miró—. ¡Hola!

—Hola —dijo Hanna, haciendo acopio de toda la falsa dulzura de la que fue capaz.

—¿Estabas hablando con Sean? —Naomi se pasó la mano por la coleta rubia. Siempre se estaba acariciando el pelo de forma obsesiva—. Creía que habíais roto de mal rollo.

—No rompimos de mal rollo —respondió Hanna—. Seguimos siendo amigos… y lo que sea.

Riley soltó una risita.

—Y tú rompiste con él, ¿verdad?

—El estómago le dio un vuelco. ¿Habría dicho alguien algo?

—Así es.

Naomi y Riley intercambiaron una mirada.

—¿Vas a ir al Foxy?

—La verdad es que no —dijo Hanna con altivez—. Voy a verme con mi padre en Le Bec-Fin.

—Ooh. —Naomi hizo una mueca—. Tengo entendido que Le Bec-Fin es como el sitio al que la gente lleva a la gente con la que no quieres que te vean.

—No, no es eso. —El calor acudió al rostro de Hanna—. Es el mejor restaurante de Filadelfia.

Empezó a asustarse. ¿Es que había cambiado Le Bec-Fin? Naomi se encogió de hombros, con rostro impasible.

—Es lo que me han dicho.

—Sí —repuso Riley abriendo mucho los ojos castaños—. Lo sabe todo el mundo.

De pronto, Hanna vio un trozo de papel a su lado. Estaba plegado con forma de aeroplano, y contrapesado con una piedra.

—¿Qué es eso? —preguntó Naomi—. ¿Origami?

Hanna desdobló el avión y le dio la vuelta.

¡Hola otra vez, Hanna!
Quiero que le leas a Naomi y Riley las frases que hay a continuación, tal y como están escritas. ¡Sin trampas! Si no lo haces, todo el mundo sabrá la verdad sobre ya sabes qué. Y eso incluye a tu papá. —A.

Hanna miró el párrafo escrito con letra redonda y nada familiar.

—No —susurró, mientras se le aceleraba el corazón. Lo que había escrito A arruinaría para siempre su impecable reputación:

En la fiesta de Noel intenté tirarme a Sean, pero en vez de eso él cortó conmigo. Y, ah, sí, me obligo a vomitar al menos tres veces al día.

—¿Has recibido una carta de amooor, Hanna? —canturreó Riley—. ¿Es de algún admirador secreto?

Hanna miró a Naomi y a Riley, con sus faldas plisadas acortadas y sus zapatos de plataforma. La miraban como lobas, como si pudieran olfatear su debilidad.

—¿Habéis visto quién la ha puesto aquí? —preguntó, pero la miraron inexpresivas y se encogieron de hombros.

Después miró por las gradas, a cada grupo de chicos, cada padre, hasta al conductor del autobús de Lansing, que estaba en el aparcamiento, fumando un cigarrillo apoyado contra la parte trasera del autobús. El que estuviera haciéndole eso debía estar allí, ¿verdad? Tenía que saber que Naomi y Riley estaban a su lado. Volvió a mirar la nota. No podía decir eso. De ninguna manera.

Pero entonces pensó en la última vez que su padre le preguntó por el accidente de Jenna. Se había sentado en su cama y pasado un largo tiempo mirando el pulpocalcetín de punto que le había hecho Aria.

—Hanna —dijo al fin—. Me tienes preocupado. Prométeme que no estabais jugando con fuegos artificiales la noche que esa chica se quedó ciega.

—Yo no toqué los fuegos artificiales —susurró Hanna.

No era una mentira.

En el campo de fútbol, dos chicos de Lansing chocaban los cinco. Alguien encendió un porro en alguna parte bajo las gradas; su olor fuerte y musgoso le llegó a Hanna. Arrugó el papel, se levantó y se acercó a Naomi y a Riley con el estómago revuelto. Se la quedaron mirando, desconcertadas. Riley se quedó boquiabierta. Hanna notó que su aliento apestaba como el de un adicto a la dieta Atkins.

—Enlafiestadenoelintentétirarmeaseanperoenvezdeesoélcortó conmigo yahsímeobligoavomitaralmenostresvecesaldía.

Las palabras salieron en un revoltijo rápido e ininteligible y Hanna se dio enseguida media vuelta.

—¿Qué ha dicho? —oyó susurrar a Riley, pero desde luego no pensaba volver y decirlo con más claridad.

Bajó de las gradas al trote, agachándose detrás de la madre de algún jugador, que llevaba una bandeja de coca-colas y palomitas en precario equilibrio. Buscaba a alguien, a quien fuera, que pudiera estar apartando la mirada. Pero nada. Ni una sola persona se reía o susurraba. Todo el mundo miraba al equipo de fútbol del Rosewood Day avanzar hacia la portería de Lansing.

Pero A debía estar allí. A debía estar vigilando.

22

No puedes encajar la verdad

El viernes por la tarde, Aria apagó la radio de su cuarto. El DJ llevaba una hora hablando sin parar del Foxy. Hacía que pareciera el lanzamiento de un Apolo o una inauguración presidencial, no un simple acto de beneficencia.

Escuchó el sonido que hacían sus padres al moverse por la cocina. No era el habitual ruido de la NPR en la radio, la CNN o la PBS en la televisión de la cocina, o algún cedé de música clásica o jazz experimental en el estéreo de la cocina. Lo único que oía era el sonido de cazuelas y sartenes chocando entre sí. Luego algo que se rompía.

—Perdón —dijo Ella secamente.

—No pasa nada —respondió Byron.

Aria volvió a su portátil, sintiéndose más y más enloquecida por segundos. Como había interrumpido en seco su vigilancia de Meredith, ahora la buscaba en la red. Y en cuanto uno empieza a acechar a alguien por la red, cuesta parar. Aria conocía el apellido de Meredith (Stevens) por un programa del Strawberry Ridge que había encontrado colgado, así que buscó en Google su número de teléfono. Pensó que igual podía intentar llamarla y decirle, amablemente, que se alejara de Byron. Pero entonces encontró su dirección y quiso ver si vivía muy lejos, y lo buscó en MapQuest. La cosa empeoró a partir de ahí. Miró un hipertexto de un trabajo que hizo en su primer año de universidad sobre William Carlos Williams. Se coló en el portal estudiantil de Hollis para ver sus notas. Estaba en Friendster, Facebook y MySpace. Sus películas favoritas eran *Donnie Darko, Paris, Texas* y *La princesa prometida*, y sus intereses eran cosas raras como los globos de nieve, el taichi y los imanes.

En un universo paralelo, Aria y Meredith podrían haber sido amigas. Lo cual hacía más difícil lo que le había pedido A en su último mensaje: «Arreglarlo».

Sentía que la amenaza de A le quemaba el Treo, y se le ponía mal cuerpo cada vez que pensaba en que esa mañana había visto en el estudio de yoga no solo a Meredith sino también a Spencer. ¿Qué hacía Spencer allí? ¿Sabía algo?

En séptimo curso, cuando estaba en la piscina de Spencer con ella y con Ali, les había contado que Toby estaba en su taller de teatro.

—No sabe nada, Aria —le contestó Ali, mientras le ponía más crema bronceadora—. Tranqui.

—¿Cómo puedes estar tan segura? —había protestado entonces—. ¿Y la persona que vi ante la casa del árbol? ¡Igual se lo contó a Toby! ¡Igual era Toby!

Entonces Spencer frunció el ceño y miró a Alison.

—Ali, igual deberías…

Ali se aclaró la garganta de forma ruidosa.

—Spence —dijo, como si fuera una advertencia.

Aria las miró a las dos, confusa. Entonces soltó la pregunta que hacía tiempo que quería hacerles:

—¿Qué estabais cuchicheando la noche del accidente, cuando desperté y estabais en el baño?

Ali inclinó la cabeza.

—No cuchicheábamos.

—Sí que lo hacíamos —siseó Spencer.

Ali le dirigió otra mirada cortante, y se volvió hacia Aria.

—Mira, no estábamos hablando de Toby. Además —sonrió a Aria—, ¿no tienes ahora cosas más importantes de las que preocuparte?

Aria se alteró. Solo hacía unos días que Ali y ella habían sorprendido a su padre con Meredith.

Spencer tiró a Ali del brazo.

—Ali, de verdad que creo que deberías contar…

Ali alzó la mano.

—Spence, te lo juro por Dios.

—¿El qué juras por Dios? —chilló Spencer—. ¿Te crees que me resulta fácil?

Después de ver a Spencer en el estudio de yoga, se había planteado buscarla en el instituto y hablar con ella. Spencer y Ali ocultaban algo, e igual estaba relacionado con A. Pero le daba miedo. Creía conocer del todo a sus antiguas amigas, pero ahora resultaba que todas tenían oscuros secretos que no querían contar. Puede que nunca hubiera llegado a conocerlas.

Sonó su teléfono móvil, sacándola de sus pensamientos. Sobresaltada, lo dejó caer en una pila de camisetas sucias que quería lavar. Lo cogió.

—Hola —dijo una voz de chico en el otro extremo—. Soy Sean.

—¡Oh! —exclamó Aria—. ¿Qué hay?

—Poca cosa. Acabo de volver del partido de fútbol. ¿Qué haces esta noche?

Aria se retorció de alegría.

—Hmm… Nada, la verdad.

—¿Te apetece salir?

Oyó otra escandalera de cacharros abajo. Y luego la voz de su padre: «¡Me voy!». La puerta de entrada dio un portazo. Ni siquiera cenaría con ellos. Otra vez.

Volvió a acercar la boca al teléfono.

—¿Qué tal ahora mismo?

Sean aparcó el Audi en un terreno desolado y condujo a Aria hasta un terraplén. A la izquierda había una alambrada, a la derecha un camino descendente. Sobre ellos, las vías del tren elevado, y debajo todo Rosewood.

—Mi hermano encontró este lugar hace años —explicó Sean.

Extendió su jersey de cachemir en la hierba y le hizo un gesto para que se sentara. Después sacó un termo cromado de su mochila y se lo ofreció a ella.

—¿Quieres un poco?

Aria podía oler el ron Capitán Morgan a través del pequeño espacio de la tapa.

Tomó un largo sorbo y lo miró de lado. Tenía el rostro tan cincelado y la ropa le sentaba tan bien, pero sin el típico aire de «estoy bueno y lo sé» de los otros chicos de Rosewood.

—¿Vienes mucho por aquí? —le preguntó.

Sean se encogió de hombros y se sentó a su lado.

—No mucho. A veces.

Aria había supuesto que Sean y su pandilla de chicos típicos de Rosewood se pasarían la noche de fiesta, o robándole la cerveza a sus padres para llevársela a la casa vacía de alguien mientras jugaban a *Grand Theft Auto* en la PlayStation. Y que acabarían la noche metidos en un jacuzzi, claro. Prácticamente todo el mundo en Rosewood tenía un jacuzzi en el patio trasero.

Abajo parpadearon las luces del pueblo. Podía verse la torre de Hollis, que por la noche brillaba como el marfil.

—Esto es asombroso —suspiró—. No puedo creer que no conociera este sitio.

—Solíamos vivir no muy lejos de aquí —repuso Sean con una sonrisa—. Mi hermano y yo recorríamos estos bosques en bici. Y veníamos a jugar a la Bruja de Blair.

—¿La Bruja de Blair? —repitió Aria.

Él asintió.

—Cuando estrenaron esa película, nos obsesionamos con hacer nuestra propia película de fantasmas.

—¡Yo también hice eso! —exclamó Aria, tan excitada que posó la mano en el brazo de Sean. La apartó enseguida—. Solo que yo hice la mía en mi patio trasero.

—¿Aún conservas el vídeo?

—Sí. ¿Y tú?

—Ajá. —Sean hizo una pausa—. Igual puedes venir a verlos a casa en alguna ocasión.

—Me gustaría —repuso con una sonrisa.

Sean empezaba a recordarle al *croque-monsieur* que pidió una vez en Niza. Al principio parecía un simple sándwich con queso a la plancha, nada especial. Pero cuando lo mordías resultaba que el queso era Brie y tenía champiñones dentro. Era mucho más de lo que aparentaba.

Sean se echó atrás, apoyándose en los codos.

—En una ocasión, mi hermano y yo vinimos y pillamos a una pareja follando.

—¿De verdad? —Aria soltó una risita.

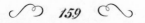

Sean le cogió el termo.

—Sí. Y estaban tan concentrados en ello que al principio no nos vieron. Nos alejamos despacio, pero entonces tropezamos con unas piedras. Se llevaron un susto de muerte.

—Estoy segura. —Se estremeció—. Dios, debe de ser horrible.

Sean le dio un golpecito en el brazo.

—¿Cómo? ¿Es que nunca lo has hecho en público?

Aria apartó la mirada.

—Nah.

Guardaron silencio un momento. Aria no estaba segura de cómo se sentía. Un poco incómoda, sí. Pero también como de buen rollo. Como si fuera a pasar algo.

—Em, ¿recuerdas el secreto que me contaste en tu coche? —dijo ella—. ¿El de que no querías ser virgen?

—Sí.

—¿Por qué... por qué crees que sientes eso?

Sean volvió a recostarse sobre los codos.

—Empecé a ir al club Uve porque todo el mundo tenía prisa por tener sexo, y yo quería saber por qué los del club Uve habían decidido no tenerlo.

—¿Y?

—Bueno, creo que la mayoría tienen miedo. Pero también creo que quieren encontrar a la persona adecuada. Alguien con quien puedan ser completamente honestos y mostrarse como son.

Hizo una pausa. Aria se abrazó las rodillas pegándoselas al pecho. Deseaba, solo un poco, que Sean dijera: *Y, Aria, creo que tú eres la persona adecuada.* Lanzó un suspiro.

—Yo lo hice una vez.

Sean dejó la taza en la hierba y la miró.

—En Islandia, al año que nos mudamos allí —admitió. Le resultó raro decirlo en voz alta—. Era un chico que me gustaba. Oskar. Quería hacerlo y lo hicimos, pero no sé. —Se apartó el pelo de la cara—. No estaba enamorada de él ni nada. —Hizo una pausa—. Eres la primera persona a la que se lo cuento.

Guardaron silencio por un rato. Aria sentía que el corazón le golpeaba contra el pecho. Alguien, a lo lejos, estaba asando a la parrilla; podía oler el carbón y las hamburguesas. Oyó a Sean tragar saliva y alterar su posición, acercándose un poco más. Ella también se acercó un poco más, sintiéndose nerviosa.

—Acompáñame al Foxy —masculló Sean.

Aria inclinó la cabeza.

—¿Foxy?

—¿La fiesta benéfica? ¿De etiqueta? ¿El baile?

Ella pestañeó.

—Sé lo que es el Foxy.

—A no ser que vayas a ir con algún otro. Y podemos ir como amigos, claro.

Aria sintió una pequeña punzada de decepción cuando él usó la palabra «amigos». Un segundo antes había creído que iban a besarse.

—¿Aún no se lo has pedido a nadie?

—No. Por eso te lo pido a ti.

Aria miró a Sean de reojo. Sus ojos no paraban de detenerse en el hoyuelo de su barbilla. Ali solía llamarlas «barbillas culo», pero en realidad era muy mona.

—Hmm, sí, bueno.

—Guay.

Sean sonrió. Ella sonrió. Solo que algo hizo que se apagara. «Te doy hasta la medianoche del sábado, Cenicienta. O verás».

Sean notó su expresión.

—¿Qué pasa?

Aria tragó saliva. Toda la boca le sabía a ron.

—Ayer conocí a la mujer con la que ronda mi padre. Por accidente. —Respiró hondo—. O quizá no fuera por accidente. Quería preguntarle qué era lo que pasaba, pero no pude. Tengo miedo de que mi madre los sorprenda juntos. —Las lágrimas acudieron a sus ojos—. No quiero que mi familia se rompa.

Sean la sostuvo un instante.

—¿No podrías volver a intentar hablar con ella?

—No lo sé. —Se miró las manos. Le temblaban—. Tengo todo un discurso ensayado. Solo quiero que conozca mi punto de vista. —Arqueó la espalda hacia atrás y miró al cielo, como si el universo pudiera proporcionarle una respuesta—. Pero igual es una idea estúpida.

—No lo es. Te acompañaré. Como apoyo moral.

Ella lo miró.

—¿Lo harías?

Sean miró más allá de los árboles.

—Ahora mismo, si quieres.

Aria negó rápidamente con la cabeza.

—Ahora no puedo. Me he dejado el, hmm, guión en casa.

Sean se encogió de hombros.

—¿Recuerdas lo que querías decirle?

—Supongo —repuso Aria débilmente. Miró por encima de los árboles—. No está muy lejos. Vive al otro lado de la colina. En Old Hollis.

Lo sabía por haber buscado su casa con Google Earth.

—Vamos —dijo Sean, extendiéndole la mano.

Antes de que pudiera pensárselo demasiado, estaban bajando la colina de hierba dejando atrás el coche de Sean.

Cruzaron la calle hasta Old Hollis, el barrio de estudiantes lleno de destartaladas y espeluznantes casas victorianas. Las aceras estaban llenas de viejos Volkswagen, Volvos y Saabs. Para ser un viernes noche, el barrio estaba completamente vacío. Puede que hubiera alguna fiesta en otra parte de Hollis. Aria se preguntó si Meredith estaría en casa; medio esperaba que no lo estuviera.

Cuando estaban a la mitad de la segunda manzana, Aria se detuvo ante una casa rosa con cuatro pares de zapatos de correr aireándose en el porche y un dibujo con tiza de lo que parecía un pene en el camino de entrada. No podía ser más apropiado el que Meredith viviera allí.

—Creo que es aquí.

—¿Quieres que te espere aquí? —susurró Sean.

Aria se envolvió con el jersey. De pronto refrescaba.

—Supongo. —Entonces se agarró al brazo de Sean—. No puedo hacer esto.

—Sí que puedes. —Sean puso las manos en los hombros de ella—. Yo estaré aquí mismo, ¿vale? No te pasará nada. Te lo prometo.

Aria sintió una oleada de gratitud. Era tan… bueno. Se inclinó hacia delante y lo besó suavemente en los labios; al apartarse, él pareció sorprendido.

—Gracias —dijo ella.

Caminó despacio hasta los agrietados escalones delanteros, con el ron corriéndole por las venas. Se había bebido las tres cuartas partes del termo de Sean, mientras él se tomaba solo unos pocos sorbos caballerosos. Cuando apretó el timbre, se apoyó en una de las columnas del porche para no perder el equilibrio. Esta noche no era la noche más adecuada para haberse puesto los zapatos altos sin talón de Italia.

Meredith abrió la puerta. Llevaba unos minishorts de felpa y una camiseta blanca con el dibujo de un plátano, que era la cubierta de algún disco que Aria no podía recordar. Y esa noche parecía más grande. Menos esbelta y más musculosa, como las chicas guerreras de ese programa de televisión, *Rollergirls*. Aria se sintió una enclenque.

Los ojos de Meredith se iluminaron al reconocerla.

—Alison, ¿verdad?

—En realidad soy Aria. Aria Montgomery. Soy hija de Byron Montgomery. Sé lo que está pasando. Y quiero que se acabe.

Meredith abrió los ojos desmesuradamente. Respiró hondo, y luego exhaló el aire despacio por la nariz. A Aria le dio la impresión de que iba a echarle el aliento de un dragón.

—Eso quieres, ¿eh?

—Así es. —Aria se tambaleó, dándose cuenta de que se le atropellaban las palabras. *Assíess*. Y el corazón le latía con tanta fuerza que no le habría sorprendido que le latiera hasta la piel.

Meredith alzó una ceja.

—Eso no es asunto tuyo. —Asomó la cabeza fuera del porche y miró con sospecha a su alrededor—. ¿Cómo has sabido dónde vivo?

—Mira, lo estás destruyendo todo —protestó Aria—. Y solo quiero que se acabe. ¿Vale? Quiero decir… Nos haces daño a todos. Aún está casado y tiene una familia.

Aria hizo una mueca para sus adentros ante el patético tono de su voz y la forma en que se le había escapado de las manos su discurso perfectamente construido.

Meredith cruzó los brazos ante su pecho.

—Todo eso lo sé —contestó, empezando a cerrar la puerta—. Y lo siento. De verdad que lo siento, pero nos queremos.

23

Siguiente parada, gran prisión de Rosewood

Al final de la tarde del sábado, unas horas antes del Foxy, Spencer estaba sentada ante el ordenador. Acababa de enviarle un correo electrónico a Calamardo con sus respuestas desarrolladas. *Tú envíalo,* se dijo. Cerró los ojos, le dio al ratón y, al abrirlos, ya había enviado su trabajo.

Bueno, más o menos su trabajo.

No había hecho trampa. De verdad que no. Bueno, igual sí. Pero ¿quién podría reprochárselo? Cuando llegó el mensaje de A, se pasó toda la noche llamando a Wren, pero siguió saltando el buzón de voz. Y le había dejado cinco mensajes, cada uno más histérico que el anterior. Se puso los zapatos en doce ocasiones, dispuesta a conducir hasta Filadelfia para ver si estaba bien, pero luego se convencía de lo contrario. La única vez en que sonó el Sidekick saltó a por él, pero solo era un e-mail de Calamardo para toda la clase, recordándoles la forma correcta de poner notas en la redacción de las respuestas.

Cuando alguien puso la mano en su hombro, lanzó un grito.

Melissa retrocedió.

—¡Uau! ¡Perdona! ¡Solo soy yo!

Spencer se enderezó, respirando con fuerza.

—Yo…

Examinó su mesa. *Mierda.* Había un pedazo de papel que decía: «Ginecólogo, martes, 17.00 horas. ¿Orto tri-cyclen?» Y en la pantalla del ordenador estaban los antiguos trabajos de Melissa. Apagó el disco duro del ordenador golpeando con el pie el botón de encendido, y el monitor se oscureció.

—¿Estresada? —preguntó Melissa—. ¿Muchos deberes antes del Foxy?

—Algo. —Spencer apiló rápidamente todos los papeles de la mesa en ordenados montones.

—¿Quieres que te preste mi almohada mariposa lavanda? Va muy bien para el estrés.

—Da igual —contestó Spencer, sin atreverse siquiera a mirar a su hermana. *Te he robado el trabajo y el novio,* pensó. *No deberías ser buena conmigo.*

Melissa apretó los labios.

—Bueno, no quiero estresarte más, pero abajo hay un policía. Dice que quiere hacerte unas preguntas.

—¿Qué?

—Es por Alison —dijo Melissa, meneando la cabeza y haciendo oscilar las puntas de sus cabellos—. No deberían poder obligarte a hablar de ello la semana de su funeral. Está mal.

Spencer intentó no asustarse. Se miró en el espejo, alisándose el pelo rubio y poniéndose corrector bajo los ojos. Cogió una blusa blanca de botones y unos pantalones caquis ajustados. Ya está. Parecía inocente y de fiar.

Pero le temblaba todo el cuerpo.

Abajo sí que había un agente de policía en la sala de estar, pero mirando hacia el segundo despacho de su padre, donde guardaba su colección de guitarras antiguas. Cuando el policía se volvió, Spencer se dio cuenta de que era el mismo con el que había hablado en el funeral. El tipo era joven. Y le era familiar, como si lo hubiera visto en otra parte.

—¿Es usted Spencer? —preguntó.

—Sí —dijo ella en voz baja.

Él alargó la mano.

—Soy Darren Wilden. Acaban de asignarme la investigación del asesinato de Alison DiLaurentis.

—¿Asesinato? —repitió Spencer.

—Sí —dijo el agente Wilden—. Bueno, lo estamos investigando como si lo fuera.

—Bien. —Spencer intentó sonar equilibrada y madura—. Vaya...

Wilden le hizo un gesto para que se sentara en el sofá del salón, y se sentó ante ella en una silla. Se dio cuenta de dónde lo conocía, del Rosewood Day. Había estudiado allí cuando ella estaba en sexto curso, y se había ganado reputación de malote. Liana, una de las amigas frikis de Melissa, andaba colada por él, y un día usó a Spencer para entregarle una nota de admiradora secreta en la cafetería en la que trabajaba. Spencer recordaba haber pensado que Darren tenía bíceps del tamaño de latas de sopa.

Y ahora la estaba mirando. Spencer sintió que le picaba la nariz, y el reloj de péndulo emitió unos chasquidos sonoros.

—¿Hay algo que quisiera decirme? —dijo él por fin.

—¿Decirle? —El miedo le recorrió el pecho.

—Sobre Alison —replicó Wilden.

Spencer pestañeó. Algo le resultaba raro.

—Era mi mejor amiga —consiguió decir. Sentía las manos sudorosas—. La noche que desapareció yo estaba con ella.

—Cierto. —Wilden miró su cuaderno de notas—. Está en los archivos. Habló con alguien de la comisaría cuando desapareció, ¿verdad?

—Sí. Dos veces.

—Cierto. —Wilden se cogió las manos—. ¿Está segura de que entonces lo contó todo? ¿Había alguien que pudiera odiar a Alison? Puede que el agente le hiciera esas preguntas, pero como soy nuevo, igual podría refrescarme la memoria.

El cerebro de Spencer se atascó. La verdad es que eran muchas las chicas que odiaban a Ali. Hasta Spencer la había odiado a veces, sobre todo por la forma en que siempre podía manipularla, y por el modo en que la amenazaba con echarle toda la culpa de lo de Jenna si alguna vez contaba lo que sabía. Y, en secreto, el que Ali desapareciera le supuso cierto alivio. Con Ali desaparecida y Toby interno, su secreto quedaría oculto para siempre. Tragó saliva. No estaba segura de lo que sabía este policía. A podía haber informado a la policía de que ocultaba algo. Y era muy inteligente, porque si les decía *Sí, sé de alguien que odiaba a Ali, que la odiaba lo bastante como para matarla*, tendría que confesar su implicación en lo de Jenna. Si no decía nada y se protegía, A podría castigar a sus amigos… y a Wren.

Me has hecho daño, así que voy a hacerte daño.

El sudor goteó por su espalda. Pero eso no era todo: ¿y si Toby había vuelto para hacerle daño? ¿Y si estaba compinchado con A? ¿Y si era A? Pero, de serlo, y de haber matado a Ali, ¿acudiría a la policía para incriminarse?

—Estoy segura de que lo conté todo —dijo al final.

Hubo una larga, larga pausa. Wilden miró a Spencer. Spencer miró a Wilden. Eso le hizo pensar en la noche siguiente a lo de Jenna. Se había sumido en un sueño irregular y paranoide, con sus amigas llorando en silencio a su alrededor. Pero de pronto se despertó. El reloj del descodificador del cable marcaba las 3.43 horas, y el cuarto estaba en silencio. Se sentía desquiciada, y encontró a Ali, dormida en el sofá, con la cabeza de Emily en su regazo.

—No puedo hacerlo —dijo, mientras la sacudía hasta despertarla—. Debemos entregarnos.

Ali se levantó, llevó a Spencer hasta el baño y se sentaron en el borde de la bañera.

—Cálmate, Spence —dijo Ali—. No puedes ponerte a cien si la policía nos hace preguntas.

—¿La policía? —chilló, mientras se le aceleraba el corazón.

—Shhh —susurró Ali. Tamborileó con las uñas contra el borde de porcelana de la bañera—. No digo que la policía vaya a hablar con nosotras, pero debemos tener un plan por si lo hacen. Lo único que necesitamos es una buena historia. Una coartada.

—¿Por qué no les decimos la verdad? Lo que le viste hacer a Toby, y que te sorprendió tanto que disparaste el cohete por accidente.

Ali negó con la cabeza.

—Es mejor a mi manera. Si le guardamos el secreto a Toby, él nos guardará el nuestro.

Una llamada en la puerta hizo que se levantaran.

—¿Chicas? —dijo una voz. Era Aria.

—Muy bien —dijo por fin Wilden, sacando a Spencer de sus pensamientos. Le entregó una tarjeta de visita—. Llámeme si se le ocurre algo, ¿le parece?

—Claro —gimió Spencer.

Wilden se llevó las manos a las caderas y miró a su alrededor. A los muebles Chippendale, a la exquisita vidriera de la ventana, a las obras de arte enmarcadas de las paredes, y el apreciado reloj de George Washington de su padre, que llevaba en la familia desde el siglo XIX. Entonces examinó a Spencer, desde los pendientes de diamantes al delicado reloj de Cartier de su muñeca a sus mechas rubias que costaban trescientos dólares cada seis semanas. La sonrisa presuntuosa de su rostro parecía decir: *Pareces una chica con mucho que perder.*

—¿Irá a la fiesta benéfica de esta noche? —preguntó, sobresaltándola—. ¿El Foxy?

—Hmm, sí —respondió Spencer en voz baja.

—Bien. —Wilden se despidió—. Que se divierta.

Su voz era completamente normal, pero ella habría jurado que su mirada decía: *Aún no he acabado contigo.*

24

Por doscientos cincuenta dólares puedes cenar, bailar y recibir una advertencia.

El Foxy se celebraba en Kingman Hall, una vieja mansión campestre inglesa construida por un hombre que había inventado una máquina ordeñadora a principios del siglo xx. En cuarto curso, cuando se enteraron de la existencia de la casa en la unidad de estudios sociales sobre Pensilvania, Emily la apodó la «mansión mu».

Emily miró a su alrededor mientras la chica de la entrada examinaba sus invitaciones. El lugar tenía un jardín laberíntico en su patio delantero. Había gárgolas riéndose desde los arcos de la majestuosa fachada de la mansión. Ante ella se encontraba la carpa donde tendría lugar el evento. Estaba iluminada por luces alegres y llena de gente.

—Uau —dijo Toby a su lado.

Chicas guapas pasaron por su lado en dirección a la carpa, llevando elaborados vestidos a medida y bolsos enjoyados. Emily se miró su vestido: era un simple vestido de tubo sin tirantes que Carolyn había llevado el año anterior a su fiesta de graduación. Se había peinado ella misma, poniéndose mucho del delicioso perfume ultrafemenino de Carolyn, que la había hecho estornudar, y llevaba pendientes por primera vez en mucho tiempo, tras metérselos a la fuerza por agujeros de las orejas que casi se habían cerrado. Aun así, se sentía muy poca cosa al lado de todo el mundo.

El día anterior, cuando Emily llamó a Toby para invitarlo al Foxy, él había parecido muy sorprendido, pero también excitado. Ella también estaba muy animada. Irían al Foxy, volverían a besarse y

¿quién sabía qué más? Igual acababan siendo pareja. Con el tiempo visitarían a Jenna en su escuela de Filadelfia, y Emily se lo compensaría todo de algún modo: cuidaría del perro lazarillo de Jenna, le leería todos los libros que no hubieran salido en braille. Y puede que, con el tiempo, le confesara su papel en el accidente.

O igual no.

Pero ahora que estaba en el Foxy, algo le parecía mal. No paraba de sentir frío y calor a rachas, y tenía retortijones. Las manos de Toby eran demasiado ásperas, y ella se encontraba tan nerviosa que apenas se habían dicho nada en el camino hasta allí. Y el Foxy en sí tampoco parecía ser muy relajado; todo el mundo era muy estirado y pijo. Y Emily estaba segura de que alguien la observaba. Cada vez que miraba el rostro maquillado y luminoso de una chica y el rostro afeitado y apuesto de un chico, se preguntaba: *¿Eres A?*

—¡Sonreíd!

Un flash iluminó la cara de Emily y ella lanzó un gritito. Cuando las motas desaparecieron de sus ojos, vio que una chica rubia con un vestido rojo merlot, una insignia de prensa sobre el pecho derecho y una cámara digital colgada del hombro, se reía de ella.

—Estaba sacando fotos para el *Philadelphia Inquirer* —explicó—. ¿Quieres que la repita sin la cara de susto?

Emily se agarró al brazo de Toby e intentó aparentar felicidad, solo que su expresión era más bien una mueca petrificada.

Cuando la chica de prensa se alejó, Toby se volvió hacia Emily.

—¿Te pasa algo? Siempre has parecido muy relajada ante una cámara.

Emily se mostró enfadada ante el comentario.

—¿Cuándo me has visto ante una cámara?

—¿Rosewood contra Tate? —le recordó Toby—. ¿Lo del chico del anuario?

—Ah, sí —dijo Emily soltando el aliento.

Los ojos de Toby siguieron a un camarero que se desplazaba con una bandeja de bebidas.

—Así que ¿esto es lo que te va?

—¡Dios, no! —dijo Emily—. En mi vida he estado en algo así.

Él miró a su alrededor.

—Todo parece tan... tan de plástico. Hubo un tiempo en que quise matar a todos los que están aquí.

Un escalofrío agudo e inesperado la recorrió. Era la misma sensación que tuvo al despertar en el coche de Toby. Toby sonrió cuando se lo notó en la cara.

—No literalmente. —Le apretó la mano—. Eres mucho más guapa que las chicas que hay aquí.

Emily se sonrojó. Pero estaba descubriendo que las tripas no le daban un vuelco cuando él se lo decía o la tocaba. Y deberían hacerlo. Toby estaba buenísimo. Muy guapo, la verdad, con su traje negro, el pelo peinado hacia atrás descubriendo su rostro anguloso y de mandíbula cuadrada. Todas las chicas lo miraban. Cuando se presentó en el porche, hasta la tímida Carolyn había lanzado un gritito.

—¡Es muy guapo!

Pero cuando él la cogió de la mano, no sintió nada, por mucho que quisiera sentirlo. Era como cogerle la mano a su hermana.

Emily intentó relajarse. Toby y ella entraron en la carpa, pidieron dos piñas coladas sin alcohol y se unieron a un montón de chicos en la pista de baile. Solo había un puñado de chicas intentando bailar de ese modo tan sexi, con las manos sobre la cabeza, copiando a las de la MTV. Casi todos los demás se limitaban a dar saltos, cantando con Madonna. Unos técnicos instalaban una máquina de karaoke en una esquina, y las chicas escribían los temas que querían cantar.

Emily se alejó para ir al baño, saliendo de la carpa y caminando por un atractivo pasillo iluminado con velas y cubierto de pétalos de rosas. Las chicas pasaban junto a ella, cogidas de la mano, susurrando y riendo. Se miró discretamente el pecho; nunca había llevado un vestido sin tirantes y estaba segura de que se le caería para enseñar sus pechos al mundo.

—¿Quiere que le lea las cartas?

Emily alzó la mirada. Una mujer de pelo negro con un vestido de seda estampado de cachemir estaba sentada en una mesita bajo un enorme retrato de Horace Kingman, el inventor de la ordeñadora. Llevaba muchos brazaletes en el brazo izquierdo y un gran broche de serpiente en el cuello. A su lado había un mazo de cartas y un cartelito en el borde de la mesa: «LA MAGIA DEL TAROT».

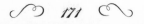

—No, gracias —le respondió. La lectura del tarot era tan...
pública. Al descubierto, en medio del pasillo.

La mujer extendió una larga uña hacia ella.

—Pero necesitas una. Esta noche te pasará algo. Algo que cambiará tu vida.

Emily se tensó.

—¿A mí?

—Sí, a ti. ¿Y tu acompañante? No es quien quieres que sea. Debes acudir a quien quieres de verdad.

La lectora del tarot parecía estar a punto de decir algo más, pero Naomi Zeigler pasó junto a Emily y se sentó en la mesa.

—La vi aquí el año pasado —dijo encantada Naomi, apoyándose excitada en los codos—. Me hizo la mejor lectura del mundo.

Emily se alejó con la mente a cien por hora. ¿Le iba a pasar algo esa noche? ¿Algo que le cambiaría la vida? Igual Ben se lo contaba a todo el mundo. O Maya se lo contaba a todo el mundo. O A enseñaría esas fotos a todo el mundo. O A le había contado a Toby lo de Jenna. Podía ser cualquier cosa.

Emily se echó agua fría en la cara y salió del baño. Al doblar la esquina para ir a la carpa, chocó con la espalda de alguien. Se tensó en cuanto vio quién era.

—Hola —dijo Ben con un tono falsamente amistoso, alargando la palabra. Vestía un traje carbón, y llevaba una gardenia blanca en la solapa.

—Ho... hola —tartamudeó Emily—. No sabía que venías.

—Iba a decirte lo mismo. —Ben se inclinó hacia ella—. Me gusta tu acompañante. —Puso comillas con los dedos a la palabra acompañante—. Te vi ayer con él durante el encuentro con el Tate. ¿Cuánto has tenido que pagarle para que viniera contigo?

Emily le echó a un lado. Caminó por el pasillo en sombras, dándose cuenta de que no sería el mejor momento para tropezar con sus tacones. Tras ella se oían los pasos de Ben.

—¿Por qué huyes? —canturreó él.

—Déjame en paz —dijo sin volverse.

—¿Lo has traído de guardaespaldas? Primero te protege en natación, y ahora aquí. Pero ¿dónde está ahora? ¿O solo lo has alquilado para que te acompañe y nadie piense que eres lesbiana?

Ben soltó una risita.

—Ja ja. —Emily dio media vuelta para enfrentarse a él—. Eres muy gracioso.

—¿Ah, sí? —Ben la empujó contra la pared. Le sujetó las muñecas a la espalda y pegó su cuerpo al de ella—. ¿Te parece esto gracioso?

Su mano áspera buscó el borde de su falda. Tocó la rótula de Emily y subió por su pierna.

—Dime que te gusta esto —le dijo al oído—. O le diré a todo el mundo que eres bollera.

Los ojos de Emily se llenaron de lágrimas.

—Ben —susurró, apretando las piernas—. No soy bollera.

—Entonces di que te gusta —gruñó Ben. Su mano le apretó el muslo desnudo.

Ben se acercaba más y más a sus bragas. Cuando salían no había llegado nunca tan lejos. Emily se mordió el labio con tanta fuerza que estuvo segura de haberse hecho sangre. Estaba a punto de rendirse y decirle que le gustaba, solo para que parara, pero la rabia la inundó. Que Ben pensara lo que quisiera. Que se lo contara a toda la escuela. No podía hacerle eso.

Apoyó el cuerpo contra la pared para hacer palanca y alzó la rodilla contra la entrepierna de Ben. Con fuerza.

—¡Ufff! —Ben se apartó, sujetándose la ingle. Un gemidito infantil brotaba de su boca—. ¿Qué has...? —jadeó.

Emily se alisó el vestido.

—No te acerques a mí. —La ira le recorría el cuerpo como una droga—. Lo juro por Dios.

Ben se tambaleó hacia atrás y chocó con la otra pared. Sus rodillas cedieron, y se deslizó por la pared hasta quedar sentado en el suelo.

—Has hecho mal.

—Como quieras —dijo Emily, y se volvió para alejarse. Dio pasos largos, rápidos y confiados. No quería que viera lo alterada que estaba. Que estaba al borde de las lágrimas.

—Eh. —Alguien la cogió suavemente del brazo. Cuando sus ojos enfocaron, se dio cuenta de que era Maya.

—Lo he visto todo —susurró Maya, señalando con la barbilla hacia donde Ben seguía sentado—. ¿Estás bien?

—Sí —dijo rápidamente. Pero su voz se quebró. Intentó rehacerse, pero no pudo. Se apoyó contra la pared y se cubrió la cara con las manos. Si contaba hasta diez, podría superar aquello. *Uno… dos… tres…*

Maya le tocó el brazo.

—Lo siento mucho, Em.

—No lo sientas —consiguió decir Emily, tapándose todavía la cara. *Ocho… nueve… diez.* Apartó las manos y se enderezó—. Estoy bien.

Hizo una pausa y miró el vestido marfil estilo geisha que llevaba Maya. Estaba mucho más guapa que todos los clones rubios y afrancesados de Chanel que había visto esa noche. Se pasó las manos por su propio vestido, preguntándose si Maya también estaría admirándola.

—De… debería volver con mi acompañante —tartamudeó.

Maya dio un pequeño paso a un lado. Emily no podía moverse ni un centímetro.

—Tengo que contarte un secreto antes de que te vayas —dijo Maya.

Emily se le acercó y Maya se inclinó hacia su oído. No lo tocó con los labios, pero estuvo muy cerca. Un cosquilleó recorrió la espalda de Emily, y se oyó a sí misma contener el aliento. Reaccionar de ese modo no estaba bien, pero no podía evitarlo.

—Te esperaré —susurró Maya, con voz que tenía un poco de tristeza y un mucho de sexi—. Todo lo que haga falta.

25

La vida surrealista, protagonizada por Hanna Marin

El sábado por la noche, Hanna cogió el ascensor hasta su suite en el Four Seasons de Filadelfia, sintiéndose firme, relajada y luminosa. Acababa de tener una sesión con hierba de limón, un masaje de ochenta minutos y un bronceado Besada por el Sol, todo seguido. Tanto mimo había hecho que se sintiera ligeramente menos estresada. Eso y estar lejos de Rosewood… y de A.

Esperaba estar lejos de A.

Abrió la puerta de la suite de dos habitaciones y entró. Su padre estaba sentado en el sofá del primer salón.

—Hola —dijo, levantándose—. ¿Cómo ha sido?

—Maravilloso.

Hanna le sonrió, abrumada a la vez por la felicidad y la tristeza. Quería decirle lo agradecida que estaba de que volvieran a estar juntos, al tiempo que sabía que su futuro pendía de un hilo, el hilo de A. Con suerte, haberle dicho aquello a Naomi y Riley la mantendría a salvo, pero ¿y si no era así? Igual debía contarle la verdad de lo de Jenna antes de que lo hiciera A.

Apretó los labios con fuerza y miró la alfombra con timidez.

—Tendré que ducharme deprisa si queremos llegar a Le Bec-Fin.

—Un momento —dijo su padre—. Tengo otra sorpresa para ti.

Hanna miró por instinto a las manos de su padre, esperando que sostuvieran un regalo para ella. Igual algo para compensar esas lamentables tarjetas felicitándola por sus cumpleaños. Pero lo único que tenía en la mano era el móvil.

Entonces llamaron a la puerta de la suite adyacente.

—¿Tom? ¿Está aquí?

Hanna se quedó paralizada, sintiendo que la sangre abandonaba su cabeza. Conocía esa voz.

—Kate e Isabel están aquí —susurró su padre excitado—. Vienen a Le Bec-Fin con nosotros, y luego iremos todos a ver *Mamma mia!* ¿No dijiste el miércoles que querías verla?

—¡Espera! —Hanna le bloqueó el paso antes de que llegara a la puerta—. ¿Las has invitado tú?

—Sí. —Su padre la miró como si estuviera loca—. ¿Quién más iba a hacerlo?

A, pensó Hanna. Parecía propio de A.

—Pero yo creía que solo seríamos tú y yo.

—Yo nunca dije eso.

Hanna frunció el ceño. Sí que lo había dicho. ¿Verdad?

—¿Tom? —llamó la voz de Kate.

Hanna sintió alivio de que Kate lo llamara Tom, en vez de papá, pero siguió agarrando la muñeca de su padre.

Este dudó ante la puerta, mirando a uno y otro lado.

—Pero ya están aquí, Hanna. Creí que sería agradable.

—¿Por qué?

¿Por qué pensaste eso?, quiso preguntarle. *Kate hace que me sienta como una mierda y me ignoras cuando ella está delante. ¡Por eso hace años que no te hablo!*

Pero había tanta confusión y decepción en el rostro de su padre. Probablemente debía llevar días planeando esto. Hanna miró las borlas de la alfombra persa. Notó un nudo en la garganta, como si acabara de tragarse algo enorme.

—Entonces supongo que debes hacerlas pasar —farfulló.

Cuando su padre abrió la puerta, Isabel gritó de alegría, como si los hubieran separado galaxias enteras, en vez de estados. Seguía siendo demasiado delgada y estando demasiado morena, y la mirada de Hanna se desvió enseguida al pedrusco de su mano izquierda. Era un anillo Legacy de Tiffany de tres kilates; Hanna se sabía el catálogo de principio a fin.

Y Kate. Estaba más guapa que nunca. Su vestido de una pieza con rayas diagonales debía ser de la talla dos, y llevaba el pelo castaño liso más largo que unos años antes. Depositó con elegancia su bolso Louis Vuitton en la mesilla del hotel. Hanna estaba furiosa. Probablemente Kate nunca tropezaba con sus nuevos zapatos de Jimmy Choo ni resbalaba en el suelo de madera después de que lo encerase la mujer de la limpieza.

Kate ponía mala cara, como si estuviera realmente molesta por estar allí. Pero su expresión se suavizó al fijarse en Hanna. La examinó de la cabeza a los pies, desde la chaqueta entallada de Chloé a los zapatos sin talón, y entonces sonrió.

—Hola, Hanna —dijo Kate, con evidente sorpresa—. Uau.

Posó la mano en el hombro de Hanna, pero por suerte no la abrazó. De hacerlo, habría notado cuánto temblaba.

—Todo tiene tan buena pinta —repuso Kate mirando el menú.

—Cierto —coincidió el señor Marin. Hizo un gesto al camarero y ordenó una botella de pinot gris. Entonces miró con cariño a Kate, Isabel y Hanna—. Me alegro de que estemos aquí. Juntos.

—Es de verdad estupendo volver a verte, Hanna —susurró Isabel.

—Sí —coincidió Hanna—. Del todo.

Hanna miró los elegantes cubiertos. Le resultaba surrealista volver a verlos. Y no de un surrealismo guay como el de los vestidos caleidoscópicos de Zac-Posen, sino surrealista de pesadilla, como lo de ese ruso que tuvo que leer el año anterior para literatura, que se despertaba y descubría que era una cucaracha.

—¿Qué vas a pedir, cariño? —le preguntó Isabel, cogiéndole la mano a su padre.

Hanna seguía sin poder creerse que a su padre le gustara Isabel. Era tan vulgar. Y tan pasada de bronceado. Resulta atractivo en una modelo de catorce años, o de Brasil, pero no en una mujer de mediana edad de Maryland.

—Hmm —dijo el señor Marin—. ¿Qué es *pintade?* ¿Pescado?

Hanna pasó las páginas del menú. No tenía ni idea de lo que podía comer. Todo era frito o en salsa.

—¿Nos traduces, Kate? —Isabel se inclinó hacia Hanna—. Kate lo habla con soltura.

Naturalmente, pensó Hanna.

—El verano pasado lo pasamos en París —explicó Isabel, mirando a Hanna, que se refugiaba tras la carta de vinos. ¿Fueron a París? ¿También su padre?—. Hanna, ¿estudias algún idioma?

—Hmm. Di un año de español —repuso, encogiéndose de hombros.

Isabel frunció los labios.

—¿Cuál es tu asignatura favorita?

—Literatura.

—¡Igual que la mía! —exclamó Kate.

—El año pasado, Kate fue la primera de su clase —presumió Isabel, pareciendo muy orgullosa.

—¡Mamá! —gimió Kate. Miró a Hanna y dijo en voz baja: «Lo siento».

Hanna seguía sin poder creerse cómo había desaparecido su expresión de cabreo al verla. Hanna había hecho eso mismo alguna vez. Como en noveno, cuando su profesora de literatura la eligió voluntaria para enseñar el instituto a Carlos, el estudiante chileno de intercambio. Hanna se dirigió molesta al despacho a recibirlo, convencida de que sería un capullo que perjudicaría su imagen guay. Cuando entró en el despacho y vio a un chico alto, de pelo rizado y ojos verdes que parecía llevar jugando a voleibol desde que nació, se enderezó ligeramente y comprobó de manera discreta si le olía el aliento. Kate debía pensar que compartían alguna especie de conexión de chicas guapas.

—¿Haces algo extraescolar? —le preguntó Isabel—. ¿Algún deporte?

Hanna se encogió de hombros.

—La verdad es que no.

Había olvidado que Isabel era una de esas madres: solo sabía hablar de las clases, premios, idiomas y actividades extraescolares de Kate. Era otra cosa con la que no podía competir.

—No seas tan modesta. —Su padre le dio un empujoncito en el hombro—. Tienes muchas actividades.

Hanna miró inexpresiva a su padre. ¿Cuáles? ¿Robar?

—¿La clínica de quemados? —sugirió—. Y tu madre dice que te has unido a un grupo de apoyo.

Hanna se quedó boquiabierta. En un instante de debilidad le había contado a su madre que iba al club Uve, como diciéndole ¿Lo ves?

Tengo principios. No podía creerse que se lo hubiera contado a su padre.

—Yo… —tartamudeó—. No es nada.

—Sí que lo es —repuso el señor Marin apuntándola con el tenedor.

—Papá —siseó Hanna.

Las otras la miraban expectantes. Los ojos saltones de Isabel se abrieron más aún. En Kate se insinuaba una sonrisa burlona, pero sus ojos parecían comprensivos. Hanna miró la cesta del pan. *A la mierda,* pensó, y se metió un panecillo entero en la boca.

—Es un club de abstinencia, ¿vale? —farfulló, con la boca llena de miga y de semillas de sésamo. Y entonces se levantó—. Muchas gracias, papá.

—¡Hanna!

Su padre apartó su silla y se paró en medio del salón, pero Hanna siguió andando. ¿Por qué se habría tragado su rollo de «quiero pasar el fin de semana contigo»? Había sido como la última vez, cuando su padre la había llamado cerdito. Cuando pensaba en lo que se había arriesgado para estar allí. ¡Les había dicho a esas putas que vomitaba tres veces al día! ¡Cuando ya ni siquiera era verdad!

Entró en el cuarto de baño, se metió en una cabina y se arrodilló ante el inodoro. Su estómago se quejaba y sintió la necesidad de ocuparse de ello. *Calma,* se dijo, mirando aturdida a su reflejo en el agua del fondo. *Podrás superarlo.*

Se levantó, con la mandíbula temblorosa, las lágrimas amenazaban con derramarse por sus ojos. Si tan solo pudiera quedarse en ese lavabo lo que quedaba de noche. Que tuvieran sin ella su especial fin de semana con Hanna. Sonó su móvil y lo sacó del bolso para silenciarlo. Entonces el estómago le dio un vuelco. Tenía un correo electrónico de una enmarañada y familiar dirección.

> Dado que ayer obedeciste mis órdenes tan bien, considera
> esto un regalo: Ve al Foxy, ya. Sean ha ido con otra chica. —A.

Se sobresaltó tanto que casi deja caer el móvil en el suelo de mármol de los lavabos.

Llamó a Mona. Seguían sin hablarse, y ni siquiera le había dicho que no iría al Foxy, pero no contestó. Hanna colgó, tan frustrada que tiró el móvil contra la puerta. ¿Con quién podía estar Sean? ¿Con Naomi? ¿Con alguna bruja del club Uve?

Salió ruidosamente del reservado, sobresaltando a una anciana que se lavaba las manos. Cuando Hanna dobló la esquina en dirección a la puerta, resbaló, deteniéndose. Kate estaba sentada en el diván, aplicándose el pálido lápiz de labios color salmón. Tenía cruzadas las piernas largas y esbeltas y parecía supertranquila.

—¿Va todo bien? —Kate clavó sus profundos ojos azules en Hanna—. He venido a comprobarlo.

Hanna se tensó.

—Sí, estoy bien.

Kate retorció la boca.

—Sin ánimo de ofender a tu padre, pero a veces puede decir las cosas más inapropiadas. Como la vez en que iba a salir con un chico, y al salir de casa me soltó: «¿Kate? Has puesto OB en la lista de la compra. ¿Qué es eso? ¿En qué parte lo busco?». Me sentí mortificada.

—Dios —Hanna sintió una punzada de compasión. Sí que parecía propio de su padre, sí.

—Oye, no importa —dijo Kate, amable—. No quería decir nada con eso.

Hanna negó con la cabeza.

—No es eso. —Miró a Kate. Oh, qué diablos. Igual sí que tenían una conexión de chicas guapas—. Es mi ex. He recibido un mensaje de que ha ido con otra chica a una fiesta benéfica llamada Foxy.

Kate frunció el ceño.

—¿Cuándo rompisteis?

—Hace ocho días. —Hanna se sentó en el diván—. Estoy medio tentada de ir hasta allí y sacudir a esa tía.

—¿Por qué no lo haces?

Hanna se derrumbó en el diván.

—Me gustaría, pero… —Hizo un gesto hacia la puerta que conducía de vuelta al restaurante.

—Mira. —Kate se levantó y frunció los labios ante el espejo—. ¿Por qué no le echas la culpa a ese grupo de apoyo en el que estás?

Di que alguna te ha llamado y que es «débil» y que eres su compañera y tienes que ir a hablar con ella.

Hanna alzó una ceja.

—Sabes mucho de grupos de apoyo.

Kate se encogió de hombros.

—Tengo un par de amigas que han estado en rehabilitación.

Vaaaale.

—No sé si es buena idea.

—Yo te cubriré si quieres —ofreció Kate.

Hanna la miró en el espejo.

—¿De verdad?

Kate la miró seriamente.

—Digamos que te debo una.

Hanna se encogió. Algo le dijo que Kate se refería a aquella visita a Anápolis. El que Kate recordara que había sido mala hizo que sintiera cierto desasosiego, al tiempo que le proporcionaba cierta satisfacción.

—Además —continuó Kate—, tu padre dice que vamos a vernos mucho. Será un modo de empezar bien.

Hanna pestañeó.

—¿Dice que quiere verme más?

—Bueno, eres su hija.

Hanna jugueteó con el amuleto en forma de corazón de su collar de Tiffany. Sintió cierta emoción al oír a Kate decirle esto. Quizás se había excedido en la mesa.

—¿Cuánto te llevará? ¿Dos horas como mucho? —preguntó Kate.

—Probablemente menos.

Lo único que quería era coger el tren SEPTA a Rosewood y acabar con esa zorra.

Abrió el bolso vagabundo para ver si tenía para el billete. Kate estaba a su lado y señaló algo en el fondo del bolso.

—¿Qué es eso?

—¿Esto?

En cuanto Hanna lo sacó, quiso volver a meterlo. Era el Percocet que había robado el martes de la clínica. Se le había olvidado.

—¿Puedo quedarme uno? —susurró Kate excitada.

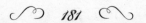

Hanna la miró de través.

—¿En serio?

Kate la miró con travesura.

—Necesito algo que me ayude a soportar el musical al que nos va a arrastrar tu padre.

Hanna le pasó algunas pastillas. Kate se las guardó, giró sobre los talones y salió del lavabo con paso firme. Hanna la siguió con la mirada, boquiabierta.

Había sido lo más surrealista de la noche. Puede que, si tenía que volver a ver a Kate, la cosa no resultara un destino peor que la muerte. Podía llegar a resultar hasta... divertido.

26

Al menos no tiene que hacerle los coros

Para cuando Spencer y Andrew llegaron al Foxy, el lugar estaba abarrotado. La cola para el aparcacoches era de veinte vehículos de largo, los advenedizos que no habían sido invitados llenaban la entrada, y la carpa principal estaba llena de gente en las mesas, alrededor del bar y en la pista de baile.

Spencer volvió a comprobar su teléfono móvil mientras Andrew volvía de la mesa de las bebidas. Seguía sin llamadas de Wren. Caminó a un lado y otro del comedor sobre el diseño en cruz del suelo de mármol, preguntándose qué hacía allí. Andrew había ido a recogerla y, pese a la ansiedad que sentía, había utilizado todos sus recursos del club de teatro para engañar a su familia y hacerle creer que eran pareja, besando a Andrew junto a los labios en cuanto lo vio, aceptando gentilmente sus flores, posando para una foto, pegando su mejilla a la de él. Andrew había parecido nerviosamente aturdido, lo cual contribuyó a que el truco funcionara aún mejor.

Ya no le era útil, pero, desgraciadamente, él no lo sabía. No paraba de presentar a Spencer a todo el mundo, a gente que los dos conocían, como su acompañante. Lo que de verdad quería hacer era meterse en una habitación silenciosa y pensar. Tenía que desentrañar lo que sabía y no sabía ese policía, Wilden. Si Toby era A y el asesino de Ali, no hablaría con la policía. Pero ¿y si Toby no era A, y A le había contado algo a la policía?

—Creo que han empezado con el karaoke —dijo Andrew señalando al escenario. Y en él había una chica entonando I Will Survive—. ¿Quieres cantar algo?

—No creo —dijo Spencer ansiosa, jugueteando con el broche de su ramillete.

Miró a su alrededor por quincuagésima vez en busca de sus viejas amigas, esperando que aparecieran. Sentía que debía avisarlas acerca de Toby, y de la policía. A le había dicho que no lo hiciera, pero igual podía hacerlo en clave.

—¿Y qué tal una conmigo? —insistió Andrew.

Spencer se volvió hacia él. Parecía uno de los caniches labradores de su familia, suplicando por las sobras de la mesa.

—¿No acabo de decirte que no quiero?

—Oh… —Andrew jugueteó con su corbata estampada—. Perdona.

Al final aceptó hacer los coros del *Dirrty* de Christina Aguilera porque le era más cómodo. Y no podía haber necedad mayor que el inmaculado de Andrew eligiera precisamente esa canción. En ese momento, Mona Vanderwaal y Celeste comoseapellide, que iba a la escuela cuáquera, estaban en el escenario cantando *Total Eclipse of the Heart*. Ya parecían muy cocidas mientras se agarraban del brazo para no perder el equilibrio, y se les caían continuamente los minibolsos de gamuza.

—Vamos a hacerlo mucho mejor que ellas —dijo Andrew. Estaba demasiado cerca. Spencer sintió su aliento cálido con olor a chicle Orbit de menta y se irritó. Una cosa era que Wren le echara el aliento en el cuello, y otra que lo hiciera Andrew. Acabaría por desmayarse como no tomase el aire.

—Ahora vuelvo —murmuró a Andrew, y se tambaleó hacia la puerta.

Su teléfono vibró nada más atravesar las puertas correderas de la balconada. Se sobresaltó. Cuando miró a la pantalla LED, su corazón se elevó. Wren.

—¿Estás bien? —dijo Spencer al contestar—. ¡Me tenías muy preocupada!

—Has dejado doce mensajes —replicó Wren—. ¿Qué pasa?

Spencer sentía que el estrés la abandonaba y se le relajaban los hombros.

—No tenía noticias tuyas y pensé… ¿Por qué no abres el buzón de voz?

Wren se aclaró la garganta, pareciendo algo incómodo.

—Estaba ocupado. Nada más.

—Pero creía que estabas…

—¿El qué? —dijo Wren, casi como si se riera—. ¿Tirado en la calle? Por favor, Spence.

—Pero… —Spencer hizo una pausa, mientras buscaba el modo de explicarse—. Tenía una sensación extraña.

—Pues estoy bien. —Wren hizo una pausa—. ¿Estás tú bien?

—Sí —contestó, sonriendo un poco—. Es que estoy aquí, en este baile lamentable, con mi lamentable acompañante, y preferiría estar contigo, pero ya estoy mucho mejor. Me alegro de que estés bien.

Cuando colgó se sentía tan aliviada que quiso echar a correr y plantarle un beso a quien estuviera en la balconada, como Adriana Peoples, la colegiala católica que estaba sentada en la estatua de Dionisos, fumando un porro. O como Liam Olsen, el jugador de hockey sobre hielo que estaba metiendo mano a su acompañante. O como Andrew Campbell, que estaba parado detrás de ella, pareciendo triste y desamparado. Cuando su cerebro asimiló que Andrew era, bueno, Andrew, se le tensó el estómago.

—Hmm, hola —dijo con voz entrecortada—. ¿Cuánto… cuánto tiempo llevas aquí?

Pero la expresión abatida de su rostro le decía que llevaba allí lo suficiente.

—Mira —dijo con un suspiro. Más le valía cortar esto de raíz—. La verdad, Andrew, es que espero que no creas que va a pasar algo entre nosotros. Tengo novio.

Al principio, Andrew pareció sorprenderse. Luego sentirse herido, y luego avergonzado, y luego furioso. Las emociones desfilaron tan deprisa por su rostro que fue como mirar un anochecer fotografiado a intervalos.

—Lo sé —dijo, señalando el Sidekick de Spencer—. He oído la conversación.

Pues claro que la has oído.

—Lo siento —repuso Spencer—. Es que yo…

Andrew alzó la mano para acallarla.

—¿Y por qué no has venido con él? ¿Es alguien con el que tus padres no quieren que salgas? ¿Por eso has venido conmigo, creyendo que así los engañabas?

—No —dijo Spencer rápidamente, sintiendo una punzada de incomodidad. ¿Tan transparente era, o es que Andrew había acertado por casualidad?—. Es... es difícil de explicar. Pensé que podríamos pasarlo bien. No pretendía herirte.

Un mechón de pelo cayó tapándole los ojos a Andrew.

—Pues me tenías engañado —dijo, volviéndose hacia la puerta.

—¡Andrew! —gritó Spencer—. ¡Espera!

Una sensación incómoda y gélida la bañó cuando lo vio desaparecer entre la multitud. Desde luego, había elegido el peor chico para tener una cita falsa. Le habría ido mejor con Ryan Vreeland, que no había salido del armario, o con Thayer Anderson, que estaba demasiado interesado por el baloncesto para salir en serio con chicas.

Corrió hasta la carpa principal y miró a su alrededor; lo menos que le debía a Andrew era una disculpa. Pero el lugar estaba iluminado con velas y costaba encontrar a nadie. Apenas podía distinguir en la pista de baile a Noel y a la colegiala cuáquera, bebiendo de la petaca del primero. Naomi Zeigler y James Freed estaban en el escenario cantando algo de Avril Lavigne que Spencer no soportaba. Mason Byers y Devon Arliss se disponían a besarse. Kirsten Cullen y Bethany Wells susurraban entre ellas en un rincón.

—¿Andrew? —llamó.

Entonces Spencer vio a Emily al otro lado de la sala. Llevaba un vestido rosa sin tirantes y un chal rosa alrededor de los hombros. Spencer dio unos pasos hacia ella, pero entonces vio a su acompañante, que la cogía del brazo. Cuando Spencer entrecerró los ojos para ver mejor, el chico volvió la cabeza y la vio. Tenía ojos oscuros azul marino, del mismo color que en su sueño.

Spencer se sobresaltó y dio un paso atrás.

Apareceré cuando menos os lo esperéis.

Era Toby.

27

Aria solo está disponible por prescripción facultativa

Aria se apoyó en la barra del Foxy y pidió un café solo. La carpa estaba tan llena de gente que ya tenía empapado en sudor el forro de su vestido moteado. Y solo llevaba allí veinte minutos.

—Hola. —Su hermano se puso a su lado. Llevaba el mismo traje gris que se había puesto para el funeral, y unos zapatos negros bruñidos que pertenecían a Byron.

—Hola —chilló Aria, sorprendida—. No… no sabía que fueras a venir.

Para cuando salió de la ducha para vestirse, la casa ya se había vaciado. Durante un instante de confusión había pensado que su familia la había abandonado.

—Sí. He venido con… —Mike giró en redondo y señaló a una chica delgada y pálida que Aria reconoció de la fiesta de Noel Kahn de la semana anterior—. Guapa, ¿eh?

—Sí. —Aria se bebió el café en tres tragos y notó que le temblaban las manos. Era su cuarta taza en una hora.

—¿Y dónde está Sean? —preguntó Mike—. Es con quien has venido, ¿verdad? Todo el mundo habla de ello.

—¿Ah, sí? —preguntó débilmente.

—Sí. Sois como la nueva pareja de moda.

Aria no sabía si reír o llorar. Podía imaginarse a algunas de las chicas del Rosewood Day cotilleando acerca de ellos.

—No sé dónde está.

—¿Por qué? ¿Es que la pareja de moda se ha roto ya?

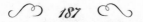

—No…

La verdad era que Aria estaba como escondiéndose de Sean. El día anterior, después de que Meredith le dijera que Byron y ella se querían, Aria había corrido hasta Sean y se había echado a llorar. Ni en tropecientos años se habría esperado que Meredith dijera lo que le dijo. Y se sentía impotente ahora que sabía la verdad. Su familia estaba perdida. Había llorado durante diez minutos en el hombro de Sean. *¿Qué voy a haceeeer?* Sean la había calmado lo suficiente como para llevarla hasta casa y acompañarla a su cuarto, meterla en la cama y poner en la almohada contigua a Cerdunia, su animal de peluche favorito.

En cuanto Sean se fue, Aria apartó las sábanas y se paseó de un lado a otro. Miró en el dormitorio principal. Su madre estaba allí, durmiendo pacíficamente, sola. Pero Aria no pudo despertarla. Cuando se levantó varias horas después, volvió a ir al dormitorio, mentalizándose para hacerlo, pero esta vez estaba acompañada de Byron. Dormía de costado, pasando el brazo sobre el hombro de Ella.

¿Por qué la abrazas, si quieres a otra?

Por la mañana, cuando Aria despertó de su única hora de sueño profundo, tenía los ojos hinchados y la piel llena de bultos rojos. Se sentía resacosa, y, al repasar lo sucedido la noche anterior, se arrastró de vuelta bajo el edredón, avergonzada. Sean la había arropado. Ella le había moqueado el hombro. Había llorado como una loca. ¿Qué mejor manera hay de perder a alguien que babeárselo todo? Cuando Sean la recogió para ir al Foxy (le había parecido asombroso el que hubiera aparecido siquiera), había querido hablar de la noche anterior, pero Aria se encogió de hombros y dijo que se encontraba mucho mejor. Sean la miró de forma extraña, pero fue lo bastante listo como para no preguntar más. Y ahora le estaba evitando.

Mike se apoyó en la barra de madera del Foxy, agitando la cabeza en cuanto el DJ puso a Franz Ferdinand. En su cara había una sonrisita satisfecha, y Aria sabía que se sentía todo un hombre por haber conseguido una entrada para el Foxy, cuando solo estaba en segundo año. Pero era su hermana, y podía ver el dolor y la pena que había debajo. Era como cuando eran pequeños e iban a la piscina pública, y los amigos de Mike lo llamaban marica porque llevaba un bañador blanco que se había vuelto rosa en la colada. Mike había intentado encajarlo como un hombre, pero luego lo había encontrado llorando en secreto junto a la piscina de los niños.

Había querido decirle algo para que se sintiera mejor. Que sentía lo que iba a decirle a Ella (porque se lo diría esa misma noche cuando volviera a casa, y sin excusas que valgan), que nada de eso era culpa suya, y que, aunque la familia se desintegrara, no pasaría nada. De algún modo.

Pero sabía lo que pasaría si lo intentaba. Mike se iría.

Aria cogió la taza de café y se alejó del bar. Necesitaba moverse.

—Aria —llamó una voz detrás de ella.

Se volvió. Sean estaba a unos dos metros de ella, junto a una mesa. Parecía alterado.

Aria se asustó, dejó la taza y se precipitó al lavabo de señoras. Se le salió uno de los zapatos de tacón. Se lo volvió a poner y siguió avanzando, para verse bloqueada por una pared de gente. Intentó abrirse paso a codazos, pero no se movió nadie.

—Hola. —Sean estaba a su lado.

—Oh —chilló por encima de la música, intentando parecer despreocupada—. Hola.

Sean cogió a Aria del brazo y la condujo hasta el aparcamiento, el único lugar desierto del Foxy. Recuperó las llaves del aparcacoches, ayudó a Aria a subir al coche y condujo hasta un lugar vacío algo más abajo de la entrada.

—¿Qué pasa contigo? —exigió saber Sean.

—Nada. —Aria miró por la ventanilla—. Estoy bien.

—No, no lo estás. Pareces un zombi. Me tienes asustado.

—Yo solo… —Aria subió y bajó por la muñeca las perlas que llevaba a modo de pulsera—. No lo sé. No quiero molestarte.

—¿Por qué no?

Ella se encogió de hombros.

—Porque no querrás oírlo. Debes pensar que soy una tarada, que estoy superobsesionada con mis padres. Es de lo único que he hablado contigo.

—Bueno, más o menos, sí. Pero yo…

—No me enfadaré si quieres bailar con otras chicas y eso —lo interrumpió ella—. Hay algunas chicas muy guapas.

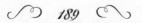

Sean pestañeó, con rostro inexpresivo.

—Pero yo no quiero bailar con nadie más.

Se callaron. De la carpa brotó el bajo de Kanye West en *Gold Digger*.

—¿Estás pensando en tus padres? —preguntó Sean en voz baja. Ella asintió.

—Supongo. Tengo que contárselo esta noche a mi madre.

—¿Por qué tienes que contárselo tú?

—Porque... —Aria no podía hablarle de A—. Tengo que hacerlo yo. Esto no puede prolongarse por más tiempo.

Sean suspiró.

—Te esfuerzas demasiado. ¿Es que no puedes tomarte ni una noche libre?

Al principio, Aria se sintió a la defensiva, pero entonces se relajó.

—De verdad creo que deberías volver dentro, Sean. No deberías dejar que yo te estropee la noche.

—Aria... —Sean suspiró por la frustración—. Ya vale.

Aria hizo una mueca.

—Es que no creo que esto pueda funcionar.

—¿Por qué?

—Porque...

Hizo una pausa, intentando concretar lo que quería decir. ¿Porque ella no era la típica chica de Rosewood? ¿Porque fuera lo que fuera lo que atraía a Sean de ella, había mucho más que no le gustaría? Se sentía como si fuera uno de esos maravillosos medicamentos que se anuncian por televisión. El locutor recitaba frases enteras de la forma en que el medicamento había ayudado a millones de personas, pero al final del anuncio decía en voz muy baja que entre los efectos secundarios estaban las palpitaciones y la diarrea. Con ella la cosa sería: «Chica guay y chiflada, pero con problemas familiares que pueden producir ataques de psicópata y moqueo indiscriminado en sus camisas caras».

Sean posó con cuidado sus manos sobre las de Aria.

—Si temes que me asustara lo de anoche, no es así. Me gustas de verdad. De hecho, me gustas más por lo de anoche.

Los ojos de Aria se llenaron de lágrimas.

—¿De verdad?

Él pegó su frente a la de ella. Aria contuvo el aliento. Finalmente se tocaron sus labios. Y luego otra vez. Esta vez con más fuerza. Aria apretó su boca contra la de él y lo cogió por la nuca, acercándolo más. El cuerpo de él era tan cálido y adecuado. Sean rodeó la cintura de Aria con las manos. Los dos empezaron a morder el labio inferior del otro, sus manos subían y bajaban por la espalda del otro. Entonces se separaron, jadeando y mirándose a los ojos.

Volvieron el uno a por el otro. Sean le bajó la cremallera al vestido de Aria. Se quitó la chaqueta y la echó al asiento de atrás, mientras ella le desabotonaba la camisa. Ella besó las preciosas orejas de Sean, y pasó las manos por dentro de su camisa, para tocarle la lisa y desnuda piel. Él le rodeó lo mejor que pudo la cintura con las manos, con el cuerpo doblado en un ángulo extraño dentro del estrecho asiento del Audi. Sean echó el asiento hacia atrás, levantó a Aria y la atrajo hacía sí. Los bultos de la columna vertebral de ella chocaron contra el volante.

Ella arqueó el cuello mientras Sean lo besaba. Cuando ella abrió los ojos, vio algo: un pedazo de papel amarillo bajo el limpiaparabrisas. Al principio pensó que sería propaganda, quizá el anuncio de un chico de alguna fiesta después del Foxy, pero entonces vio las letras grandes y abultadas, escritas apresuradamente con rotulador Sharpie negro.

¡No lo olvides! ¡Al dar la medianoche!

Se apartó de golpe de Sean.

—¿Qué pasa? —preguntó.

Señaló la nota con manos temblorosas.

—¿Lo has escrito tú?

Pero era una pregunta idiota, ya conocía la respuesta.

28

No hay fiesta que valga sin Hanna Marin

Cuando el taxi paró ante Kingman Hall, Hanna le arrojó veinte pavos al taxista, un tipo viejo y calvo que parecía tener un problema de transpiración.

—Quédese el cambio —dijo.

Cerró la puerta de un portazo y corrió hacia la entrada, con el estómago revuelto. En la estación de tren de Filadelfia había comprado una bolsa de doritos Cool Ranch y la había devorado maniacamente en cinco frenéticos minutos. Mal hecho.

A la derecha estaba la mesa de admisiones del Foxy. Una chica flaca con el pelo rubio cortado a lo militar y toneladas de lápiz de ojos recogía entradas y comprobaba nombres en un cuaderno. Hanna dudó. No tenía ni idea de dónde tenía su entrada, pero si intentaba explicárselo a la chica le diría que se fuera a casa. Entrecerró los ojos al mirar la carpa del Foxy, que brillaba como un pastel de cumpleaños. De ninguna manera permitiría que Sean se saliera con la suya. Pensaba entrar en el Foxy, le gustara o no le gustara a la chica del lápiz de ojos.

Respiró hondo, y echó a correr a toda velocidad pasando junto a la mesa de admisiones.

—¡Eh! —oyó decir a la chica—. ¡Espere!

Hanna se ocultó tras una columna, con el corazón acelerado. Por su lado pasó un vigilante enorme vestido con esmoquin que se detuvo y miró a su alrededor. Frustrado y confuso, se encogió de hombros y dijo algo a través de su walkie-talkie. Hanna sintió un escalofrío de satisfacción. Colarse le había proporcionado el mismo subidón que cuando robaba.

El Foxy estaba atestado de gente. No recordaba que alguna vez hubiera estado tan lleno. La mayoría de las chicas de la pista de baile se habían quitado los zapatos, y los sostenían en la mano mientras bailaban. En el bar había una cantidad de gente igualmente enorme, y más chicos haciendo cola para lo que parecía una máquina de karaoke. Por las mesas vacías y cuidadosamente puestas, aún no habían servido la cena.

Hanna cogió del codo a Amanda Williamson, una chica de segundo año que siempre intentaba saludar a Hanna en los pasillos del Rosewood Day. A Amanda se le iluminó la cara.

—¡Hooola, Hanna!

—¿Has visto a Sean? —ladró Hanna.

Una mirada de sorpresa cruzó el rostro de Amanda, pero luego se encogió de hombros.

—No estoy segura…

Hanna siguió adelante, con el corazón acelerado. Igual no estaba allí. Cambió de dirección, casi colisionando con un camarero que llevaba una gran bandeja de quesos. Hanna cogió un trozo enorme de chédar y se lo metió en la boca. Se lo tragó sin llegar a saborearlo.

—¡Hanna! —gritó Naomi Zeigler, ataviada con un vestido tubo dorado y con un bronceado que parecía muy falso—. ¡Qué bien! ¡Has venido! ¡Creí que dijiste que no vendrías!

Hanna frunció el ceño. Naomi iba agarrada a James Freed. Los señaló a los dos.

—¿Habéis venido juntos? —Hanna había pensado que la acompañante de Sean podría ser Naomi.

Naomi asintió. Entonces se inclinó hacia delante.

—¿Buscas a Sean? —Negó con la cabeza, desconcertada—. Es de lo que habla todo el mundo. No me lo puedo creer, la verdad.

El corazón de Hanna se aceleró.

—¿Así que Sean está aquí?

—Está aquí, sí —dijo James, que se agachó, sacó del bolsillo interior de la chaqueta una botella de Coca-Cola llena con un líquido sospechosamente claro y lo vertió en su zumo de naranja. Dio un sorbo y sonrió.

—Es que son tan diferentes —musitaba Naomi—. Dijiste que seguís siendo amigos, ¿verdad? ¿Te ha dicho por qué se lo ha pedido a ella?

—Déjalo correr. —James le dio un codazo a Naomi—. Está buena.

—¿Quién? —gritó Hanna. ¿Por qué lo sabían todos menos ella?

—Están allí. —Naomi apuntó al otro lado de la sala.

Fue como si el mar de chicos se abriera y un enorme foco los apuntara desde el techo. Sean estaba en el rincón junto a la máquina de karaoke, abrazando a una chica alta con un vestido blanco y negro a lunares. Él tenía la cabeza pegada al cuello ella, y ella las manos peligrosamente cerca del trasero de él. Entonces la chica volvió la cabeza y Hanna vio los rasgos exóticos y familiares de elfo, y ese pelo negro azulado que la distinguía. Aria.

Hanna gritó.

—Oh, Dios mío, no puedo creerme que no lo supieras —repuso Naomi, rodeándole los hombros con un brazo consolador.

Hanna se la quitó de encima y cruzó la sala hacia Aria y Sean, que se estaban abrazando. No bailaban, solo se abrazaban. *Frikis.*

Cuando Hanna estuvo allí parada unos segundos, Aria abrió un ojo, luego el otro. Hizo un ruidito de sorpresa.

—Hola, Hanna.

Hanna siguió sin moverse, temblando de rabia.

—Se… serás zorra.

Sean se puso delante de Aria para defenderla.

—Un momento.

—¿Un momento? —La voz de Hanna subía de tono. Señaló a Sean, estaba tan furiosa que el dedo le temblaba—. ¡Me… me dijiste que no vendrías porque todos tus amigos vendrían acompañados, y tú no querías!

Sean se encogió de hombros.

—Las cosas cambiaron.

Las mejillas de Hanna se enrojecieron como si la hubiera abofeteado.

—¡Pero si tenemos una cita para esta semana!

—Vamos a cenar esta semana —corrigió Sean—. Como amigos. —La sonrió como si fuera una niña de jardín de infancia algo cortita—. Rompimos el viernes pasado, Hanna, ¿recuerdas?

Hanna pestañeó.

—¿Y… y estás con ella?

—Bueno… —Sean miró a Aria—. Sí.

Hanna se llevó la mano al estómago, convencida de que iba a vomitar. Eso tenía que ser una broma. El que Sean y Aria estuvieran juntos tenía tanto sentido como que una gorda se pusiera *leggings*. Entonces se fijó en el vestido de Aria. Tenía bajada la cremallera del costado, mostrando parte del sujetador negro sin tirantes.

—Se te sale una teta —gruñó, señalando.

Aria miró hacia abajo, cruzó los brazos sobre el pecho y se subió la cremallera.

—¿De dónde es ese vestido, por cierto? ¿De Luella for Target?

Aria se enderezó.

—La verdad es que sí. Me pareció bonito.

—Dios. —Hanna puso los ojos en blanco—. Menuda mártir estás hecha. —Luego miró a Sean—. La verdad es que creo que tenéis eso en común. ¿Sabes que Sean ha prometido ser virgen hasta los treinta? Puede que haya intentado sobarte, pero nunca llegará hasta el final. Ha hecho una promesa sagrada.

—¡Hanna! —dijo Sean para callarla.

—Yo personalmente creo que es porque es gay. ¿No te parece?

—Hanna… —Ahora había un tono de súplica en la voz de Sean.

—¿Qué? —le retó Hanna—. Eres un mentiroso, Sean. Y un gilipollas.

Cuando miró a su alrededor, vio que se había congregado un grupo de chicos. Los que siempre se invitaban a todas las fiestas, los que eran fácilmente intercambiables. Las chicas que no eran lo bastante guays, los chicos con sobrepeso que siempre se tenían cerca porque eran graciosos, los chicos ricos que se gastaban toneladas de pasta en la gente porque eran monos o interesantes o manipuladores. Todos estaban disfrutando de la situación. Ya habían empezado los susurros.

Hanna miró por última vez a Sean, pero, en vez de decir algo más, huyó.

En el lavabo de chicas, fue directamente al principio de la fila, cuando alguien salió de un retrete, se metió dentro a la fuerza.

—¡Zorra! —gritó alguien, pero a Hanna no le importó. Una vez cerró la puerta, se inclinó sobre el inodoro y se deshizo de los doritos y todo lo demás que había comido esa noche. Una vez terminó, se echó a llorar.

La forma en que la miraron todos. La compasión. Y había llorado ante la gente. Esa había sido una de las primeras reglas de Hanna y Mona cuando se reinventaron: «Nunca, jamás, dejar que alguien te vea llorando». Y por encima de eso se sentía como una ingenua. Había creído de verdad que Sean volvería con ella. Había creído que la cosa sería diferente por ir a la clínica de quemados y al club Uve, pero todo ese tiempo él había estado pensando en otra persona.

Cuando por fin abrió la puerta, el lavabo estaba vacío. Todo estaba tan silencioso que podía oír el agua gotear en los mosaicos del lavabo. Se miró en el espejo para comprobar hasta qué punto tenía mal aspecto. Cuando lo hizo se llevó un susto.

Una Hanna muy diferente le devolvía la mirada. Esa Hanna estaba gorda, con pelo marrón caca y una piel horrible. Tenía correctores dentales rosas y los ojos estrechos de tanto mirar fijamente porque no quería ponerse las gafas. Su chaqueta se tensaba contra sus gordos brazos, y su blusa lo hacía a la altura del sujetador.

Hanna se tapó los ojos horrorizada. *Ha sido A,* pensó. *A me está haciendo esto.*

Entonces pensó en la nota de A: «Ve al Foxy, ya. Sean ha ido con otra chica». Si A sabía que Sean estaba allí con otra chica, eso significaba que… A estaba en el Foxy.

—Eh.

Hanna dio un salto y giró en redondo. Mona estaba parada en la entrada. Estaba guapísima con un vestido negro liso que no reconoció de sus expediciones al centro comercial. Tenía los pálidos cabellos recogidos hacia atrás y le brillaba la piel. Hanna, avergonzada porque seguramente tenía vómito en la cara, empezó a retroceder de vuelta al retrete.

—Espera. —Mona la cogió del brazo. Cuando Hanna se giró para mirarla, Mona parecía preocupada e inquieta—. Naomi dijo que no vendrías.

Hanna volvió a mirarse en el espejo. El reflejo mostraba a la Hanna de undécimo curso, no a la de séptimo. Tenía los ojos algo rojos, pero aparte de eso tenía buen aspecto.

—Es por Sean, ¿verdad? —preguntó Mona—. Acabo de llegar y lo he visto con ella. —Bajó la cabeza—. Lo siento mucho, Hanna.

Hanna cerró los ojos.

—Me siento como una idiota —admitió.

—No lo eres. El idiota es él.

Se miraron. Hanna sintió una punzada de pesar. La amistad de Mona significaba mucho para ella, y había dejado que todo el mundo se interpusiera en ella. Ya no recordaba por qué se habían peleado.

—Lo siento mucho, Mon. Por todo.

—Yo lo siento —dijo Mona. Y se abrazaron y apretaron con mucha fuerza.

—Oh, Dios mío, estás aquí.

Spencer Hastings cruzó el suelo de mármol del lavabo y sacó a Hanna de su abrazo.

—Necesito hablar contigo.

Hanna se soltó de ella, molesta.

—¿Qué? ¿Por qué?

Spencer miró de reojo a Mona.

—No puedo decírtelo aquí. Tienes que venir conmigo.

—Hanna no tiene por qué ir a ninguna parte —repuso Mona, cogiéndola del brazo y acercándosela.

—Esta vez, sí. —Spencer alzó la voz—. Es una emergencia.

Mona sujetó con fuerza el brazo de Hanna. Tenía la misma expresión intimidatoria del otro día en el centro comercial, esa mirada que decía: *Como te guardes algún secreto más, te juro que todo se habrá acabado entre nosotras.* Pero Spencer parecía aterrorizada. Algo iba mal. Muy mal.

—Lo siento —dijo Hanna, tocándole el brazo a Mona—. Volveré enseguida.

Mona le soltó el brazo.

—Muy bien —dijo furiosa, caminando hasta el espejo para comprobar su maquillaje—. Tómate tu tiempo.

29

Soltarlo todo

Sin decir palabra, Spencer sacó a Hanna del lavabo y la llevó junto a un grupo de chicos. Entonces vio que Aria estaba parada junto al bar, sola.

—Tú también te vienes.

Hanna soltó la mano de Spencer.

—Yo no voy a donde vaya ella.

—¡Hanna, le dijiste a todo el mundo que cortaste con Sean! —protestó Aria.

Hanna cruzó los brazos.

—Eso no significaba que quisiera que vinieras aquí con él. No significaba que quisiera que me lo robaras.

—¡Yo no he robado nada! —gritó Aria, alzando el puño.

Por un momento, a Spencer le preocupó que Aria pudiera intentar pegar a Hanna e interpuso su cuerpo entre ellas.

—Ya vale —dijo—. Parad ya. Tenemos que encontrar a Emily.

Antes de que pudieran protestar, tiró de ellas pasando junto a las esculturas de hielo, la cola del karaoke y las mesas de subasta de joyas. Spencer había visto a Emily apenas veinte minutos antes, pero ahora había desaparecido. Pasó junto a Andrew, que estaba sentado con sus amigos ante una larga mesa iluminada con velas. Él la vio, y se volvió enseguida hacia sus amigos para soltar una risotada falsa, evidentemente para que ella la oyera. Spencer sintió una punzada de remordimiento. Pero en ese momento no podía ocuparse de él.

Cogió con más fuerza las manos de las chicas y pasó junto a las mesas hasta salir a la terraza. Los chicos estaban reunidos alrededor de la fuente, metiendo en el agua los pies desnudos, pero Emily no estaba entre ellos. Hanna empezó a quejarse cuando pasaron junto a la estatua gigante de Pan.

—Tengo que irme.

—Todavía no puedes irte. —Las empujó de vuelta al comedor—. Esto nos importa a todas. Tenemos que encontrar a Emily.

—¿Por qué es tan importante? —gimió Hanna—. ¿A quién diablos le importa?

—Porque ha venido con Toby —dijo Spencer, deteniéndose.

—¿Y qué? —preguntó Aria.

Spencer respiró hondo.

—Creo... creo que puede que Toby quiera hacerle daño. Creo que quiere hacernos daño a todas.

Las chicas parecían sorprendidas.

—¿Por qué? —exigió saber Aria, con las manos en las caderas.

Spencer miró al suelo. Notaba el estómago rígido.

—Creo que A es Toby.

—¿Qué te hace pensar eso? —Aria parecía furiosa.

—A me envió un mensaje —admitió—. Dice que todas corremos peligro.

—¿Te envió un mensaje? —chilló Hanna—. ¡Creía que nos lo íbamos a decir!

—Lo sé. —Spencer se miró sus zapatos Louboutin de punta. Dentro de la carpa, algunos chicos habían organizado un concurso de *break-dancing*. Noel Kahn intentaba hacer un *kickworm,* mientras que Mason Byers probaba con una especie de *butt-spin.* ¿No se suponía que esa era una fiesta civilizada?—. Ni sé qué hacer. En realidad he recibido dos mensajes. El primero decía que sería mejor que no os lo dijera. Pero el segundo parecía como si lo hubiera escrito Toby, y ahora Toby está aquí, con Emily, y...

—Espera, el primer mensaje decía que estábamos en peligro ¿y no hiciste nada? —preguntó Hanna. No parecía furiosa, más bien confusa.

—No estaba segura de que fuera de verdad. —Se pasó la mano por el pelo—. Bueno, si lo hubiera sabido...

—Lo sé, yo también recibí un mensaje —dijo Aria bajando la voz.

Spencer la miró.

—¿Sí? ¿También era sobre Toby?

—No. —Aria pareció medir las palabras—. Spencer, ¿por qué estabas el viernes en ese estudio de yoga?

—¿El estudio de yoga? —Spencer entrecerró los ojos—. ¿Qué tiene que ver eso con…?

—Fue un poco demasiada coincidencia —continuó Aria.

—¿De qué estás hablando? —gritó Spencer.

—Aria, ¿tu nota era sobre Sean? —las interrumpió Hanna.

—No. —Aria se volvió hacia Hanna, frunciendo el ceño.

—¡Vaya, lo siento! —escupió Hanna—. Yo también recibí un mensaje de A, ¡y era sobre Sean! Decía que estaba en el Foxy con otra chica, ¡contigo!

—Chicas… —las avisó Spencer, no queriendo volver a esa discusión. Entonces unió sus cejas—. Espera. ¿Cuándo recibiste el mensaje, Hanna?

—Esta noche.

—Así que eso significa… —Aria señaló a Hanna—. Si tu mensaje de A decía que Sean estaba en el Foxy conmigo, significa que A nos vio. Lo que significa…

—Que A está en el Foxy. Lo sé —terminó Hanna, ofreciendo a Aria una tensa sonrisa.

Spencer tenía el corazón desbocado. Estaba pasando de verdad. A estaba allí… y A era Toby.

—Vamos. —Spencer las condujo por el largo y estrecho pasillo que llevaba a la sala de subastas. De día el pasillo era agobiante y muy propio de Filadelfia, con un montón de mesas estilo Misión, retratos al oleo de hombres ricos y gruñones y crujientes suelos de madera, pero por la noche en cada mesa había una vela de aromaterapia, y el revestimiento de madera estaba decorado con luces de diferentes colores. Cuando las chicas pararon bajo una bombilla azul, parecieron cadáveres.

—Vuelve a contármelo, Spencer —dijo Aria despacio—. Tu primer mensaje decía que no debías contárnoslo. Pero ¿no debías contarnos el qué? ¿Que habías recibido el mensaje? ¿Que A era Toby?

—No. —Spencer se volvió para mirarlas—. Se suponía que no debía contaros lo que sabía. Sobre lo de Jenna.

El horror asomó en el rostro de las chicas. *Vamos allá,* pensó Spencer. Respiró hondo.

—La verdad es que… Toby vio a Ali encender el cohete. Lo ha sabido siempre.

Aria retrocedió y se golpeó con una mesa. Una pieza de cerámica se tambaleó, y se cayó, rompiéndose contra el suelo de madera. Ninguna se movió para recoger los trozos.

—Estás mintiendo —susurró Hanna.

—Ojalá mintiera.

—¿Qué quieres decir con que Toby lo vio? —La voz de Aria era temblorosa—. Ali dijo que no la vio.

Spencer se retorció las manos.

—Él me dijo que lo había visto. De hecho, nos lo dijo a Ali y a mí.

Sus amigas la miraron, pestañeando, aturdidas.

—La noche que Jenna resultó herida, cuando corrí fuera para ver lo que había pasado, Toby se presentó ante nosotras. Dijo que había visto a Ali hacerlo.

Le temblaba la voz. Había tenido muchas veces pesadillas sobre este preciso momento; le resultaba surrealista estar viviéndolo.

—Entonces Ali intervino —continuó diciendo—. Le dijo a Toby que lo había visto hacer algo espantoso y que se lo iba a contar a todo el mundo. No lo haría si Toby asumía la culpa. Antes de que Toby se fuera, dijo: «Ya te cogeré». Pero al día siguiente confesó.

Spencer se pasó la mano por la nuca. Decir todo eso en voz alta la transportaba de vuelta a esa noche. Podía oler el azufre del cohete encendido, y el césped recién cortado. Podía ver a Ali, con el pelo rubio recogido en una coleta, con los pendientes de perlas que le habían regalado por su undécimo cumpleaños. Las lágrimas acudieron a sus ojos. Tragó saliva y continuó.

—El segundo mensaje que me envió A decía: «Me has hecho daño, así que voy a hacerte daño», y que aparecería cuando menos me lo esperase. Esta mañana vino un policía a mi casa para volver a preguntarme sobre Ali, y me estuvo interrogando, portándose como si yo supiera algo que no debía saber. Pensé que Toby podía estar detrás de ello. Y ahora ha traído a Emily. Y temo que vaya a hacerle daño.

Aria y Hanna necesitaron un rato antes de poder contestar. Al final, las manos de Aria empezaron a temblar. Una mancha roja ascendió por el cuello hasta sus mejillas.

—¿Por qué no nos lo dijiste antes? —Miró insegura a Spencer, buscando las palabras adecuadas—. Es que, hubo un tiempo, en séptimo curso, en que estuve a solas con Toby, en ese taller de teatro. Podría haberme hecho daño, o hacérnoslo a todas, y, si es quien mató a Ali, podríamos haber ayudado a salvarla.

—Me encuentro mal —gimió Hanna distante.

Las lágrimas surcaban las mejillas de Spencer.

—Quería contároslo, pero tenía miedo.

—¿Con qué chantajeó Ali a Toby para que no lo contara? —preguntó Aria.

—Ali no me lo dijo —mintió Spencer.

Se sentía supersticiosa en lo de contar el secreto de Toby, como si al hacerlo fuera a caer un rayo de los cielos o fuera a aparecer Toby, que lo había oído todo de forma sobrenatural.

Ari se miró las manos.

—Toby lo ha sabido siempre —repitió.

—Y ahora… ha vuelto. —Hanna estaba verde de verdad.

—No solo ha vuelto —dijo Spencer—. Está aquí y es A.

Aria cogió a Hanna del brazo.

—Vamos.

—¿A dónde vas? —gritó Spencer nerviosa. No quería perder de vista a Aria.

Aria se volvió.

—Tenemos que encontrar a Emily —dijo furiosa.

Se cogió el borde del vestido y empezó a correr.

30

La parte de Rosewood que más miedo da son los maizales.

Emily se había metido en un pequeño hueco de la terraza de Kingman Hall y contemplaba en silencio a los que habían ido al Foxy. Las chicas con sus vestidos pastel con volantes, los chicos con sus elegantes trajes. Pero, ¿en quién se fijaba más? No estaba segura. Cerró los ojos con fuerza, y los abrió deprisa, y la primera persona en la que se fijó era Tara Kelley, una del último curso. Era pelirroja y tenía una preciosa piel pálida. Emily apretó los dientes y volvió a cerrar los ojos. Cuando los abrió, vio a Ori Case, el buenorro que jugaba al fútbol americano. *Un chico.* Ya estaba.

Pero entonces no pudo dejar de fijarse en los brazos delgados de jirafa de Rachel Firestein. Chloe Davis le puso una cara burlona a su acompañante, Chad nosecuantos, que hacía que su boca resultara adorable. Elle Carmichael inclinaba un poco la barbilla a un lado. Emily percibió el olor del perfume Michael Kors de alguien y pensó que nunca había olido nada más delicioso en su vida. Salvo, quizás, el chicle de plátano.

No podía ser verdad. *No podía.*

—¿Qué haces?

Toby estaba junto a ella.

—Yo… —tartamudeó Emily.

—Te he estado buscando. ¿Te encuentras bien?

Emily se hizo una composición de lugar. Estaba oculta en un hueco de un frío balcón, usando el chal para no ser vista, y haciéndose un examen demencial para saber si le gustaban los chicos o las chicas. Volvió la mirada hacia Toby. Quería explicarle lo que había pasado. Con Ben, con Maya, con la lectora de tarot, con todo.

—Igual me odias por pedirte esto, pero ¿te importa si nos vamos? —Toby sonrió.

—Estaba deseando que me lo pidieras —dijo, levantando a Emily por las muñecas.

Mientras salían, se fijó en que Spencer Hastings estaba parada junto a la pista de baile, dándole la espalda, y pensó en ir a saludarla. Entonces Toby tiró de su mano y decidió no hacerlo. Spencer podía preguntarle algo sobre A y ahora no estaba de humor para hablar de eso.

Emily bajó el cristal de la ventanilla cuando salían del aparcamiento. La noche olía de forma deliciosa, a agujas de pino y lluvia inminente. La luna estaba llena y enorme, y empezaban a congregarse pesadas nubes. Había tanto silencio que podía oír los neumáticos del coche pisando la calzada.

—¿Seguro que estás bien?

Emily se sobresaltó un poco.

—Sí, estoy bien. —Miró a Toby. Le había dicho que se había comprado un traje para esto, y ahora hacía que la llevara a casa tres horas antes—. Siento que se haya estropeado la noche.

—No pasa nada —repuso él, encogiéndose de hombros.

Emily le dio la vuelta a la pequeña caja de Tiffany que tenía en el regazo. La había cogido de la mesa justo antes de salir de la carpa, pensando que podría considerarla su regalo de despedida.

—¿Así que no ha pasado nada? —preguntó Toby—. Estás muy callada.

Emily expulsó el aire acumulado en las mejillas. Vio pasar tres maizales antes de contestar.

—Me asaltó una lectora del tarot.

Toby frunció el ceño, sin entender nada.

—Solo dijo que esta noche me pasaría algo. Algo que, hmm, me cambiaría la vida.

Emily intentó forzar una risa. Toby abrió la boca para decir algo, pero la cerró enseguida.

—El caso es que, se ha hecho realidad —dijo Emily—. Me encontré con Ben. El chico que estaba en el pasillo durante la competición y que... ya sabes. El caso es que intentó... No sé. Creo que intentó hacerme daño.

—¿Qué?

—No pasa nada. Estoy bien. Él solo... —Le tembló la barbilla—. No sé. Igual me lo tenía merecido.

—¿Por qué? —Toby apretó los dientes—. ¿Qué hiciste?

Emily miró el lazo blanco del regalo. Gotas de lluvia empezaron a salpicar el parabrisas. Respiró hondo. ¿De verdad iba a decirlo en voz alta?

—Ben y yo hemos sido novios. Cuando aún seguíamos juntos, me pilló besándome con alguien. Con una chica. Me llamó bollera, y cuando intenté decirle que no lo era, él intentó obligarme a demostrarlo. Besándolo y lo que fuera. Eso fue lo que pasó cuando tú entraste en la zona de las taquillas.

Toby se removió incómodo en su asiento.

Emily pasó las manos por la gardenia blanca que Toby le había llevado de ramillete.

—El caso es que, igual soy bollera. O sea, yo amaba a Alison DiLaurentis. Pero creí que solo era a Ali, no que yo fuera lesbiana. Y ahora, ahora no lo sé. Puede que Ben tenga razón. Puede que sea gay. Igual debería enfrentarme a ello.

Emily no podía creer todo lo que acababa de salir por su boca. Se volvió hacia Toby. Su boca era una línea recta, impasible. Pensó que si había algún momento en el que Toby debía admitir que había sido novio de Ali sería ese. En vez de eso, dijo con calma:

—¿Por qué te daba tanto miedo admitirlo?

—¡Porque sí! —Emily se rió. ¿Es que no era evidente?—: Porque no quiero ser... ya sabes. Gay. —Y entonces, en voz más baja—: Todo el mundo se burlaría de mí.

Siguieron hasta una señal de stop de doble sentido. En vez de aminorar y seguir adelante, Toby aparcó el coche. Emily estaba desconcertada.

—¿Qué hacemos?

Toby apartó las manos del volante y miró a Emily un largo rato. Tan largo que Emily empezó a sentirse incómoda. Él parecía alterado. Ella se tocó la nuca, apartó la mirada y la clavó en la ventanilla.

El camino estaba silencioso y muerto y discurría paralelo a otro maizal, uno de los más grandes de Rosewood. La lluvia caía ahora con más fuerza, y todo estaba borroso porque Toby no conectó los limpiaparabrisas. De pronto, deseó algo de civilización. Que pasara algún coche. Que apareciera alguna casa. Una gasolinera. Algo. ¿Estaba Toby alterado porque ella le gustaba y acababa de medio salir del armario? ¿Sería homófobo? Si de verdad pensaba que era gay, sería con esto con lo que tendría que enfrentarse. Seguro que la gente le haría esto durante toda su vida.

—Nunca has sido blanco de ello, ¿verdad? —preguntó por fin Toby—. Nunca has sido blanco de las burlas de nadie.

—No… —Buscó en la cara de Toby algo que la ayudara a entender la pregunta—. Supongo que no. Bueno, al menos no hasta lo de Ben.

Un trueno restalló en las alturas y dio un bote. Entonces vio el zigzag de un rayo, cruzando el cielo a unos kilómetros delante de ellos. Lo iluminó todo por un momento, y pudo ver a Toby con el ceño fruncido, jugueteando con un botón de su chaqueta.

—Ver esta noche a toda esa gente ha hecho que me dé cuenta de lo difícil que era vivir en Rosewood. La gente me odiaba. Pero esta noche todo el mundo era muy amable, la misma gente que antes se burlaba de mí. Me ha dado mucha rabia. Era como si nunca hubiera pasado. —Arrugó la nariz—. ¿Es que no se dan cuenta de lo gilipollas que fueron?

—Supongo que no —dijo Emily, sintiéndose incómoda.

Toby la miró.

—Estaba una de tus viejas amigas, Spencer Hastings. —Otro rayo sobresaltó a Emily. Toby sonrió de forma torcida—. En aquel entonces formabais una pandilla. Y os metíais con la gente. Conmigo, con mi hermana…

—No era intencionado —dijo Emily, por instinto.

—Emily. —Toby se encogió de hombros—. Lo hicisteis. ¿Y por qué no ibais a hacerlo? Erais las chicas más populares del instituto. Podíais hacerlo. —Su voz era sarcástica.

Emily intentó sonreír, esperando que solo fuera una broma. Pero Toby no le devolvió la sonrisa. ¿Por qué hablaban de eso? ¿No se suponía que estaban hablando de si era gay?

—Perdona. Éramos… Éramos unas idiotas. Hacíamos lo que quería Ali. Y, bueno, pensé que lo habías superado, ya que al año siguiente saliste con ella.

—¿Qué? —la interrumpió Toby cortante.

Emily se pegó a la ventanilla. El pecho le ardía por la adrenalina.

—¿No… no te liaste con Ali en…, en séptimo curso?

Toby parecía horrorizado.

—Me costaba hasta mirarla —dijo en voz baja—. Y ahora me cuesta hasta oír su nombre. —Se llevó las manos a la frente y respiró hondo. Cuando volvió a mirarla, tenía los ojos en sombra—. Sobre todo después, después de lo que hizo.

Emily se quedó mirándolo. Volvió a brillar otro rayo, y se levantó un viento frío, agitando los tallos de maíz. Parecían manos que se alargaban para coger algo desesperadamente.

—Espera, ¿qué?

Se rió, esperando, rogando, haber oído mal. Rezando porque la noche se enderezara por sí sola y volviera a la normalidad con solo abrir y cerrar los ojos.

—Creo que me has oído —dijo Toby con un tono plano y sin emociones—. Sé que erais amigas y que la querías y todo eso, pero, personalmente, me alegro de que esa puta esté muerta.

Emily sintió como si alguien le absorbiera todo el oxígeno del cuerpo. *Esta noche te pasará algo. Algo que cambiará tu vida.*

Os metíais con la gente. Conmigo, con mi hermana…

Me cuesta hasta oír su nombre. Sobre todo después de lo que hizo.

Después de lo que hizo.

Me alegro de que esa puta esté muerta.

Toby… ¿lo sabía?

En su cerebro empezó a abrirse una grieta. Él lo sabía. Estaba segura, más segura de lo que había estado de nada en su vida. Emily se sintió como si siempre lo hubiera sabido, que lo había tenido ante las narices, pero había elegido ignorarlo. Toby sabía lo que le habían hecho a Jenna, pero A no se lo había dicho. Debía de saberlo desde hacía mucho tiempo. Y debía de haber odiado a Ali por eso. Si sabía que todas estaban implicadas, debía de haberlas odiado a todas.

—Oh, Dios mío —susurró.

Tiró de la manija de la puerta, recogiendo el vestido en las manos al salir del coche. La lluvia la golpeó de inmediato, y la notó como si fueran agujas. Claro que había algo sospechoso en que Toby se mostrara tan amistoso con ella. Quería arruinarle la vida.

—¿Emily? —Toby se desabrochó el cinturón de seguridad—. ¿A dónde…?

Entonces ella oyó el rugido del motor. Toby iba a por ella por la carretera, con la puerta del asiento del pasajero abierta. Miró a izquierda y derecha, y entonces, esperando saber dónde estaba, se metió en el maizal, sin importarle acabar completamente empapada.

—¡Emily! —volvió a llamarla Toby.

Pero Emily siguió corriendo.

Toby había matado a Ali. Toby era A.

31

Como que Hanna va a robar un avión, ¡si no sabe ni pilotarlo!

Hanna se abrió paso entre la multitud de chicos, esperando ver el familiar rubio rojizo del pelo de Emily. Encontró a Spencer y a Aria junto a los enormes ventanales, hablando con Gemma Curran, compañera de Emily en el equipo de natación.

—Estaba aquí con ese chico del Tate, ¿no? —Gemma frunció los labios e hizo memoria—. Estoy bastante segura de que los vi marcharse.

Hanna intercambió miradas incómodas con sus amigas.

—¿Qué vamos a hacer? —susurró Spencer—. No tenemos ni idea de a dónde han ido.

—He probado a llamarla —dijo Aria—. Pero no lo coge.

—Oh, Dios mío —dijo Spencer, con los ojos llenos de lágrimas.

—Bueno, ¿qué esperabas? —dijo Aria entre dientes—. Has sido tú quien ha dejado que pase.

Hanna no recordaba haber visto nunca a Aria tan furiosa.

—Lo sé —repetía Spencer—. Lo siento.

Un enorme estallido las interrumpió. Todo el mundo miró fuera para ver a los árboles inclinarse y la lluvia caer torrencialmente.

—Mierda —oyó Hanna que decía una chica a su lado—. Se me va a estropear el destino.

Hanna miró a sus amigas.

—Sé de alguien que podría ayudarnos. Un policía.

Miró a su alrededor medio esperando que el agente Wilden, que la había arrestado por robar un brazalete en Tiffany y el coche del señor Ackard, y que se había liado con madre, hubiera ido esa noche al Foxy. Los que vigilaban las salidas y la subasta de joyas pertenecían al equipo de seguridad de la Foxhunting League, y solo llamarían a la policía si sucedía algo demoledor. El año anterior, uno del último curso del Rosewood Day bebió demasiado y huyó con un brazalete de David Yurman que se estaba subastando, e incluso entonces se limitaron a dejar con mucho tacto un mensaje en el contestador de la familia del chico, diciendo que lo querían al día siguiente de vuelta.

—No podemos ir a la policía —siseó Spencer—. Tal y como se portó conmigo el policía de esta mañana, no me sorprendería que pensaran que nosotras matamos a Ali.

Hanna miró la gigantesca araña de cristal del techo. Un par de chicos le tiraban las servilletas intentando que los cristales se balancearan.

—Pero, bueno, el mensaje decía que iba a hacerte daño, ¿no? ¿No basta con eso?

—Está firmado por A y dice que nosotras le hicimos daño a él. ¿Cómo vamos a explicar eso?

—Pero ¿cómo nos aseguramos de que está bien? —preguntó Aria, tirándose del vestido de lunares. Hanna se fijó amargamente que la cremallera del costado seguía parcialmente bajada.

—Igual deberíamos mirar en su casa —sugirió Spencer.

—Sean y yo podemos ir ahora —se presentó voluntaria Aria.

Hanna se quedó boquiabierta.

—¿Vas a contarle todo esto a Sean?

—No —gritó Aria, por encima de los gorgoritos de Natasha Bedingdield y el ruido de la lluvia. Hanna podía ver cómo empañaba hasta la claraboya del salón, a diez metros por encima de sus cabezas—. No le diré nada. No sé cómo voy a explicárselo, pero no lo sabrá.

—¿Vais a ir Sean y tú a alguna fiesta de después del Foxy? —cotilleó Hanna.

Aria la miró como si estuviera loca.

—¿Crees que voy a ir a una fiesta después de esto?

—No, pero ¿habríais ido de no pasar esto?

—Hanna. —Spencer puso su mano fría y delgada en el hombro de su amiga—. Déjalo correr.

Hanna apretó los dientes, cogió una copa de champán de la bandeja de una camarera y la vació de un trago. No podía dejarlo correr. No era posible.

—Tú mira en casa de Emily —le dijo Spencer a Aria—. Yo seguiré llamándola.

—¿Y si encontramos a Emily y Toby está con ella? —preguntó Aria—. ¿Nos enfrentamos a él? Quiero decir... ¿Si es A...?

Hanna intercambió una mirada incómoda con las otras. Quería sacudir a Toby. ¿Cómo había descubierto lo de Kate? ¿Lo de su padre? ¿Lo de sus arrestos? ¿El que Sean había roto con ella y que se provocaba el vómito? ¡Cómo se atrevía a intentar acabar con ella! Pero también estaba asustada. Si Toby era A, si lo sabía, entonces sí que querría hacerles daño. Tenía sentido.

—Deberíamos concentrarnos en asegurarnos de que Emily está a salvo —dijo Spencer—. ¿Qué tal llamar a la policía de forma anónima si no tenemos noticias de ella? Podemos decir que vimos a Toby hacerle daño. No tendríamos que ser muy específicas.

—Si la policía va a buscarlo, sabrá que hemos sido nosotras —razonó Hanna—. ¿Y si entonces cuenta lo de Jenna?

Podía imaginarse en el reformatorio, vistiendo monos naranjas y hablando con su padre a través de una pared de cristal.

—¿Y si viene a por nosotras? —preguntó Aria.

—Habrá que encontrarla antes de que eso suceda —interrumpió Spencer.

Hanna miró el reloj. Las diez y media.

—Me voy. —Se dirigió hacia la puerta—. Te llamaré, Spencer.

No le dijo nada a Aria. No podía ni mirarla a la cara. Ni al chupetón gigante de su cuello.

Cuando se iba, Naomi Zeigler la cogió de la mano.

—Han, sobre lo que me dijiste ayer en el campo de fútbol. —Ponía la mirada y el gesto compasivo de un presentador de televisión—. Hay grupos de apoyo para la bulimia. Puedo ayudarte a buscar uno.

—Que te jodan —dijo Hanna, y pasó por su lado.

———

Para cuando Hanna se desplomó en el tren del SEPTA rumbo a Filadelfia, estaba completamente empapada por haber corrido desde el taxi al tren, y le dolía la cabeza. Una sombría quimera de su yo de séptimo curso le guiñó el ojo desde todas las superficies con reflejo. Cerró los ojos.

Cuando volvió a abrirlos, el tren había parado. Se habían apagado todas las luces, menos las que brillaban en la oscuridad de los carteles de salida. Pero en vez de poner «Salida», ponía «Cuidado».

A su izquierda, Hanna veía kilómetros de bosque. La luna brillaba llena y clara sobre las copas de los árboles. Pero ¿no estaba diluviando hacía un momento? Al otro lado, el tren iba paralelo a la ruta 30. La carretera tenía normalmente mucho tráfico, pero ahora no había ni un solo coche esperando en el cruce. Se inclinó hacia el pasillo a ver cómo reaccionaban los demás ante la parada del SEPTA y vio que todos los pasajeros estaban dormidos.

—No están dormidos —dijo una voz—. Están muertos.

Hanna dio un bote. Era Toby. Su cara estaba borrosa, pero sabía que era él. Él se levantó despacio de su asiento y se acercó a ella.

El tren volvió a silbar y Hanna despertó con un sobresalto. Las luces fluorescentes eran tan luminosas y poco favorecedoras como siempre, el tren arrancaba rumbo a la ciudad, y los rayos tronaban y bailaban fuera. Cuando miró por la ventana, vio una rama desprenderse de un árbol y deslizarse hasta el suelo. Dos ancianas de pelo blanco que se sentaban delante de ella comentaban el rayo diciendo:

—¡Oh, cielos! ¡Ese ha sido grande!

Hanna subió las rodillas hasta el pecho. Nada como una confesión estremecedora sobre Toby Cavanaugh para que cambie tu visión del mundo. Y te vuelva más paranoica que el infierno.

No estaba segura de cómo tomarse las noticias. No reaccionaba enseguida a las cosas, como hacía Aria; tenía que rumiarlas. Sí, estaba enfadada con Spencer por no contarlo. Y aterrorizada por Toby. Pero en ese momento lo único que llenaba sus pensamientos era Jenna. ¿Lo sabría también? ¿Lo habría sabido desde el principio? ¿Sabría que Toby había matado a Ali?

Hanna incluso la había visto después del accidente, solo una vez, y no se lo dijo a las otras. Fue unas pocas semanas antes de que Ali desapareciera, cuando organizó una fiesta improvisada en el patio trasero de su casa. Fueron todos los chicos y chicas populares del Rosewood Day, y hasta algunas chicas mayores del equipo de hockey de Ali. Por primera vez, Hanna mantuvo una conversación de verdad con Sean, hablando de la película *Gladiator*. Hanna contaba el miedo que le había dado cuando Ali apareció a su lado.

Al principio, Ali miró a Hanna como diciéndole: *¡Hurra! ¡Por fin estás hablando con él!* Pero entonces Hanna dijo:

—Oh, Dios mío, cuando mi padre y yo salimos del cine, estaba tan asustada que fui directa al baño y vomité.

Ali le dio un codazo a Hanna y bromeó:

—Últimamente tienes problemas con eso, ¿verdad?

—¿Qué? —respondió Hanna, palideciendo.

No fue mucho después de lo de Anápolis.

Ali se aseguró de llamar la atención de Sean.

—Esta es Hanna —dijo, metiéndose el dedo en la boca, provocándose una arcada y riéndose.

Pero Sean no se rió; miró a una y a otra, como incómodo y confuso.

—Yo, hmm, tengo que… —musitó, y volvió con sus amigos.

Hanna se enfrentó a Ali, horrorizada.

—¿Por qué has hecho eso?

—Vamos, Hanna —repuso Ali, alejándose—. ¿Es que no sabes aceptar una broma?

Pero Hanna no podía. No sobre eso. Se alejó cabreada por detrás de los adornos que envolvían el patio, bufando rápida y furiosamente. Cuando alzó la mirada, se encontró mirando a la cara a Jenna Cavanaugh.

Jenna estaba parada en el borde de su propiedad, llevando enormes gafas de sol y un bastón blanco. A Hanna se le contrajo la garganta. Era como ver un fantasma. *Está ciega de verdad,* pensó. Había llegado a pensar que no había sucedido.

Jenna estaba inmóvil en la acera. Si hubiera podido ver, estaría mirando al enorme agujero que estaban cavando en el patio de Ali para construir el cenador para veinte personas de su familia, el mismo lugar donde, años después, los obreros encontrarían el cuerpo de Ali. Hanna se la quedó mirando un largo rato, y Jenna le devolvía la mirada de forma inexpresiva. Entonces se dio cuenta. Un momento antes, cuando estaba con Sean, Hanna había ocupado el lugar de Jenna, y Ali el de Hanna. No había ninguna razón para que Ali se metiera con Hanna, aparte de que *podía*. Esa revelación le llegó con tanta fuerza que tuvo que agarrarse a la barandilla para conservar el equilibrio.

Volvió a mirar a Jenna. *Lo siento mucho,* vocalizó. Por supuesto, Jenna no contestó. No podía ver.

Hanna nunca se había sentido más feliz al ver las luces de Filadelfia; por fin estaba lejos de Rosewood y de Toby. Aún tenía tiempo para volver al hotel antes de que su padre, Isabel y Kate volvieran de ver *Mamma mia!,* e igual podía tomar un baño de espuma. Con suerte aún quedaría algo bueno en el minibar. Algo fuerte. Puede que hasta le contara a Kate lo que había pasado y llamaran al servicio de habitaciones y se bebieran entre las dos una botella de algo.

Uauh. Esa era una idea que nunca había esperado que se le pudiera pasar por la mente.

Metió la tarjeta de su habitación en la ranura, abrió la puerta, se metió dentro y casi choca con su padre. Estaba parado ante la puerta, hablando por el móvil.

—Oh —gritó.

Su padre se volvió.

—Está aquí —dijo al teléfono, cerrándolo de golpe. Miró a Hanna con frialdad.

—Vaya. Bienvenida.

Hanna pestañeó. Más allá de su padre estaban Kate e Isabel. Allí, sentadas, en el sofá, leyendo los folletos turísticos de Filadelfia que venían con la habitación.

—Hola —dijo con precaución. Todo el mundo la miraba—. ¿No os lo dijo Kate? Tuve que…

—¿Ir al Foxy? —la interrumpió Isabel.

Hanna se quedó boquiabierta. Se sobresaltó por otro rayo en el exterior. Se volvió desesperadamente hacia Kate, que tenía las manos altivamente cruzadas en su regazo y la cabeza muy erguida. ¿Se lo había… se lo había dicho? La mirada de su cara decía que sí.

Hanna sintió que todo se le caía encima.

—Era una emergencia.

—Estoy seguro de que sí. —Su padre posó las manos en la mesa—. No puedo creer que hayas vuelto. Supusimos que te habías ido para toda la noche, que igual habías robado otro coche. O ¿quién sabe? ¿Robarle el avión a alguien? ¿Asesinar al presidente?

—Papá… —suplicó Hanna. Nunca había visto así a su padre. Tenía la camisa fuera del pantalón, la punta de los calcetines tensos contra los dedos de los pies, y tenía una mancha tras la oreja. Y estaba furioso. Nunca le había gritado así—. Puedo explicarlo.

Su padre se apretó la frente con la base de la mano.

—Hanna, ¿también puedes explicar esto?

Se llevó la mano al bolsillo para coger algo. Abrió los dedos despacio, uno a uno. Dentro estaba el pequeño paquete de Percocet. Sin abrir.

Cuando Hanna fue a cogerlo, él cerró la mano de golpe, como un resorte.

—Ah, no, de eso nada.

—Me las cogió ella. ¡Las quería! —repuso Hanna señalando a Kate.

—Me las diste tú —dijo Kate con calma.

Tenía en la cara esa mirada de «Te pillé», una mirada que decía: *Ni se te ocurra pensar que te vas a colar ahora en nuestras vidas.* Hanna se odió por ser tan estúpida. Kate no había cambiado. Ni una pizca.

—De entrada, ¿qué haces tú con pastillas? —preguntó su padre. Y entonces alzó la mano—. No. Olvídalo. No quiero saberlo. Es… —Cerró los ojos con fuerza—. Ya no te conozco, Hanna. No te conozco.

Algo se desbordó dentro de Hanna.

—¡Pues claro que no me conoces! —gritó—. ¡No te has preocupado por hablar conmigo en cuatro putos años!

Un silencio se adueñó de la habitación. Todo el mundo pareció temeroso de moverse. Kate tenía las manos posadas en la revista. Isabel estaba inmóvil, cogiéndose extrañamente el lóbulo de una oreja con una mano. Su padre abrió la boca para hablar, pero volvió a cerrarla.

Llamaron a la puerta, y todos se sobresaltaron.

Al otro lado de ella apareció la señora Marin, con un aspecto inusitadamente descuidado: el pelo mojado y grasiento, con apenas maquillaje y llevando solo camiseta y vaqueros, algo muy alejado de los cuidados conjuntos que solía ponerse hasta para hacer la compra.

—Tú te vienes conmigo. —Estrechó los ojos al ver a Hanna pero ni miró a Isabel y Kate. Hanna se preguntó fugazmente si esa sería la primera vez que se veían. Su madre palideció al ver el Percocet en la mano del señor Marin—. Ya me contó eso cuando venía hacia aquí.

Hanna miró por encima del hombro a su padre, pero este tenía la cabeza gacha. No parecía exactamente decepcionado. Solo parecía triste. Desesperanzado. Avergonzado.

—Papá —gimió desesperada, separándose de su madre—. No tengo que ir, ¿verdad? Quiero quedarme. Contarte lo que me pasa. Creía que querías saberlo.

—Es demasiado tarde —dijo su padre mecánicamente—. Volverás a casa con tu madre. Igual ella puede hacerte ver tus errores.

Hanna no pudo evitar reírse.

—¿Crees que ella va a hacerme ver mis errores? Se acuesta con el policía que me arrestó la semana pasada. Vuelve a casa a las dos de la madrugada entre semana. Cuando estoy enferma y no puedo ir a clase, me dice que no pasa nada si llamo yo al instituto haciéndome pasar por ella, porque ella está muy ocupada y...

—¡Hanna! —gritó su madre, apretando los dedos alrededor del brazo de su hija.

Hanna estaba tan alterada que no tenía ni idea si contarle esto a su padre la ayudaba o la perjudicaba. Se sentía tan engañada. Por todo el mundo. Estaba harta de que la gente la pisoteara.

—Hay muchas cosas que quiero decirte, pero no puedo. Por favor, deja que me quede. Por favor.

La única reacción que obtuvo de su padre fue que se agitara un pequeño músculo de su cuello. Aparte de eso, su expresión era pétrea e impasible. Dio un paso hacia Isabel y Kate. Isabel le cogió de la mano.

—Buenas noches, Ashley —le dijo a la madre de Hanna.

A Hanna no le dijo nada.

32

A Emily le gusta el béisbol

Emily sollozó aliviada cuando descubrió que la puerta lateral de su casa estaba abierta. Metió su cuerpo empapado en el cuarto de la lavadora, casi rompiendo a llorar ante la aislada y tranquila domesticidad de todo: el «Bendice este desorden» en punto de cruz que su madre había puesto sobre la lavadora y la secadora, la ordenada hilera de detergente, lejía y suavizante en el pequeño estante, las botas de jardinero de goma verde de su padre colocadas junto a la puerta.

El teléfono sonó, y fue como un grito. Emily cogió una toalla del montón de ropa para lavar, se envolvió los hombros con ella y tanteó para alcanzar el inalámbrico.

—¿Hola?

Hasta el sonido de su propia voz parecía dar miedo.

—¿Emily? —dijo una voz familiar en el otro extremo.

Emily frunció el ceño.

—¿Spencer?

—Oh, Dios mío —suspiró Spencer—. Te hemos estado buscando. ¿Estás bien?

—No… no lo sé —contestó temblorosa.

Había atravesado el maizal corriendo como una loca. La lluvia había creado ríos de barro entre las hileras. Se le había caído un zapato, pero había seguido corriendo, y ahora tenía sucios los bajos del vestido y las piernas. El campo de maíz se interrumpía donde empezaba el bosquecillo que había detrás de su casa, y también lo había atravesado. Resbaló dos veces en la hierba húmeda, arañándose la cadera y el codo, y un rayo había golpeado un árbol a solo siete metros de ella, arrojando violentamente las ramas al suelo. Sabía que era peligroso estar en el campo durante una tormenta, pero no podía parar, temiendo que Toby fuera tras ella.

—Emily, quédate donde estás. Y aléjate de Toby. Ya te lo explicaré luego, pero por ahora atranca la puerta y…

—Creo que Toby es A —la interrumpió, con una voz que era un susurro roto y tembloroso—. Y creo que mató a Ali.

Hubo una pausa.

—Lo sé. Yo también lo creo.

—¿Qué? —gritó Emily.

Un trueno restalló en el cielo, haciendo que se encogiera. Spencer no contestó. La línea estaba cortada.

Emily puso el teléfono sobre la secadora. ¿Spencer lo sabía? Eso hacía que la revelación que había tenido fuera aún más real, y mucho, mucho más temible.

Entonces oyó una voz.

—¡Emily! ¿Emily?

Se quedó paralizada. Parecía provenir de la cocina. Corrió hasta allí y vio a Toby al otro lado de la puerta de cristal, mirando al interior, con la mano en la puerta. Estaba empapado por la lluvia y el pelo pegado a la cabeza, y estaba temblando. Tenía la cara en sombra.

Emily gritó.

—¡Emily! —volvió a decir Toby. Probó con la manilla de la puerta, pero Emily echó el cerrojo.

—Vete —siseó ella.

Él podía… podía quemar la casa. Forzar la entrada. Asfixiarla mientras dormía. Si había podido matar a Ali, sería capaz de cualquier cosa.

—Me estoy calando —le dijo él—. Déjame entrar.

—No, no puedo hablar contigo. Por favor, Toby, por favor. Déjame en paz.

—¿Por qué has huido de mí? —Toby parecía confuso. También él tenía que gritar porque la lluvia caía con fuerza—. No estoy seguro de lo que ha pasado en el coche. Yo solo… solo estaba jodido por ver a toda esa gente. Pero todo aquello pasó hace mucho tiempo. Lo siento.

La dulzura de su voz solo empeoraba la situación. Probó otra vez con la manilla, y Emily gritó:

—¡No!

Toby se detuvo, y Emily buscó frenéticamente a su alrededor algo que pudiera servirle de arma. Alguna pesada fuente de cerámica para el pollo. Un cuchillo romo de cocina. Igual podía mirar en los cajones y coger la parrilla.

—Por favor. —Emily temblaba tanto que le flojeaban las piernas—. Vete.

—Deja que al menos te devuelva el bolso. Está en mi coche.

—Déjalo en el buzón.

—No seas ridícula, Emily. —Toby empezó a golpear furioso la puerta—. ¡Ven aquí y déjame entrar!

Emily cogió la pesada tabla de cortar el pollo que había en la mesa de la cocina. La sostuvo ante sí con ambas manos, como si fuera un escudo.

—¡Vete!

Toby se apartó de la cara el pelo empapado.

—Lo que te dije en el coche, no lo dije como debía. Lo siento si he dicho algo que…

—Es demasiado tarde —lo interrumpió. Cerró los ojos con fuerza. Solo quería volver a abrir los ojos y que todo aquello fuera un sueño—. Sé lo que le hiciste a ella.

Toby se quedó rígido.

—Un momento. ¿Qué?

—Ya me has oído. Sé lo que le hiciste.

Toby se quedó boquiabierto. La lluvia caía con más fuerza haciendo que las cuencas de sus ojos parecieran agujeros vacíos.

—¿Cómo puedes saberlo? —La voz le tembló—. Nadie lo sabía. Fue… fue hace mucho tiempo, Emily.

Emily lo miró boquiabierta. ¿Es que se creía tan listo que podría salirse con la suya?

—Pues, mira, ya no es un secreto.

Toby empezó a caminar a uno y otro lado, pasándose los dedos por el pelo.

—Pero, Emily, tú no lo entiendes. Yo era muy joven. Y… y estaba confuso. Ojalá no lo hubiera hecho.

Emily sintió una punzada de pesar. No quería que Toby fuera el asesino de Ali. La forma tan amable en que la había ayudado a salir del coche, cómo la había defendido ante Ben, lo perdido y vulnerable que parecía cuando lo miraba, allí solo en la pista de baile del Foxy. Igual sí que lamentaba lo que había hecho. Igual solo estaba confuso.

Pero entonces pensó en la noche que Ali desapareció. Era un día precioso, perfecto para empezar lo que sería un verano ideal. Pensaban ir a la playa de Jersey el siguiente fin de semana, tenían entradas para el concierto de No Doubt en julio, y en agosto Ali daría una enorme fiesta de cumpleaños. Y todo eso se esfumó en el mismo instante en que Ali salió del granero de la familia de Spencer.

Toby pudo atacarla por detrás. Igual la golpeó con algo. Puede que le dijera cosas. Cuando la arrojó al agujero, debió de taparla con tierra para que nadie la encontrara. ¿Habría pasado así? ¿Y después de hacer eso, cogería Toby la bici para volver a casa? ¿Habría vuelto a Maine a pasar allí el resto del verano? ¿Habría visto en las noticias que todo el mundo la buscaba, mientras lo observaba todo con un cuenco de palomitas en el regazo como si fuera una película de la HBO?

Me alegro de que la puta esté muerta. Emily nunca había oído nada tan horrible en su vida.

—Por favor —gritó Toby—. No puedo volver a pasar por todo esto. Y tampoco puede...

No pudo ni acabar la frase. De pronto se tapó la cara con las manos y echó a correr hacia los árboles del patio trasero.

Todo se quedó en silencio. Emily miró a su alrededor. La cocina estaba inmaculada; ese fin de semana sus padres lo pasaban en Pittsburg con la abuela, y su madre siempre limpiaba como una maniaca antes de salir de viaje. Carolyn estaba todavía con Topher.

Estaba sola.

Corrió hasta la puerta principal. Estaba cerrada, pero echó la cadena para mayor protección. Y el cerrojo para asegurarse. Entonces se acordó de la puerta del garaje: el cierre mecánico estaba roto y su padre aún no lo había arreglado. Alguien con la fuerza suficiente podría levantarla.

Y entonces se dio cuenta. Toby tenía su bolso. Lo que significaba que tenía sus llaves.

Cogió el teléfono de la cocina y marcó el 911. Pero el teléfono no llegó a sonar. Colgó y escuchó el tono de marcar, pero no se oía. Sintió que le flaqueaban las rodillas. La tormenta debía de haber cortado la línea.

Permaneció unos segundos inmóvil en el vestíbulo, con la mandíbula temblorosa. *¿Habría arrastrado a Ali por el pelo? ¿Seguiría con vida cuando la arrojó al agujero?*

Corrió al garaje y miró a su alrededor. En un rincón estaba su viejo bate de béisbol. Lo notó sólido y pesado en sus manos. Satisfecha, salió al porche de la entrada, cerró la puerta con la llave de repuesto de la cocina, y se sentó en silencio en el columpio del porche, en las sombras, con el bate en el regazo. Estaba helando, y podía ver una araña gigante tejiendo su tela en la otra esquina del porche. Las arañas siempre le habían dado miedo, pero tenía que ser valiente. No dejaría que Toby también le hiciera daño a ella.

33

¿Quién es ahora la hermana mala?

A la mañana siguiente, Spencer volvió a su dormitorio tras ducharse y notó que la ventana estaba abierta. Pero muy abierta, alzada al menos medio metro con mosquitera y todo. Las cortinas ondeaban por la brisa.

Corrió hasta la ventana con la garganta congestionada. Aunque se había calmado tras hablar con Emily, aquello resultaba raro. Los Hastings nunca abrían la mosquitera porque las polillas podían entrar y estropear las caras alfombras. Cerró la ventana de un tirón, y luego miró nerviosa en el armario y bajo la cama. Nadie.

Cuando zumbó el Sidekick, dio un salto que casi se sale de los pantalones de su pijama de seda. Encontró el teléfono enterrado bajo el vestido del Foxy, que la noche anterior se había quitado y había dejado en el suelo, cosa que nunca habría hecho la antigua Spencer Hastings. Era un correo electrónico de Calamardo.

> Querida Spencer:
> Gracias por entregar las preguntas con tanta premura. Las he leído y he quedado encantado. La veré el lunes.
> —Señor McAdam.

Spencer se desplomó despacio en la cama, con el corazón latiéndole despacio pero con fuerza.

Por la ventana del dormitorio podía ver que era un hermoso y frío domingo de septiembre. En el aire flotaba un aroma a manzanas. Su madre, con un sombrero de paja y unos vaqueros arremangados, se dirigía al final del camino de entrada con las cizallas para podar los arbustos.

No podía enfrentarse a toda esa… esa comodidad. Cogió el Sidekick y llamó a Wren con la marcación rápida. El teléfono sonó varias veces, se oyó un estrépito y un golpetazo. Todavía se necesitaron unos segundos para que se pusiera Wren.

—Soy yo —sollozó Spencer.

—¿Spencer? —Wren sonaba atontado.

—Sí. —Su humor pasó a la irritación. ¿Es que no reconocía su voz?

—¿Puedo llamarte luego? —bostezó Wren—. Estoy un poco… Aún estoy durmiendo.

—Pero necesito hablar contigo.

Él suspiró. Spencer suavizó el tono.

—Perdona. ¿Puedes hablar conmigo ahora, por favor? —Daba vueltas por la habitación—. Necesito oír una voz amiga.

Wren estaba callado. Spencer hasta miró la pantalla del Sidekick para comprobar que seguían conectados.

—Mira —dijo él al final—. No me es fácil decir esto, pero no creo que vaya a funcionar.

Spencer se frotó las orejas.

—¿Qué?

—Pensé que podía estar bien. —Wren sonaba entumecido, casi robótico—. Pero creo que eres demasiado joven para mí. Es que… No sé. Es como si estuviéramos en lugares muy diferentes.

La habitación se volvió borrosa, y luego se escoró. Spencer cogía el teléfono con tanta fuerza que los nudillos se le pusieron blancos.

—Espera. ¿Cómo? ¡Si el otro día estuvimos juntos y todo iba muy bien!

—Lo sé. Pero… Dios, esto no me es nada fácil. He empezado a salir con alguien.

El cerebro de Spencer se desconectó durante unos segundos. No tenía ni idea de cómo responder a eso. Estaba bastante segura de que ni siquiera respiraba.

—Pero me he acostado contigo —susurró.

—Lo sé. Lo siento. Pero creo que esto es lo mejor.

Lo mejor ¿para quién? Spencer oía de fondo el pitido de la cafetera de Wren anunciando que el café estaba listo.

—Wren… —suplicó Spencer—. ¿Por qué haces esto?

Pero ya había colgado.

En su teléfono se leía «Llamada terminada». Spencer lo mantenía lejos de sí.

—¡Hola!

Spencer dio un bote. Melissa estaba parada en la puerta. Parecía una bola de luz solar con su camiseta amarilla de J. Crew y sus shorts Adidas color naranja.

—¿Cómo salió?

Spencer pestañeó.

—¿Ah?

—¡El Foxy! ¿Te lo pasaste bien?

—Hmm, sí. Fue estupendo —contestó, intentando ocultar el torbellino de sus emociones.

—¿Hubo este año una subasta de joyas feas? ¿Qué tal Andrew?

Andrew. Había querido explicárselo todo a Andrew, pero entonces se interpuso Toby. Se había ido del Foxy poco después de saber que Emily estaba bien, tras parar a uno de los taxis que daban vueltas por el camino circular de Kingman Hall. Sus padres le habían restituido las tarjetas de crédito, así que había podido pagarse el viaje de vuelta.

Le afectó pensar en cómo se sentiría Andrew esa mañana. Puede que incluso se sintieran igual; sorprendidos, atropellados. Pero era absurdo, la verdad. Wren y ella habían tenido algo serio. Andrew se engañaba al creer que de verdad podía tener algo con Spencer.

Abrió mucho los ojos. ¿Se engañaba ella al creer que de verdad tenía algo con Wren? ¿Y qué clase de capullo corta contigo por teléfono, ya puestos?

Melissa estaba sentada a su lado, en la cama, esperando impaciente una respuesta.

—Andrew estuvo muy bien. —Spencer sentía el cerebro gomoso—. Fue muy, hmm, caballeroso.

—¿Qué pusieron para cenar?

—Hmm, pichón —mintió. No tenía ni idea.

—¿Y fue romántico?

Intentó imaginar alguna bonita escena romántica con Andrew. Compartir los aperitivos. Bailar ebrios una canción de Shakira. Se interrumpió. ¿Para qué? Ya no importaba.

Las nubes de su cerebro empezaban a despejarse. Melissa estaba sentada a su lado, esforzándose tan cariñosamente por arreglar las cosas. La forma en que se interesaba por el Foxy, la manera en que había insistido a sus padres para que la perdonaran, y Spencer se lo había pagado robándole a Wren y plagiando su viejo trabajo de economía. Ni siquiera Melissa se merecía eso.

—Tengo que decirte algo —espetó—. He… he visto a Wren.

Melissa apenas reaccionó, así que Spencer continuó hablando.

—Toda esta semana. He estado en su nuevo apartamento en Filadelfia, hemos hablado por teléfono, todo. Pero creo que se ha acabado ya. —Se encogió hasta ponerse en posición fetal, preparándose para cuando Melissa empezara a pegarla—. Puedes odiarme. O sea, no te culparé si lo haces. Puedes decírselo a papá y mamá para que me echen de casa.

Melissa se llevó despacio la almohada de rayón de Spencer al pecho. Le llevó un tiempo responder.

—No pasa nada. No les diré nada. —Se echó hacia atrás—. De hecho, yo tengo algo que contarte a ti. ¿Te acuerdas del viernes por la noche, cuando no podías hablar con Wren? ¿Cuando le dejaste cinco mensajes?

Spencer se la quedó mirando.

—¿Co… cómo sabes eso?

Melissa la obsequió con una sonrisa apretada y satisfecha. Una sonrisa que de pronto hizo que todo estuviera demasiado claro. «He empezado a salir con alguien», le había dicho Wren. *No puede ser,* pensó Spencer.

—Porque Wren no estaba en Filadelfia —respondió Melissa con toda tranquilidad—. Estaba aquí, en Rosewood. Conmigo.

Se levantó de la cama y se echó el pelo detrás de las orejas, y Spencer vio el chupetón de su cuello, prácticamente en el mismo sitio donde lo había tenido Spencer. Melissa no lo podía haber dejado más claro ni dibujando un círculo a su alrededor con un rotulador Sharpie.

—¿Y él te lo dijo? —consiguió decir—. ¿Lo has sabido todo este tiempo?

—No, lo descubrí anoche —dijo, pasándose la mano por la barbilla—. Digamos que un individuo preocupado me dio un soplo anónimo.

Spencer se agarró a las sábanas. A.

—El caso es que también estuve anoche con Wren, mientras tú estabas en el Foxy —dijo con tono cantarín.

Agachó la cabeza hacia Spencer, poniendo la misma mirada altiva que ponía cuando jugaban a la reina de pequeñas. Las reglas de la reina nunca cambiaban: Melissa siempre era la reina y Spencer siempre tenía que hacer lo que ella le decía. «Hazme la cama, fiel súbdita», decía Melissa. «Bésame los pies. Eres mía para siempre».

Melissa dio un paso hacia la puerta.

—Pero esta mañana lo he decidido. Aún no se lo he dicho, pero Wren no es para mí. Así que no pienso volver a verlo. —Hizo una pausa, pensó en sus palabras, y luego sonrió—. Y, por lo que parece, supongo que tú tampoco volverás a verlo.

34

¿Lo veis? En el fondo, Hanna es una buena chica

La primera cosa que oyó Hanna en la mañana del domingo fue a alguien cantando *Alison,* de Elvis Costello.

—«Alllllison, I know this world is killing you!»

Era un hombre, de voz fuerte y chirriante como una segadora de césped. Hanna apartó las sábanas. ¿Sería la televisión? ¿Sería alguien fuera?

Al levantarse, le pareció que tenía la cabeza llena de algodón dulce. En el respaldo de la silla de su mesa vio la chaqueta de Chloé que había llevado la noche anterior, y todo volvió a ella.

Después de que su madre la recogiera en el Four Seasons, habían vuelto a casa en el coche en un silencio absoluto. Cuando llegaron, su madre aparcó el Lexus con un frenazo y salió en tromba hacia la casa, ebria de ira. Cuando Hanna llegó a la puerta de entrada, su madre le dio una bofetada y se oyó un sonoro y sólido golpetazo. Hanna retrocedió, aturdida. Vale, había aireado lo mala madre que era, y posiblemente no había sido buena idea. Pero ¿de verdad su madre pensaba dejarla fuera de casa?

Llamó a la puerta, y la señora Marin la entreabrió. Sus cejas estaban unidas.

—Oh, perdona. ¿Es que quieres entrar?

—Sí —gimió Hanna.

Su madre soltó una risotada.

—¿Así que estás completamente dispuesta a insultarme y faltarme al respeto delante de tu padre, pero no eres tan orgullosa como para no vivir aquí?

Hanna intentó balbucear una especie de disculpa, pero su madre ya no estaba. No obstante, lo hizo sin cerrar la puerta. Hanna había cogido a Punto y corrido a su habitación, demasiado traumatizada para llorar.

—«Ohhhhh, Alllllison...I know this world is killing you!»

Hanna fue hasta la puerta de puntillas. El canto provenía del interior de la casa. Las piernas empezaron a temblarle. Solo un loco sería tan estúpido como para cantar esa canción en Rosewood en esos momentos. Seguro que la policía te detenía solo por tararearla en público.

¿Sería Toby?

Se estiró la camisola amarilla y salió al pasillo. En ese mismo momento se abrió la puerta del baño y apareció un hombre.

Hanna se tapó la boca con la mano. El hombre llevaba una toalla envolviéndole la cintura, su toalla blanca y esponjosa de Pottery Barn. Tenía el pelo negro de punta. Un grito silencioso se atascó en la garganta de Hanna.

Entonces se volvió y la miró. Hanna retrocedió un paso. Era Darren Wilden, el agente Darren Wilden.

—Uau. —Wilden se quedó paralizado—. Hanna.

Era difícil no quedarse boquiabierta ante esos abdominales perfectamente formados. Desde luego, no era un policía que comiera muchos Krispy Kremes.

—¿Por qué cantabas eso? —preguntó por fin.

Wilden pareció avergonzarse.

—A veces no me doy cuenta de que estoy cantando.

—Pensé que eras...

Hanna se interrumpió. ¿Qué infiernos hacía él allí? Pero entonces se dio cuenta. Pues claro. Su madre. Se alisó el pelo, sin sentirse más calmada. ¿Y si hubiera sido Toby? ¿Qué habría hecho? Seguramente ya estaría muerta.

—¿Ne... necesitas entrar? —Wilden señaló tímidamente el baño, lleno de vapor—. Tu madre está en el suyo.

Hanna estaba demasiado aturdida para contestar. Entonces, antes de saber lo que estaba diciendo exactamente, farfulló:

—Tengo que decirte algo. Algo importante.

—¿Ah?

Una gota de agua cayó al suelo desde un mechón del pelo de Wilden.

—Creo que sé algo de… de quién mató a Alison DiLaurentis.

Wilden alzó una ceja.

—¿Quién?

Hanna se humedeció los labios.

—Toby Cavanaugh.

—¿Por qué piensas eso?

—No, no puedo decirte por qué. Tendrás que aceptar mi palabra.

Wilden frunció el ceño y se apoyó en la jamba de la puerta, todavía medio desnudo.

—Vas a tener que decirme algo más que eso. Podrías estar dándome el nombre de algún chico que te haya roto el corazón, solo para vengarte de él.

En ese caso, te habría dado el de Sean Ackard, pensó Hanna amargamente. No sabía qué hacer. Si le contaba a Wilden lo de Jenna, su padre la odiaría. Todo el mundo en Rosewood hablaría de ello. Acabaría en el reformatorio con sus amigas.

Pero ya no tenía importancia ocultarle el secreto a su padre, y al resto de Rosewood. Su vida entera estaba arruinada, y, además, había sido ella la que de verdad había hecho daño a Jenna. Puede que lo de aquella noche hubiera sido un accidente, pero Hanna le había hecho daño muchas veces a propósito.

—Te lo diré —dijo despacio—, pero no quiero meter a nadie más en líos. Solo… solo a mí, si alguien tiene que pagarlo, ¿vale?

Wilden alzó una mano.

—No importa. Investigamos a Toby cuando Alison desapareció. Tiene una coartada de hierro. No pudo ser él.

—¿Que tiene coartada? ¿Con quién? —jadeó.

—Eso no puedo revelarlo. —Wilden pareció muy severo durante un momento, pero entonces las comisuras de su boca se curvaron hacia arriba para formar una sonrisa. Señaló a los pantalones de franela con estampado de alces de A&F de Hanna—. Estás muy mona con ese pijamita.

Hanna encogió los dedos en la alfombra. Nunca le habían gustado los diminutivos.

—Espera, ¿estás seguro de que Toby es inocente?

Wilden iba a contestar, pero su walkie-talkie, que estaba colgado del borde del lavabo, emitió un crujido. Se volvió y lo cogió, sujetándose con una mano la toalla que le rodeaba la cintura.

—¿Casey?

—Hay otro cuerpo —respondió una voz entre crujidos—. Y es...

La transmisión fue invadida por interferencias.

El corazón de Hanna volvió a latir con fuerza. ¿Otro cuerpo?

—Casey. —Wilden se estaba abotonando la camisa del uniforme—. ¿Puedes repetir eso? ¿Hola? —Solo obtuvo más interferencias como respuesta. Notó que Hanna seguía allí parada—. Vete a tu cuarto.

Hanna se mosqueó. ¡Qué morro por su parte hablarle como si fuera su padre!

—¿Qué pasa con el otro cuerpo? —susurró.

Wilden devolvió el walkie-talkie a la encimera, se puso los pantalones y se quitó la toalla, arrojándola al suelo del baño tal y como hacía Hanna a menudo.

—Tú tranquilízate —dijo, ya sin nada de su tono amistoso.

Enfundó la pistola y bajó las escaleras ruidosamente.

Hanna lo siguió. Spencer había llamado la noche anterior para decirle que Emily estaba bien, pero ¿y si se había equivocado?

—¿Es el cuerpo de una chica? ¿Sabes eso?

Wilden abrió la puerta de golpe. Su coche patrulla estaba en la entrada, junto al Lexus color champán de su madre. En el costado se leía «Rosewood PD» con toda claridad. Hanna lo miró boquiabierta. ¿Había estado ahí toda la noche? ¿Podían verlo los vecinos desde la carretera?

Hanna siguió a Wilden hasta el coche.

—¿Puedes decirme al menos dónde está el cuerpo?

Él se volvió en redondo.

—No puedo decírtelo.

—Pero… No lo entiendes…

—Hanna. —Wilden no la dejó terminar—. Dile a tu madre que la llamaré luego.

Se metió en el coche y puso la sirena. Si los vecinos no sabían de antes que estaba allí, seguro que lo sabían ahora.

35

Entrega especial

El domingo a las 11.52 horas, Aria estaba sentada en su cama, mirándose las uñas pintadas de rojo. Se encontraba ligeramente desorientada, como si se le hubiera olvidado algo importante. Como esos sueños que tenía a veces en los que estaba en junio y se daba cuenta de que no había ido en todo el año a clase de matemáticas e iba a suspender.

Y entonces se acordó. Toby era A. Y ahora era domingo. Se le había acabado el tiempo.

Le asustaba poder ponerle nombre y cara a la ira de A, y que Ali y Spencer estuvieran ocultando algo, algo que podía ser grave de verdad. Seguía sin tener ni idea de cómo había sabido lo de Byron y Meredith, pero si Aria los había sorprendido dos veces, también podían haberlos visto otros, incluido Toby.

La noche anterior quería habérselo contado todo a Ella. Cuando Sean la dejó en casa, él la preguntó repetidamente si debía entrar con ella. Pero Aria le dijo que no, que lo que iba a hacer debía hacerlo sola. La casa estaba oscura y silenciosa, y lo único que se oía era el gruñido del lavaplatos en modo antibacteriano. Aria había tanteado buscando el interruptor del recibidor, luego caminó de puntillas hasta la oscura y vacía cocina. Normalmente su madre solía estar levantada hasta la una o las dos de la madrugada, haciendo Sudokus o sentada a la mesa conversando con Byron mientras tomaban descafeinado. Pero la mesa estaba inmaculada; en su superficie podía ver las huellas circulares secas de la esponja.

Aria subió a la habitación de sus padres, preguntándose si Ella se había acostado pronto. La puerta estaba abierta, y la cama deshecha, pero en ella no había nadie. El baño principal también estaba vacío. Entonces notó que no estaba fuera el Honda Civic que compartían sus padres.

Así que esperó al pie de las escaleras a que volvieran, mirando nerviosamente el reloj cada treinta segundos a medida que se acercaba a la medianoche. Sus padres debían de ser las únicas personas de todo el universo que no tenían móvil, así que no podía llamarlos. Eso significaba que Toby tampoco podría llamarlos, ¿o había encontrado otro modo de establecer contacto?

Y luego se había despertado allí, en su cama. Alguien debía de haber cargado con ella hasta allí, y Aria, que dormía como un tronco, ni se había dado cuenta.

Escuchó los sonidos de abajo. Cajones abriéndose y cerrándose. El suelo de madera gimiendo bajo los pies de alguien. Páginas de periódico al pasar. ¿Había dos padres abajo, o solo uno? Bajó las escaleras de puntillas, repasando mentalmente un millón de posibilidades diferentes. Entonces lo vio: gotitas rojas por todo el vestíbulo. Formaban un rastro que iba de la cocina a la puerta principal. Parecía sangre.

Aria corrió a la cocina. Toby se lo había contado a su madre, y ella, furiosa, había matado a Byron. O a Meredith. O a Toby. O a todo el mundo. O los había matado Mike. O Byron había matado a Ella… Se detuvo al llegar a la cocina.

Ella estaba sola ante la mesa. Vestía una blusa color vino, tacones altos, y llevaba maquillaje, como si fuera a salir a alguna parte. El *New York Times* estaba doblado por la página del crucigrama, pero estaba garabateado con espesa tinta negra sobre él, en vez de haber letras llenando los recuadros blancos. Ella tenía la mirada perdida en dirección a la ventana de la cocina mientras se pinchaba la base de una mano con un tenedor.

—¿Mamá? —dijo Aria con voz rota, acercándose.

Entonces pudo ver que la blusa estaba arrugada y el maquillaje corrido. Era casi como si hubiera dormido vestida… o no hubiera dormido.

—¿Mamá? —volvió a preguntar, con voz teñida de miedo. Por fin su madre alzó lentamente la mirada. Tenía los ojos llorosos y con ojeras. Hundió con más fuerza el tenedor en la palma de su mano.

Aria quiso alargar la mano y quitárselo, pero estaba asustada. Nunca había visto así a su madre—. ¿Qué pasa?

Ella tragó saliva.

—Oh, ya sabes.

Aria tragó con fuerza.

—¿Qué… qué es eso rojo del pasillo?

—¿Eso rojo? —preguntó Ella sin vida—. Oh. Igual es pintura. Esta mañana he tirado algunas cosas de pintar. He tirado muchas cosas esta mañana.

—Mamá. —Aria sentía que las lágrimas acudían a sus ojos—. ¿Va algo mal?

Su madre alzó la mirada. Se movía despacio, como si estuviera bajo el agua.

—Lo sabías desde hace casi cuatro años.

Aria dejó de respirar.

—¿Qué? —susurró.

—¿Es amiga tuya? —preguntó Ella, con la misma voz muerta—. No es mucho mayor que tú. Y creo que el otro día fuiste a su estudio de yoga.

—¿Qué? —susurró. ¿Estudio de yoga?—. ¡No sé lo que quieres decir!

—Claro que lo sabes. —Ella le sonrió de la forma más triste que Aria había visto nunca—. Recibí una carta. Al principio no me la creí, pero me enfrenté a tu padre. Y pensar que creí que estaba distante por el trabajo.

—¿Qué? —Aria retrocedió. Ante sus ojos se formaron manchas—. ¿Recibiste una carta? ¿Cuándo? ¿Quién te la envió?

Pero por la forma fría y ausente con que Ella la miró, supo exactamente quién la había enviado. A. *Toby*. Y se lo había contado todo.

Aria se llevó las manos a la frente.

—Lo siento mucho. Yo quería contártelo, pero tenía miedo y…

—Byron se ha ido —dijo Ella, casi de pronto—. Está con la chica. —Soltó una risita—. Igual están haciendo yoga juntos.

—Seguro que podemos hacer que vuelva. —Aria estaba ahogada en lágrimas—. Tiene que volver, ¿no? Somos su familia.

En ese preciso instante, el reloj de cuco dio las doce. El reloj se lo había regalado Byron a Ella el año anterior en Islandia con motivo de su veinte aniversario de bodas. A Ella le había encantado porque se decía que perteneció a Edvard Munch, el famoso pintor noruego autor de *El grito*. Se lo había traído a casa cargando con él en el avión, abriendo de vez en cuanto el envoltorio de burbujas para comprobar que no le había pasado nada. Ahora tenían que escucharle hasta doce gorjeos y ver a ese estúpido pájaro salir doce veces de su casa de madera. Cada gorjeo sonaba más y más acusador. En vez de cucú, el pájaro canturreaba «Lo sabías, lo sabías, lo sabías».

—Oh, Aria —lamentó Ella—. No creo que vuelva.

—¿Dónde está la carta? —preguntó Aria, con las lagrimas corriéndole por el rostro—. ¿Puedo verla? No sé quién puede hacernos esto, quién puede arruinar así las cosas.

Ella la miró, con ojos también llorosos y enormes.

—La tiré. Pero da igual quién la enviara. Lo que importa es que era verdad.

—Lo siento mucho.

Se arrodilló a su lado, bebiendo del olor curioso y familiar de su madre, a trementina, tinta de periódico, incienso de sándalo y, extrañamente, huevos revueltos. Posó la cabeza en el hombro de su madre, pero ella la apartó.

—Aria —dijo cortante, levantándose—. Ahora mismo no puedo estar cerca de ti.

—¿Qué? —gritó Aria.

Ella no la miraba, sino que miraba su mano izquierda, que, notó Aria de pronto, ya no tenía un anillo de casada.

Pasó junto a Aria, flotando, espectral, hasta el vestíbulo y siguiendo la pintura roja escaleras arriba.

—¡Espera! —gritó Aria, siguiéndola. Subió las escaleras pero tropezó con los embarrados zapatos de tacos de lacrosse de Mike, se golpeó la rodilla y resbaló dos escalones—. Maldición —escupió, agarrándose a la alfombra con las uñas. Se puso en pie y llegó al descansillo, jadeando de rabia. La puerta del dormitorio de su madre estaba cerrada. Igual que la puerta del baño. La puerta del cuarto de Mike estaba abierta, pero Mike no estaba dentro. *Mike,* pensó Aria, volviéndosele a romper el corazón. ¿Lo sabría?

Su móvil empezó a sonar. Aturdida, entró a buscarlo a su dormitorio. Sentía el cerebro desbocado. Todavía jadeaba. Casi quiso que la llamada fuera de A, de Toby, para así poder destrozarlo. Pero solo era Spencer. Se quedó mirando el número, furiosa. Le daba igual que Spencer no fuera A, como si lo fuera. Si Spencer hubiera denunciado a Toby en séptimo curso nunca le habría contado nada a Ella y ahora su familia seguiría intacta.

Abrió el teléfono, pero no habló. Se quedó allí sentada, respirando honda y pesadamente.

—¿Aria? —dijo Spencer con cuidado.

—No tengo nada que hablar contigo —gruñó Aria—. Me has arruinado la vida.

—Lo sé —respondió Spencer en voz baja—. Es que… Aria, lo siento. No quería guardar en secreto lo de Toby. Pero no sabía qué hacer. ¿No puedes verlo desde mi punto de vista?

—No —dijo Aria con pesadez—. No lo entiendes. Me has arruinado la vida.

—Espera, ¿qué quieres decir? —Spencer sonaba preocupada—. ¿Qué… qué ha pasado?

Aria posó la cabeza en sus manos. Explicarlo resultaba demasiado agotador. Y sí que podía ver las cosas desde su punto de vista. Claro que podía. Lo que estaba diciendo Spencer se parecía estremecedoramente a lo que Aria le había dicho a Ella tres minutos antes. *No quería ocultártelo. No sabía qué hacer. No quería hacerte daño.*

Suspiró y se sonó la nariz.

—¿Por qué llamas?

—Bueno. —Spencer hizo una pausa—. ¿Has tenido hoy noticias de Emily?

—No.

—Mierda —susurró Spencer.

—¿Qué pasa? —Aria se sentó más recta—. Creí que anoche dijiste que habías hablado con ella, y que estaba en casa.

—Y lo estaba. —Aria oyó que Spencer tragaba saliva—. Seguro que no es nada, pero mi madre acaba de pasar por el barrio de Emily, y había tres coches de policía en el camino de entrada.

36

Otro día sin noticias en Rosewood

Emily vivía en un barrio antiguo y modesto, con un montón de residentes jubilados, y todo el mundo había salido a su porche o estaba en medio de la calle, preocupado por los tres coches de policía que había en la entrada de la casa de los Fields y por la ambulancia que acababa de irse. Spencer aparcó junto a la acera y vio a Aria. Seguía con el vestido de lunares que había llevado al Foxy.

—Acabo de llegar —le dijo Aria cuando se acercó—, pero no he podido descubrir nada. He preguntado a mucha gente lo que pasa, pero nadie lo sabe.

Spencer miró a su alrededor. Había muchos perros policía, agentes, enfermeros y hasta una furgoneta de las noticias del canal 4, que probablemente se había desplazado hasta allí desde la casa de los DiLaurentis. Se sentía como si todos los agentes de policía la estuvieran mirando.

Y entonces, Spencer empezó a temblar. Tenía la culpa de eso. Toda la culpa. Sentía náuseas. Toby la había avisado de que habría gente herida y no había hecho nada. Ahora no podía pensar ni en Wren. O en Melissa. O en los dos juntos. Eso hacía que se sintiera como si tuviera gusanos arrastrándose por sus venas. A Emily le había pasado algo y ella había tenido la oportunidad de evitarlo. La policía había estado en el salón de su casa. La había avisado incluso A.

Entonces Spencer vio a Carolyn, la hermana de Emily, hablando con unos policías en la entrada de coches. Uno de ellos se inclinó hacia ella y le susurró algo al oído. El rostro de Carolyn se deshizo, como si estuviera llorando. Corrió de vuelta a la casa.

Aria alteró un poco la postura, como si fuera a desmayarse.

—Oh, Dios, Emily...

Spencer tragó con fuerza.

—Aún no sabemos nada.

—Pero lo presiento —dijo Aria, con los ojos llenos de lágrimas—. A... Toby... sus amenazas. —Hizo una pausa y se apartó un mechón de pelo que se le había metido en la boca. Las manos le temblaban—. Somos las siguientes, Spencer. Lo sé.

—¿Dónde están los padres de Emily? —preguntó Spencer en voz alta, intentando ahogar todo lo que decía Aria—. ¿No estarían aquí si Emily estuviera...? —No quería decir la palabra «muerta».

Un Toyota Prius apareció a toda velocidad por el camino y aparcó tras el Mercedes de Spencer. De él salió Hanna. O una chica que se parecía a Hanna. No se había molestado en cambiarse y venía con los pantalones de franela del pijama, y su pelo castaño oscuro normalmente lacio estaba enredado y recogido en un moño descolocado y medio deshecho. Hacía años que no la veían con un look tan descuidado.

Hanna las vio y corrió hasta ellas.

—¿Qué pasa? ¿Es...?

—No lo sabemos —la interrumpió Spencer.

—Chicas, he descubierto algo —dijo Hanna, quitándose las gafas de sol—. Esta mañana he hablado con un policía y...

Llegó otra furgoneta de las noticias y Hanna dejó de hablar. Spencer reconoció a la mujer de los informativos del canal 8. Dio unos pasos hacia ellas mientras hablaba con el móvil pegado al oído.

—¿Así que esta mañana encontraron el cuerpo fuera? —dijo, mirando a un sujetapapeles—. Vale, gracias.

Las chicas intercambiaron una mirada suplicante. Entonces Aria cogió a las otras dos de la mano y cruzaron el césped de Emily, atravesando por un macizo de flores. Estaban a pocos metros de la puerta de Emily cuando un agente de policía se interpuso en su camino.

—Hanna, te dije que no te metieras en esto —dijo el policía.

Spencer tragó saliva. Era Wilden, el policía que se pasó el día anterior por su casa. El corazón empezó a latirle con fuerza.

Hanna intentó apartarlo a un lado.

—¡No me digas lo que debo hacer! —El agente cogió a Hanna por los hombros y ella empezó a retorcerse—. ¡Suéltame!

Spencer agarró a Hanna por la diminuta cintura.

—Intenta calmarla —le dijo Wilden a Spencer. Entonces se dio cuenta de quién era—. Oh —dijo entre dientes. Parecía confuso, y luego curioso—. Señorita Hastings.

—Solo queremos saber lo que le ha pasado a Emily —intentó explicarse Spencer, mientras se le revolvían las entrañas—. Es nuestra amiga.

Wilden cruzó los brazos sobre el pecho.

—Deberíais iros todas a casa, chicas.

De pronto, se abrió la puerta principal… y salió Emily.

Estaba pálida y descalza, y sostenía una vieja taza de los teleñecos de McDonalds llena de agua. Spencer se sintió tan aliviada al verla que se puso a gritar. De su garganta brotó un ruido dolorido y vulnerable. Las chicas corrieron hacia ella.

—¿Estás bien? —preguntó Hanna.

—¿Qué ha pasado? —dijo Aria al mismo tiempo.

—¿Qué es todo esto? —repuso Spencer haciendo un gesto hacia la multitud allí congregada.

—Emily —dijo Wilden apoyando las manos en las caderas—. Igual deberías ver luego a tus amigas. Tus padres dicen que deberías quedarte dentro.

Pero Emily negó con la cabeza, casi irritada.

—No, está bien.

Emily las condujo más allá del policía, hasta el patio lateral. Allí estaban prácticamente en un rosal que se alzaba contra el costado de la casa, así que tenían cierta intimidad. Spencer miró bien a Emily. Tenía profundas ojeras y arañazos por todas las piernas, pero, aparte de eso, parecía estar bien.

—¿Qué ha pasado? —preguntó.

Emily respiró hondo.

—Un ciclista encontró esta mañana el cuerpo de Toby en el bosque que hay detrás de casa. Creo… Creo que se tomó una sobredosis de pastillas o algo así.

A Spencer se le detuvo el corazón. Hanna se sobresaltó. Aria palideció.

—¿Cómo? ¿Cuándo? —preguntó.

—En algún momento de la noche —dijo Emily—. Iba a llamaros pero ese policía me vigila como un halcón. —Le temblaba la mandíbula—. Mis padres se fueron el fin de semana a visitar a mi abuela.

Intentó sonreír, pero solo consiguió hacer una mueca, y entonces su rostro se derrumbó en un sollozo.

—No pasa nada —la consoló Hanna.

—Anoche se portaba como un loco —dijo Emily, secándose la cara con la camiseta—. Me traía a casa desde el Foxy, y estaba completamente normal, pero un instante después estaba diciéndome cuánto odiaba a Ali. Que no podía perdonarle lo que había hecho, y que se alegraba de que hubiera muerto.

—Oh, Dios mío. —Spencer se tapó los ojos. Todo era cierto.

—Fue entonces cuando me di cuenta. Toby lo sabía —continuó diciendo Emily, agitando las manos pálidas y pecosas—. Debió descubrir lo que había hecho Ali, y... y creo que la mató.

—Espera un momento —interrumpió Hanna, alzando la mano—. No creo que él...

—Shhh. —Spencer posó suavemente la mano en la pequeña muñeca de Hanna, que parecía querer decir algo, pero Spencer temía que Emily no pudiera terminar si la interrumpía.

—Huí de él, todo el camino hasta aquí. Spencer llamó cuando entré, pero la línea se cortó. Entonces Toby apareció en la puerta de atrás. Le dije que sabía lo que había hecho, y que se lo diría a la policía. Pareció sorprenderle que yo lo hubiera adivinado. —Parecía agotada de tanto hablar—. ¿Sabéis cómo se enteró Toby?

El estómago de Spencer se desplomó. La línea telefónica se había cortado antes de que pudiera contarle la verdad de lo de Jenna. Deseaba no tener que contársela ahora, con lo frágil que parecía. Ya habría sido grave contárselo a Aria y a Hanna, pero la verdad destrozaría a Emily.

Aria y Hanna la miraban expectantes, así que sacó fuerzas.

—Siempre lo supo porque vio a Ali hacerlo. Pero Ali lo chantajeó para que asumiera la culpa. Y me hizo guardar el secreto. —Hizo una pausa y vio que Emily no estaba reaccionando como se temía. Estaba allí parada, completamente en calma, como si escuchara una lección de geografía, lo cual la desorientó—. Así que, hmm, cuando Ali desapareció, siempre pensé que igual, no sé… —Miró hacia el cielo, dándose cuenta de que lo que iba a decir era la verdad—. Pensé que tal vez Toby había tenido algo que ver en ello, pero tenía demasiado miedo para decir nada. Pero entonces vino al funeral… y los mensajes que me enviaba A hablaban del secreto de Toby. El último decía: «Me hiciste daño, así que yo te lo haré a ti». Quería vengarse de todas nosotras. Debía de saber que estábamos todas implicadas.

Emily seguía allí parada, muy calmada. Entonces, empezaron a temblarle los hombros, y cerró los ojos. Al principio, Spencer creyó que lloraba, pero entonces se dio cuenta de que se reía.

Emily echó atrás la cabeza y se echó a reír con más fuerza. Spencer miró preocupada a Aria y Hanna. Era evidente que Emily había perdido la cabeza.

—Hmm… —sondeó con cuidado.

Cuando Emily volvió a bajar la cabeza, le temblaba el labio inferior.

—Ali nos prometió que nadie sabía lo que habíamos hecho.

—Supongo que mintió —dijo Hanna, sin plasmar tono alguno en sus palabras.

Los ojos de Emily brillaron al mirar a una y a otra.

—Pero ¿cómo pudo mentirnos así? ¿Y si Toby hubiera decidido contarlo? —Negó con la cabeza—. ¿Eso… eso pasó cuando estábamos todas dentro de la casa de Ali, vigilando la puerta principal? ¿Esa misma noche?

Spencer asintió con solemnidad.

—¿Y Ali volvió dentro y dijo que todo iba bien, y cuando ninguna menos ella podíamos dormir nos consoló acariciándonos la espalda?

—Sí.

Los ojos de Spencer se llenaron de lágrimas. Por supuesto, Emily recordaba hasta el último detalle.

Emily miraba al vacío.

—¿Y nos dio esto?

Alzó el brazo. Llevaba firmemente atado a la muñeca el brazalete que les había hecho Ali y que simbolizaba el secreto. Ninguna de las demás lo llevaba.

Las piernas de Emily cedieron y cayó en la hierba. Entonces empezó a tirar del brazalete, intentando quitárselo, pero las cuerdas eran viejas y resistentes.

—Maldita sea —dijo Emily, juntando los dedos para hacer hueco y poder quitarse el brazalete sin tener que desatarlo. Entonces lo atacó con los dientes, pero no consiguió ni moverlo.

Aria posó una mano en el hombro de Emily.

—No pasa nada.

—Es que no puedo creerlo. —Se secó los ojos tras rendirse con el brazalete. Emily arrancó un puñado de hierba—. Y no puedo creer que haya ido al Foxy con… con el asesino de Ali.

—Teníamos mucho miedo por ti —susurró Spencer.

Hanna agitó los brazos.

—Chicas, es lo que intentaba deciros. Toby no es el asesino de Ali.

—¿Eh? —Spencer frunció el ceño—. ¿De qué estás hablando?

—Esta mañana hablé con ese policía. —Hanna señaló a Wilden, que hablaba con el equipo del informativo—. Le dije lo de Toby, que creía que había matado a Ali. Dijo que lo habían comprobado hace años. Toby no es ni sospechoso.

—Pues lo hizo —dijo Emily levantándose—. Anoche, cuando le dije que sabía lo que había hecho, le entró el pánico y me suplicó que no se lo dijera a la policía.

Todas se miraron, confusas.

—¿Así que crees que la policía se equivoca? —repuso Hanna, jugueteando con el amuleto en forma de corazón de su brazalete.

—Espera un momento —dijo Emily lentamente—. Spencer, ¿con qué lo estaba chantajeando Ali? ¿Cómo hizo que Toby se echara la culpa por lo de Jenna?

—Spencer dijo que Ali no se lo quiso contar —respondió Aria.

Spencer sintió que la inundaba una fuerte tensión nerviosa. *Es mejor a mi modo*, había dicho Ali. *Si le guardamos el secreto a Toby, él guardará el nuestro.*

Pero Toby estaba muerto. Ali estaba muerta. Eso ya no importaba.

—Sí lo sé —dijo con calma.

Entonces, vio que alguien se acercaba rodeando el patio lateral, y se le aceleró el corazón. Era Jenna Cavanaugh.

Vestía una camiseta negra y vaqueros negros ajustados, y el pelo negro en un moño en lo alto de su cabeza. Su piel seguía siendo de un blanco brillante, nevado, pero llevaba la cara medio escondida por unas gafas de sol de tamaño excesivo. Con una mano sujetaba un bastón blanco, y con la otra el arnés de su golden retriever, que la condujo hasta el centro del grupo.

Spencer estuvo segura de que estaba a punto de desmayarse, o de echarse a llorar.

Jenna y su perro se detuvieron junto a Hanna.

—¿Está aquí Emily Fields?

—Sí —susurró Emily, y Spencer notó el miedo en su voz—. Aquí mismo.

Jenna se volvió en dirección a la voz de Emily.

—Esto es tuyo. —Y extendió un bolso de satén rosa, Emily lo cogió muy cuidadosamente, como si estuviera hecho de cristal—. Y dentro hay algo que debes leer. —Jenna buscó en el bolsillo interior un pedazo de papel arrugado—. Es de Toby.

37

De todos modos, los brazaletes de cuerda
ya no están de moda

Emily se recogió el pelo detrás de las orejas y miró a Jenna. Las gafas de sol que llevaba le tapaban desde las mejillas hasta encima de las cejas, pero pudo distinguir en su frente algunas cicatrices rosadas y arrugadas de quemaduras.

Pensó en aquella noche. En la forma en que la casa de Ali olía como una vela Aveda de menta. En cómo sus pies sentían las desigualdades del suelo de madera del salón de los DiLaurentis al mirar por la ventana, viendo a Ali cruzar el césped de los Cavanaugh. En el estallido del cohete, los paramédicos subiendo por la escalera de la casa del árbol, en la boca de Jenna formando un rectángulo por la fuerza con que lloraba.

Jenna le entregó el arrugado papel sucio.

—Encontraron esto con él —dijo, quebrándosele la voz en la palabra «él»—. Escribió cosas para todos. Tu parte está por el medio.

El papel era la hoja de la subasta del Foxy; Toby había garabateado algo en el dorso. La forma en que las palabras de Toby no estaban rectas, que apenas usaba mayúsculas y que había firmado «Toby» con una torpe caligrafía, hizo que Emily se tensara por dentro. Aunque nunca antes había visto la letra de Toby, le pareció que lo devolvía a la vida. Podía oler el jabón que había usado, sentir su mano grande cogiéndole la suya más pequeña. Esta mañana se había despertado en su cama, no en el columpio del porche. El timbre estaba sonando. Bajó las escaleras a trompicones y ante su puerta encontró a un hombre con casco y pantalones de ciclista.

—¿Puedo usar su teléfono? —preguntó—. Es una emergencia.

Emily lo había mirado aturdida, medio dormida todavía. Carolyn apareció detrás de ella, y el ciclista empezó a explicarse.

—Es que paseaba por vuestro bosque y he encontrado un chico, al principio pensé que estaba dormido, pero...

Hizo una pausa, y Carolyn abrió mucho los ojos. Corrió a por su móvil. Mientras tanto, Emily se había quedado inmóvil en el porche, intentando encontrar sentido a todo. Pensando en Toby ante su ventana la noche anterior, en lo violentamente que había golpeado la puerta corredera de cristal antes de salir corriendo hacia el bosque.

Miró al ciclista.

—Ese chico del bosque, ¿ha intentado hacerte daño? —susurró, con el corazón latiéndole con fuerza. Le horrorizaba que Toby hubiera pasado toda la noche acampado en su bosque. ¿Y si hubiera vuelto al porche cuando se durmió Emily?

El ciclista abrazó el casco contra su pecho. Parecía tener la edad del padre de Emily, con ojos verdes y barba entrecana.

—No —dijo con amabilidad—. Estaba... azul.

Y ahora esto: una carta. Una nota de suicidio.

Toby había parecido tan torturado cuando corrió hacia el bosque. ¿Se había tomado entonces las pastillas? ¿O podía habérselo impedido Emily? ¿Y si Hanna tenía razón, y Toby no era el asesino de Ali?

El mundo empezó a dar vueltas. Sintió una mano firme en su espalda.

—Eh —susurró Spencer—. Tranquila.

Emily se recuperó y miró la carta. Sus amigas también se inclinaron para leerla. Ahí, en medio, estaba su nombre.

> Emily, hace tres años le prometí a Alison DiLaurentis que le guardaría un secreto si ella guardaba un secreto para mí. Prometió que nunca se sabría, pero parece que no ha sido así. He intentado enfrentarme a ello, y olvidarlo, y cuando nos hicimos amigos, pensé que podía... creí haber cambiado, que mi vida había cambiado. Pero supongo que uno no puede cambiar lo que es. Lo que le hice a Jenna fue el mayor error de mi vida. Era joven y estúpido y estaba confuso, y nunca quise hacerle daño. Y no puedo seguir viviendo con ello. Se acabó.

Emily volvió a doblar la nota como estaba, con el papel temblando en sus manos. No tenía sentido. Habían sido ellas, y no Toby, quienes habían hecho daño a Jenna. ¿A qué se refería? Se la devolvió a Jenna.

—Gracias.

—No hay de qué.

Cuando Jenna se volvió para irse, Emily se aclaró la garganta.

—Espera —dijo con voz ronca—. Jenna.

Jenna se detuvo. Emily tragó con fuerza. Todo lo que acababa de contarle Spencer sobre que Toby lo sabía y Ali mentía, todo lo que Toby le había dicho la noche anterior, toda la culpa con que ella había cargado por Jenna durante tantos años. Todo salió a la superficie.

—Jenna, soy yo quien debería disculparse contigo. Éramos... Fuimos crueles. Lo que hacíamos... los motes, lo demás... No tenía gracia.

Hanna dio un paso adelante.

—Tiene razón. No tenía ninguna gracia.

Hacía mucho tiempo que Emily no veía a Hanna tan torturada.

—Y no te lo merecías —añadió.

Jenna acarició la cabeza de su perro.

—No pasa nada —respondió—. Lo he superado.

Emily suspiró.

—Pero no está bien. Nada bien. Yo nunca supe lo que era que se burlaran de ti por ser diferente. Lo que se sentía. Pero ahora lo sé. —Tensó los músculos de los hombros, esperando que eso evitara que se echase a llorar. Una parte de ella quería contarle a todo el mundo aquello con lo que luchaba. Pero se contuvo. No era el momento adecuado. Había más cosas que quería decir, pero ¿cómo decirlas?—. Y siento mucho lo de tu accidente. Nunca pude llegar a decírtelo.

Quiso añadir: *Siento lo que hicimos por accidente*, pero le daba demasiado miedo.

A Jenna le tembló la barbilla.

—No es culpa tuya. Y, de todos modos, no es lo peor que me ha pasado.

Tiró del collar de su perro y se alejó hacia el patio delantero.

Las chicas guardaron silencio hasta que Jenna no pudo oírlas.

—¿Qué puede ser peor que quedarte ciega? —susurró Aria.

—Hay algo peor —la interrumpió Spencer—. Lo que Ali sabía...

Spencer volvía a tener esa mirada, como si tuviera mucho que decir pero no quisiera decirlo. Suspiró antes de continuar.

—Toby estaba... tocando a Jenna —susurró—. Eso era lo que estaba haciendo la noche del accidente de Jenna. Por eso se le desvió el cohete a Ali al dispararlo.

Spencer explicó que cuando Ali llegó a la casa del árbol de Toby, vio a Toby por la ventana y encendió el cohete. Y entonces... vio que Jenna también estaba allí. Había algo extraño en la expresión de Jenna, y tenía la camisa desabotonada. Entonces vio que Toby iba hasta Jenna y le ponía la mano en el cuello, mientras le metía la otra mano bajo la camisa y subía hasta el sujetador. Le soltó un tirante. Jenna parecía aterrada.

Ali había dicho que se sorprendió tanto que movió el cohete de su posición. La chispa consumió enseguida la mecha y el cohete salió disparado. Entonces hubo un fogonazo brillante y confuso. Cristales rotos. Alguien gritó y Ali huyó.

—Cuando Toby le dijo a Ali que la había visto, Ali le dijo que lo había visto a él... con Jenna —dijo Spencer—. Y que no se lo diría a los padres de Toby si decía que había sido él quien encendió el cohete. Y Toby aceptó. —Lanzó un suspiro—. Ali me hizo prometer que no diría lo que había hecho Toby, ni todo lo demás.

—Por Dios —susurró Aria—. Entonces Jenna debió alegrarse de que mandaran lejos a Toby.

Emily no supo qué decir. Se volvió para mirar a Jenna, que estaba con su madre al otro lado del césped, hablando con un reportero. ¿Cómo debía ser que tu hermanastro te hiciera eso? Le había afectado la forma en que Ben había ido a por ella, pero ¿y si hubiera tenido que vivir con él? ¿Y si fuera parte de su familia?

Pero eso también la desgarraba por dentro. Hacerle eso a tu hermanastra era horrible, pero también patético. Claro que Toby había querido dejar atrás todo eso, seguir con su vida. Y lo había conseguido, hasta que Emily lo asustó haciéndole creer que todo aquello volvería a atormentarlo.

Se sentía tan horrorizada que se cubrió la cara con las manos y respiró de forma atropellada y excesiva. *Le arruiné la vida a Toby,* pensó. *Lo he matado yo.*

Sus amigas dejaron que llorase un rato; también ellas lloraban. Cuando Emily se vio reducida a emitir estremecedores sollozos secos, alzó la cabeza.

—No puedo creerlo.

—Yo sí que puedo —dijo Hanna—. A Ali solo le importaba ella misma. Era la reina de la manipulación.

Emily la miró sorprendida. Hanna se encogió de hombros.

—¿Sabéis mi secreto de séptimo curso? ¿El que solo conocía Ali? Me torturaba con él. Cada vez que no hacía algo que ella quisiera que hiciera, Ali amenazaba con contároslo a vosotras, y a todo el mundo.

—¿También te lo hizo a ti? —Aria parecía sorprendida—. Había veces en que decía algo de mi secreto que lo hacía parecer tan obvio… —Bajó la mirada—. Antes de que Toby se tomara esas píldoras, descubrió ese secreto. El secreto que conocía Ali, ese con el que me amenazaba A, o sea Toby.

Todo el mundo se enderezó.

—¿Cuál es? —preguntó Hanna.

—Era… algo familiar. —A Aria le temblaban los labios—. Ahora no puedo hablar de ello.

Todo el mundo guardó silencio por un rato, pensando. Emily miró a los pájaros que aleteaban entrando y saliendo del comedero de su padre.

—Resulta de lo más lógico que Toby fuera A —susurró Hanna—. No mató a Ali, pero seguía queriendo vengarse.

—Espero que tengas razón —repuso Spencer, encogiéndose de hombros.

Todo estaba tranquilo y luminoso en la casa de Emily. Sus padres no habían vuelto todavía a casa, pero Carolyn acababa de hacer palomitas en el microondas, y toda la casa olía a ellas. A Emily siempre le había parecido que las palomitas de microondas olían mejor que sabían, y su estómago gruñía pese a su falta de apetito. *Toby nunca volverá a oler palomitas de microondas,* pensó.

Y tampoco Ali.

Miró por la ventana de su cuarto al patio delantero. Unas horas antes, Toby había estado allí, suplicándole que no se lo dijera a la policía. Y pensar que lo que quería decir era: *Por favor, no les digas lo que le hice a Jenna.*

Emily volvió a pensar en Ali. En cómo les había mentido en todo.

Lo más extraño pero triste de todo era que Emily estaba segura de que había empezado a querer a Ali la noche del accidente de Jenna, cuando se fueron las ambulancias y Ali volvió dentro. Se mostró tan calmada y protectora, tan maravillosa y segura de sí misma. Emily estaba espantada, pero Ali estaba allí para hacer que se sintiera mejor.

—No pasa nada —le había susurrado Ali, acariciándole la espalda, trazando largos y lentos círculos con los dedos—. Te lo prometo. Todo irá bien. Tienes que creerme.

—Pero ¿cómo va a ir bien? —sollozó Emily—. ¿Cómo lo sabes?

—Porque lo sé.

Entonces Ali cogió a Emily e hizo que se tumbara en el sofá, poniéndole la cabeza en su regazo. Las manos de Ali empezaron a acariciarle lentamente el pelo. Estaba espeluznantemente a gusto. Tanto que se olvidó de dónde estaba, o del miedo que sentía. En vez de eso, se sentía… transportada.

Los movimientos de Ali se hicieron más y más lentos y Emily empezó a dormirse. Y nunca olvidaría lo que pasó a continuación. Ali se inclinó y la besó en la mejilla. Emily se quedó paralizada, y se despertó con un sobresalto. Ali volvió a hacerlo. Le gustó mucho. Ali se incorporó y volvió a acariciarle la cabeza. El corazón de Emily latía enloquecido. La parte racional de su cerebro descartó el incidente, suponiendo que Ali solo quería consolarla. Pero la parte emocional de su ser dejó que el sentimiento floreciera como las capsulitas que sus padres ponían en el calcetín de navidad, que cuando se metían en el agua adquirían formas grandes y esponjosas. Fue entonces cuando nació el amor de Emily por Ali, y puede que sin esa noche nunca hubiera llegado a pasar.

Emily se sentó en la cama y miró abstraída por la ventana. Se sentía vacía, como si alguien hubiera vaciado su interior de entrañas como a una calabaza de Halloween.

La habitación estaba muy silenciosa, lo único que se oía eran las aspas del ventilador del techo golpeando el aire. Emily abrió el cajón superior de su escritorio y encontró unas viejas tijeras para zurdos.

Puso las hojas entre los cordeles del brazalete que le había hecho Ali tantos años antes, y lo cortó con un golpe rápido. No se animó a tirar el brazalete, pero tampoco quería dejarlo en el suelo donde pudiera verlo. Al final, lo empujó bajo la cama con el pie.

—Ali —susurró, con el rostro surcado de lágrimas—. ¿Por qué?

Un zumbido al otro lado de la habitación la sobresaltó. Emily había colgado del pomo de su dormitorio el bolso rosa que le había devuelto Jenna. Podía ver su teléfono brillar a través de la fina tela. Se levantó despacio y cogió el bolso. Para cuando sacó el teléfono, ya había dejado de sonar.

«Nuevo mensaje», decía su pequeño Nokia. Emily sintió que se le aceleraba el corazón.

La pobre y confusa Emily. Apuesto a que ahora te vendría bien un gran abrazo entre chicas, ¿eh? No te pongas muy cómoda. Esto no se acaba hasta que yo lo diga. —A.

¿Qué pasará luego?

¿De verdad os habéis creído que soy Toby? ¡Por favor! Yo también me habría matado. Vamos, de verdad... agg. Se lo tenía de lo más merecido. El karma hace muchas putadas, y yo también, y, si no, preguntádselo a Aria, Emily, Hanna y Spencer.

Empecemos con Aria. La chica está tan ocupada ligando que apenas consigo llevar la cuenta de sus novios. Primero Ezra, ahora Sean, y tengo la ligera sospecha de que aún no ha acabado con Ezra. Es lo que me irrita de esas chicas artistas, que nunca parecen decidirse. Supongo que tendré que echarle una mano y decidir por ella. Seguro que le va a encantar.

Luego está Emily. La dulce y desorientada Emily. Seguramente, Alison y Toby dirían que besar a Emily es como besar a la muerte. Pero... ups... ya no pueden decir nada; han muerto. Me temo que Em debería tener más cuidado con donde pone sus venenosos labios. Ya van dos de dos, y la supersticiosa de Emily sabe mejor que nadie que las cosas malas siempre pasan de tres en tres.

La pequeña y solitaria Hannitina. Sean corta con ella. Su padre corta con ella. Y probablemente su madre haría lo mismo de poder hacerlo. Ser impopular te da ganas de vomitar, ¿verdad? ¿O solo le pasa a Hanna? Al menos aún le queda su amiguita eterna, Mona, para sujetarle el pelo. Un momento, no, ya no. Ojalá pudiera deciros que las cosas no van a empeorar para Hanna, pero a nadie le gustan los mentirosos. Y menos a mí.

Para acabar, está Spencer. Vale, la pequeña obsesiva se sabe de memoria todo el vocabulario para el examen de aptitud escolar, pero su memoria se vuelve borrosa en todo lo referente a la noche en que desapareció Alison. No os preocupéis, está a punto de repasar esa asignatura gracias a mí. ¡Si es que lo mío son las obras de caridad!, que es sinónimo de «bondad».

Si fuerais tan inteligentes como yo, seguramente ya habríais adivinado quién soy. Oh, Dios mío, qué fastidioso debe de resultar no ser un genio. Y en eso no puedo ayudaros. En estos momentos tengo la agenda muy ocupada con cuatro pequeñas mentirosas. Pero, como habéis sido tan pacientes, os daré una pista: puede que Spencer tenga una nota perfecta, pero yo también tengo Aes en mi nombre. ¡Besos! —A.

Agradecimientos

Es mucha la gente a la que debo darle las gracias por *Secretos*. Primero, y por encima de todo, al equipo de Alloy Entertainment, por todo su trabajo y perseverancia para hacer que estos libros fueran estupendos: el inimitable Josh Bank, que entiende mejor que nadie a la adolescente que vive en su interior. A Ben Schrank, cuya guía editorial y sus comentarios peculiarmente ingeniosos tanto echaré de menos. A Les Morgenstein, por sus ideas «¡Eureka!» en las tramas... y porque nos compraba galletas. Y finalmente, pero no en último lugar, le doy las gracias a mi editora, Sara Shandler, que puede pasarse horas hablando de perros, que sabe imitar a los loros y que es una de las grandes razones por las que este libro es comprensible.

También le estoy agradecida al extraordinario personal de HarperCollins: Elise Howard, Kristin Marang, Farrin Jacobs, y el resto del equipo de Harper. Su entusiasmo incesante por la serie de 'Pequeñas mentirosas' es maravilloso.

Y, como siempre, mi agradecimiento y mi amor a Bob y Mindy Shepard, por enseñarme cuando era muy niña que las cosas más importantes en la vida son hacer tonterías, ser feliz con lo que haces y poner siempre mentiras en las tarjetas de comentarios de los restaurantes. Sois unos padres encantadores y siempre lo habéis sido, combinando solo las buenas cualidades de Emily, Spencer, Aria y Hanna. Gracias a Ali y a su demoniaco y rayado gato Polo, al que me encanta morder. Besos para Grammar, Pavlov, Kitten, Sparrow, Chloe, Rover, Zelda, Riley y Harriet. Soy muy feliz por tener cerca a mi prima Colleen, porque da grandes fiestas, tiene amigas que leen mis libros y se le ocurren los mejores juegos para beber. Y, como siempre, todo mi amor a Joel por, entre otras cosas, acariciarme la espalda, soportarme cuando desvarío, comerse el glaseado directamente del bote y ver conmigo programas de televisión para chicas y hasta comentarlos luego conmigo.

También quisiera darle las gracias a mi difunto abuelo, Charles Vent. Fue mi inspiración para Hanna, porque tenía la pequeña costumbre de «llevarse cosas sin pagarlas». Pero, poniéndonos serios, era una de las personas más cariñosas y creativas que he tenido la suerte de conocer, y siempre pensé que se merecía algo de fama, aunque fuera en los agradecimientos de un libro.